- 이 책의 저작권은 미니책방이 소유하고 있습니다. 저작권법에 의하여 보호받는 저작물이므로 무단전재와 무단복제를 금합니다. 책 내용의 전부 또는 일부를 이용하려면 미니책방의 서면 동의를 받아야 합니다.
- 잘못된 책은 구입하신 서점에서 바꿔드립니다.

김동인
단편문학

1 3 1 8
청 소 년
문 　 고
0 　 　 5

미니책방

현대적인 문체로 풀어낸 한국 근대문학의 선구자

일제강점기 대한민국의 소설가, 아호는 금동(琴童) 또는 춘사(春士)이다. 당대 주류였던 리얼리즘에 얽매이지 않고 대담한 상상력과 서정성, 환상성을 현대적인 문체로 풀어낸 한국 근대문학의 선구자이다. 소설로는 〈배따라기〉, 〈감자〉, 〈명문〉, 〈광화사〉, 〈붉은 산〉, 〈운현궁의 봄〉, 〈광염 소나타〉, 〈젊은 그들〉 등이 있다.

<김동인 단편문학> 은 1318 청소년문고의 5번째 작품입니다.

차례

K박사의 연구, 9

감자, 29

광염 소나타, 39

나의 넥타이, 65

대동강, 68

명문, 71

명화 리디아, 86

박첨지의 죽음, 91

배따라기, 98

붉은 산, 117

사기사, 125

사진과 편지, 132

석빙, 143

아부용, 155

어떤 날 밤, 172

적막한 저녁, 182

태형, 205

화환, 226

K박사의 연구

"자네 선생은 이즈음 뭘 하나?"

나는 어떤 날 K박사의 조수로 있는 C를 만나서 말끝에 이런 말을 물어보았다.

"노신다네."

"왜?"

"왜라니?"

"그새 뭘 연구하고 있었지?"

"벌써 그만뒀지."

"왜 그만둬?"

"말하자면 장난이라네. 하기야 성공했지. 그렇지만 먹어주질 않으니 어쩌나."

"먹다니?"

"글쎄. 이 사람아, 똥을 누가 먹어."

"똥?"

"자네 시식회에 안 왔었나?"

"시식회?" C의 말은 전부 '?'였다.

"시식회까지 모를 적에는 자네는 모르는 모양일세그려. 그럼 내

이야기해줄게 웃지 말고 듣게."

이러한 말끝에 C는 K박사의 연구며 그 성공에서 실패까지의 이야기를 들려주었다. 맬서스라나……

'사람은 기하학급으로 늘어나고 먹을 것은 수학급으로 밖에는 늘지 못한다' 고 이런 말을 한 사람이 있지 않나. 박사의 연구도 이 말을 근본 삼아가지고 시작되었다네. 어떤 날(여름일세) 박사는 책을 보고 있고 나는 다른 생각을 하면서 같이 앉았노라는데 박사가 머리를 번듯이 들더니, "자네, 똥 좀 퍼 오게." 하데그려. 이게 무슨 말인지 알 수 있겠나. 그래서 똥이란 대변이냐고 물었더니, 대변 아닌 똥도 있느냐고 그래. 그래서 무슨 검사라도 할 일이 있는가 하고, "뉘 변을 말씀이외까?" 했더니 벌컥 성을 내면서 뉘 똥이든 퍼오라데그려.

너무 어망처망하여 가만있었지. 글쎄(의사는 아니지만) 검사라도 할 양이면 뉘 변이든 지적을 해야 하지 않는가. 그래서 박사의 얼굴만 바라보고 있노라니깐 채근도 없어. 흥, 잊었구나 하고 다시 앉으려 하니까, "퍼 왔나?" 하면서 일어서데그려.

자, 이렇게 채근까지 하는 것을 보면 농담도 아니야. 할 수 없이 변소에 가서 냄새나는 것을 조금 퍼다가 박사께 드렸네그려. 그것을 힐끗 보더니 조금만 퍼 왔다고 또 성을 내거든. 나도 슬그머니 결이 나데그려. 그래서 다시 가서 한 바가지 수북이 퍼 왔지, 그러니깐 만족하다는 듯이 웃더니 실험옷의 팔을 걷으면서 나도 연구실로 가자고 그래. 자네도 알다시피 내야 이학상 지식이야 어디 조금이라도 있나. 단지 박사의 서기로 들어가 있는 사람이니깐 좌우간 알든 모르든 따라 들어가졌지. 박사는 똥을 떠가지고 현미경으로 시험관에 넣어서 끓이며세척하며 전기로 분해하며 별별 짓을 다 해보더니 그래도 마음대로 되지 않는지 저녁까지 굶어가면서 밤새도록 가지고 그러데그려.

아무리 전기 환기 장치를 했다 해도 그 냄새는 참 죽겠데. 코가 저리고 눈이 쓰리고. 나는 참다 못해 슬그머니 나와버렸네그려. 그랬더니 새벽 2시쯤 찾아. 그래서 가보니깐, "이게 새 똥이냐, 낡은 똥이냐?" 또 묻데그려. 내니 어찌 알겠나, 변소에서 퍼 온 뿐이지. 변의 신구야 알 리가 있겠나. 그래서 모르겠다고 그러니깐, "낡은 겐 모양이군. 다 썩었어. 낡은 게야."

혼자서 중얼중얼하더니 나더러 새 똥 좀 누라데그려. 나도 성미가 그다지 곱지 못한 사람이라 마렵지 않노라고 해버리니깐 박사는 근심스레 머리를 기웃기웃하더니, "나두 그리 매렵지 않은걸." 하면서 그릇을 가지고 저편 방에 가더니 마렵지 않다던 사람이 웬걸 그다지 누었는지 한 그릇 무더기 담긴 것을 가지고 들어오데그려. 아, 우습기도 하고 잠 못 자는 것이 일변 성도 나고 그래서 '밤참으로는 넉넉하겠습니다'고 쏘아주려다가 그래도 박사가 '마지메(진지)'하게 들여다보고 있는 것을 보니깐 그러지도 못하겠어.

그래서, "전 먼저 자겠습니다." 하고, 나와서 내 방으로 가서 자버렸지. 그 이튿날부터는 박사는 꼭 연구실에 틀어박혔는데 음식까지 그 냄새나는 방에서 먹고 하는데 오히려 불쌍하데. 땀을 뻘뻘 흘리면서 더러운 물건을 이리 주무르고 저리 주무르는 양은 우습기도 하거니와 한쪽으로 생각하면 그 사치하게 길러나고, 아무 고생이며 더러움을 체험해보지 못한 박사가 연구 때문에 얼굴을 찌푸리고 냄새나는 방에서 음식까지 먹으며 밤잠까지못 자며 돌아가는 것은 어떻게 엄숙해 보이기도 하고 존경할 생각도 나데.

이러구러 몇 달이 지났네. 무얼 하는지는 모르지만 대변을 분석해가지고 무슨 유효 성분을 얻어보려는 것을 알겠데. 좌우간 낡은 똥은 쓸 수가 없다 해서 그 뒤부터는 집안 하인의 변까지 죄 그릇에 누어서 박사의 연구실로 들어가게 되었네그려. 그러니깐 변소는 늘 소변밖에는 아무것도 없었지. 집안사람들이라야 박사와 나와 행랑 식구 세 사람과 식모 하나 침모 하나와 사환애 둘이었는데, 때때로는 그 아홉 사람의 것으로 부족될 때가 있어. 그런 때는 박사는 가족이 20인이며 30인이며 하는 사람들을 슬며시 부러워하는 기색까지 보이는데 연구 재료가 부족해서 박사가 안타까워하며 발을 동동 구를 때는 너무 미안스러워서 될 수만 있으면 서너 동이씩 만들어보고 싶데.

그러는 동안에 시골 계신 할머님이 세상을 떠나서 나는 시골 내려가서 한 달쯤 있다가 가을에야 다시 올라왔네그려. 그래서 곧 박사네 집으로 가서 짐을 푼 뒤에 복동이(사환애)에게 물으니깐 박사는 역시 연구실에 있다하기에 들어가서 인사를 드렸네. 박사는 무엇을 먹고 있었는데 몹시 반겨하면서 와서 같이 먹자고 그래. 오래간만에 맡으니깐 냄새는 꽤 지독하데. 연구실 한편 모퉁이에 조그마한 책상을 놓고 거기서 박사는 점심을 먹고 있는데, 나도 오라기에 교자를 하나 끌고 그리로 갔지. 점심조차 떡 비슷한 것인데 맛은 '고깃국물을 조금 넣고 만든 밥'이랄까 좌우간 그 비슷한 맛이 나는 아직껏 먹어보지 못한 물건이야. 그래서 혹은 양식인가 하고 두어 덩이 소금을 찍어 먹으니깐, "맛 좋지?" 하고 묻데그려. 그래서 괜찮다고 하니깐, "똥내도 모르겠지?" 하고 또 웃데그려.

"?"

아닌 게 아니라 냄새가 좀 나기는 하는 것을 이 방 안의 공기 탓이라고 하고 그냥 먹었네그려. 그렇지만 박사의 그 말을 듣고 나니깐 혀 아래서 맑은 침이 핑그르 돌더니 걷잡을 사이 없이 구역이 나겠지. 그래서 변소로 가려고 일어서려다가 그만 그 자리에 욱 하니 토해버렸네.

"왜 그러나? 왜 그래. 야 복동아, 수남아." 하면서 박사는 일어서서 나를 붙들어다가 소파에 뉘려는데그려. 아, 결도 나고 성도 나고 그래서 괜찮다고 하고 박사를 밀쳐버리고 '대체 그 먹은 것이 무엇인가'고 물었네. 둔감한 박사는 내가 토한 원인을 그때야 처음으로 안 모양이데그려.

"먹은 것? 응 그것 말인가? 그것 때문에 토했나? 난 또 차멀미로 알았군. 그건 순전한 자양분일세, 하하하하하!(박사는 웃을 경우에는 웃을 줄을 모르고, 웃지 않을 경우에는 잘 웃는 사람이라네) 건락, 전분, 지방 등 순전한 양소화물로 만든 최신최량원식품."

"원료는…… 그……."

"그렇지, 자네도 알다시피 그……."

나는 그 말을 채 듣지도 않고 다시 일어서면서 토했지. 좀 메스껍기도 하고 성도 나는 김에 박사의 얼굴을 향하여 토했네그려. 박사도 놀란 모양이야.

"아, 이 사람두. 야, 수남아…… 복동아……."

그때 결나는 것을 보아서는 박사를 한 대 쥐어박고 싶기는 하지만 꿀꺽 참고 내 방으로 돌아와서 이불을 쓰고 눕고 말았지. 그 뒤 사흘 동안을 음식 하나 못 먹고 앓았네. 글쎄, 구역에 음식을 어찌 먹겠나. 아무것이라도 뱃속에 들어만 가면 잠시를 머물러 있지 않고 도로 입으로 나오데그려. 아무것을 먹어도 그 냄새가 나는 것 같아.

박사는 미안한지 진토제를 주면서 잠시도 내 곁을 떠나지 않고 몸소 간호하겠지. 그러면서 연거푸 자양분만 뽑아서 정제한 것이니깐 아무 불쾌할 리가 없다고 설명해주네그려. 아닌 게 아니라 그러고 보니깐 나도 미안하데. 무슨 악의로써 내게다가 그것을 먹인 바도 아니요, 박사 자기도 먹으면서 내게도 좀 준 것이니 말하자면 원망할 것도 없어. 박사의 말마따나 무슨 부정한 것이 섞인 바도 아니요, 과학의 힘으로써 가장 정밀히 만든 것이겠으매 웬만한 음식점의 음식들보다는 훨씬 깨끗할 것일세. 그저 내 비위에 맞지 않는다는 것뿐이지. 그것을 책임 관념상 박사가 그렇게 미안해하는 것을 보니깐 오히려 내가 미안해오데그려. 그래서 사흘째 되는 날 일어났지.

"그 음식이 더럽다는 것이 아니라 내 비위에 맞지 않는 것뿐이니깐 그 마음상만 고치면 되겠지요."

그리고 일어나서 먹기 싫은 음식을 억지로 먹으면서 연구실에 드나들기 시작하였네그려. 처음에는 참 역하데. 박사는 점심은 역시 손수 만든 음식을 먹는데 그것을 보기만 해도 구역이 탁탁 가슴에

치받치는데 참 못 견디겠어. 박사는 먹기는 먹으면서도 미안한지, "이게 어떻담, 하하하하하." 하면서 먹고 해. 그러는 가운데도 박사는 실험을 거듭하여 몇 가지 조미료를 더 넣을 때마다 자기가 몸소 맛본 뒤에는 연대 감정인으로 차마 내게는 먹어보래지 못하고 복동아, 수남아, 해가지고는 애들에게 먹어보래지, 그 애들이야말로 아리가타메이와쿠(달갑지 않다)야, 얼굴이 벌개지면서 주인의 명령이라 거역치는 못하고 입에 조금 넣는처럼 한 뒤에는 삼키지도 않고, "먼젓번 것보담도 더 좋은걸요." 하고는 달아나고 하는 양은 가련해. 그럴 때마다 정직한 박사는 득의만면해가지고 그러려니 하면서 상금으로서 그 애들에게 50전씩 준다네, '감정료'지.

박사의 말에 의지하건대 똥에는 음식의 불능 소화물, 즉 섬유며 결체조직이며 각물질이며 장관내 분비물의 불요분, 즉 코라고산, 피스린 '담즙 점액소'들 밖에 부패 산물인 스카톨이며 인돌이며 지방산들과 함께 아직 많은 건락과 전분과 지방이 남아 있는데, 그것은 사람 사람에 따라서 혹은 시간에 따라 각각 다르지만 그 양소화물이 3할에서 내지 7할까지는 그냥 남아서 항문으로 나온다네그려. 그리고 그 대변 가운데 그냥 남아 있는 자양분은 아무도 돌아보는 사람이 없이 헛되이 썩어버리는데 그것을 어떤 방식으로 추출할 수만 있다 하면은 그야말로 식료품 문제에 위협받는 인류의 큰 복음이 아닌가. 그래서 연구해 그 방식을 발견했대나. 말하자면 석탄의 완전 연소와 마찬가지로 자양분의 완전 소화를 계획하여 성공한 셈이지.

즉, 대변을 분석해서 그 가운데 아직 3할 혹은 7할이나 남아 있는 자양분을 자아내어 그것을 다시 먹자는 말일세그려. 그러니까 사람이 하루에 세 끼씩 먹는 가운데 두 끼는 보통 음식을 먹고, 한 끼분은 그 새로운 주식품을 먹으면 이 지구상의 식료 원품이 3할 이상 늘어가는 셈 아닌가. 이 지구에 지금보다 인구가 3할쯤, 한 5천만 명쯤은 더 많아져도 박사의 연구가 실현만 되면 걱정이 없는 셈일세그려. 맬서스도 이후에 이런 천재가 나타날 줄은 몰랐기에 그런 걱정을 했지. 좌우간 그러는 동안에 조미에 대한 연구까지 끝나지 않았겠나. 나는 첫번 모르고 한 번 먹은 뿐 그 뒤에는 절대로 입에 대지도 않았고 박사도 내게는 권하지도 않았으니깐 모르지만 냄새는 마지막에는 꽤 좋은 냄새가 나데 스키야키 비슷하고도. 더 침이 도는 냄새야. 냄새뿐으로는 구미도 들데. 그만큼 되었으니깐 이제 남은 것은 '발표'라 하는 과정일세그려.

박사는 어림도 없이 발명 경로를 신문에 발표한 뒤에 시식회를 열겠다고 그래. 그것을 내가 우쩍 말렸지. 나는 먹어도 못 보았지만 짐작컨대 맛은 괜찮은 모양인데. 그러니깐 그 맛있는 것을 먼저 먹여놓은 뒤에 이것의 원료를 발표해야지. 먼저 원료를 발표하면 시식회에는 한 사람도 나오지도 않을 것일세그려. 그렇지 않나. 그래서 말렸더니 박사도 그럴듯한지 내 의견대로 하자고 그러더먼. 그리고 박사와 내가 의논한 결과 그 발명품의 이름은 박사의 이름을 따라 ○○병이라 하기로 하고 그 ○○병에 대한 성명서를박사가 초하였네. 지금 똑똑히 기억치는 못하지만 대략 이런 뜻이야. 생어(M.Sanger)라 하는 폭녀가 나타나서 산아제한을 주장한 것을 일부 인도주의자는 눈살을 찌푸렸지만 거기도 상당한 근거가 있는 것을 어찌하랴. 위생관념이 많아가면서 연년이 사람의 죽는 율은 주는데 그에 반하여 이 지구는 더 커지지 않으니까 여기 사람의 나아갈 세 가지의 길이 생겼으니 하나는 '도로 옛날로 돌아가서 이 세상에서 위생이라 하는 것을 없이하고 살인 기관으로 전쟁을 많이 하여 사람의 수효를 도태하는 것'이요, 또 하나는 '사람의 출세를 적게 하는 것'이요, 나머지는 '아직껏 돌아보지 않던 데에서 식원료를 발견하는 것'이다.

여인인 생어는 이미 있는 인명을 없이하자 할 용기는 못 가졌었다. 여인인 생어는 신국면 발견이라 하는 천재적 두뇌도 못 가졌었다. 그는 마지막으로 고식적 구제책을 발견하였으니 그것이 '산아제한론'이다. 그러나 독창력과 발명력을 가진 오인은 그러한 고식책으로서는 만족하지 못할지니 오인의 연구는 여기서 비롯하였다. 오인의 매일 배설하는 대변에는 아직 많은 자양분이 남아 있으니 그 전 분량의 3할 내지 7할, 평균 잡아서 5할 약이나 되는 자양분은 헛되이 땅속에서 썩어버린다.(그리고 대변에 대한 분석표며 그 밖 숫자가 있지만 그것은 약해버리세.)

이것을 헛되이 썩혀버릴 필요는 없다. 이것을 자아낼 수만 있다 하면 자아내어가지고 오인의 식탁에 올리는 것이 오인의 가장 정당한 행위라 아니할 수 없다. 각가지로 각 방면에서 일어나는 온갖 고식적 문제도 그 근본을 캐자면 인류의 식료품 결핍이라는 무서운 예감 때문에 생겨난 신경과민적 부르짖음이라 할 수 있으니 인류의 생활이 유족해지면 온갖 문제와 그 문제의 근본까지 저절로 사라질 것이다.

오인의 연구는 여기서 출발하였다.(그리고 연구의 경로도 약해버리지.) 이러한 동기 아래서 이러한 경로를 밟아서 생겨난 이 ○○병을 귀하의 식탁에 바치오니 고평을 바란다, 운운……. 이것을 인쇄소에 보내서 썩 맵시나게 인쇄를 해왔겠지. 그리고 크리스마스를 기회로 박사 댁에서 시식회를 열기로 각 방면에 초대장을 보냈네그려. 그 초대장에는 그저 ○○병이라 할 뿐, 원료며 그 동기에 대해서는 찍소리도 없는 것은 다시 말할 필요는 없겠지.

크리스마스 한 사나흘 전부터는 꽤 분주하데. 겨울이라 대변의 자양분이 썩을 염려는 없어. 그래서 소제부에게 부탁해서 열 통을 사들였네그려. 그리고 그것을 분석하고 처리하고 하느라고 사나흘 동안은 박사, 나, 수남이, 복동이, 임시 조수 두 사람, 모두 다 똥 속에서 살았네그려. 더럽기가 짝이 있겠나, 에이 구역나, 생각만 해도 구역이 나서 못 견디겠네. 박사도 미안하긴 한 모양이야, 누가 청하지도 않는데 연방 조선 호텔 한턱 쓰지 하면서 복동아, 수남아, 하면서 돌아가데그려. 크리스마스 전날은 밤까지 새워가면서 모두 만들어 놓은 뒤에 당일 아침에는 집을 씻느라고 또 야단이지.

글쎄, 이 방 저 방 할 것 없이 모두 똥내가 배어든 것을 어찌하나. 아닌 게 아니라 독한 놈의 냄새가 배어든 다음에는 빠지질 않아. 물론 약품으로 씻다 못해서 마지막에는 향수를 막 뿌려서 냄새를 감추도록 해버렸다네. 오후 1시쯤 손님들이 왔네. 원래 착하고 교제성이 없는 박사는 정신을 못 차려 이리 왔다, 저리 갔다하며 일변 웃으며 연거푸 복동아 수남아를 찾으며 조수들을 꾸짖으며 어리둥둥한 모양이야.

신사 숙녀 한 50명쯤 초대한 사람이 거진 모인 뒤에 2시에 식당은 열렸네. 박사의 취지 설명이 있은 뒤에 I신문사 주필 W씨의 답례로써 시식회가 시작되었어. 그런데 시작되자마자 어떤 신문기자 한 사람이 박사를 찾데그려.

"K박사."

"네?"

"이 ○○병에서 향기롭지 못한 냄새가 좀 납니다그려."

"?"

이때에 박사의 얼굴의 변화는 내 일생에 잊지 못하겠네. 문득 하얘지더니 웃음 비슷한 울음 비슷한 변한 얼굴을 하더니 별한 신음을 하면서 벌떡 일어서서 연구실로 가. 그래서 나도 따라가려니까 박사는 가던 발을 다시 돌이키며 나를 붙잡더니 내 귀에다 대고 작은 소리라고 하기는 하지만 그리 작은 소리도 아니야. 그런 소리로써,

"야단났네그려, 스카톨이나 인돌의 반응은 없었지?"

내야 인돌이 뭔지 스카톨이 뭔지 아나, 박사가 시키는 대로 할 뿐이지. 더구나 반응인지야 알 리도 없잖아. 그래도 박사의 그 표정을 보니깐 모른다고 그러지도 못하겠데그려. 그래서, "확실히 없었습니다." 고 그랬네. 그러하니깐 그래도 아직 미안미안한지, "야단났네, 큰일났네." 하면서 어쩔 줄을 모르데그려.

"아, 선생님 걱정하실 게 뭡니까? 지금 모두들 맛있게 잡숫는데……."

사실 말이지, 한 사람이 그런 질문을 하기는 했네. 하지만 다른 사

람들은 모두 맛있게 먹고 있어. 내 말을 듣고 그 양을 보니 그제야 박사는 마음이 놓이는지 숨을 내쉬며, "좌우간 반응은 없었겄다. 확실히 없었어. 여보게 C군, 그 성명서 돌리게." 하데그려. 문제는 이게 문제일세. 한창 맛있게들 먹는 판에 당신네들이 먹고 있는 것이 똥이외다고 알게 해놓으면 무사할는지 이게 의문이야. 그러나 안 돌릴수도 없고 그래서 그 인쇄물을 갖다가 복동이와 수남이를 시켜서 돌렸네그려. 그러니깐 어떤 사람은 받아서 주머니에 넣고, 어떤 사람은 식탁 위에 놓고, 어떤 사람은 읽어보는데 나는 슬며시 빠져서 다른 방으로 가버렸지.

달아는 났지만 그래도 마음이 놓이지 않아서 귀를 기울이고 있노라니깐 무엇이 왝왝하며 콰당콰당해, 뛰어가보았지. 하니깐 부인 손님 두 사람과 신사 한 사람이 입에 손수건을 대고 게워내는데, 그리고 몇 사람은 저편으로 변소 변소 하면서 달아나고, 다른 사람들은 영문을 모르고 중독되었다고 의사를 청하라고 야단인 가운데 박사는 방 한편 모퉁이에 눈만 멀찐멀찐하면서 서 있데그려. 이게 무슨 꼬락서닌가. 망신이데그려. 그래서 박사에게 가서 웬 셈입니까고 물었더니 박사는 우들우들 떨면서, "야단났네, 망신이야, 큰일났어…… 야, 수남아!" 하더니, 우물쭈물 저편 방으로 달아나버리고 말데그려. 그래서 하는 수 있나. 그래도 이런 일이 생기지나 않을까 해서 내가 몰래 진토제를 준비해두었던 것이 있기에 내다가 임시 조수며 복동이 수남이를 시켜서(초대받았던 의사 몇 사람까지 협력해서) 간호들을 한 뒤에 박사는 몸이 편하지 않아서 못 나온다고 하고 사과를 한 뒤에 손님들을 보내버렸지.

시식회는 이렇게 흐지부지 끝이 났네그려. 그런 뒤에 박사의 침실에 들어가보았더니 박사는 몸에 신열까지 나고 헛소리를 탕탕 하고 있지 않겠나. 나도 미안스럽기도 하거니와 딱하데. 그래서 얼음을 갖다가 박사의 머리를 식히면서 한참 간호하니깐야 정신을 좀 차려. 그리고 연하여 야단이다, 망신이다, 어쩌나를 연발하는데 거북살스럽데. 한참 정신없이 눈을 한군데만을 향하고 있다가는, "여보게 C군, 이 일을 어쩌나? 야단났네그려, 이런 괴변이 어디 있겠나?" 하는데 난들 뭐라고 대답하겠나.

"뭘 하리까?"

이런 대답은 하지만 참 거북살스럽기가 짝이 없데. 소위 사회의 일류라는 사람들을 초대해놓고 똥을 먹여놓았으니 이런 괴변이 어디 있겠나. 세상사에 어두운 박사는 이렇게까지 될 줄은 뜻도 안 했겠지만 나 역시 뜻밖일세그려. 아니, 나는 이런 일이 있지 않을까 예감은 있었지만 박사의 그 걱정하는 태도를 보니깐 예상외로 나도 겁이 나데그려. 내 생각으로는 대상인 피해자(?)를 개인 개인으로 여겼지 그것이 합한 '사회'라는 것을 생각 안 했네그려. 그러니 이제 사회의 명사 숙녀들을 똥을 먹여놓았으니 말썽이 안 생기겠나.

그러는 동안에도 연하여 신문기자가 찾아오며 전화가 오는 것을 복동이를 시켜서 모두 거절해버린 뒤에 그날 오후 종일과 밤을 새워가지고 협의한 결과 말썽이 좀 삭아지기까지 박사와 나는 어떤 시골에 한두 달 숨어 있기로 작정을 하였네. 그리고 목적지는 박사의 토지가 몇 백 정보 있는 T군의 박사의 사음의 집으로 작정하였네그려. 그리고 이튿날 아침 첫차로 그리로 뺑소닐 쳤지. 그런데 우리의 생각으로는 신문에서 깨나 왁자지껄할 줄 알았더니 비교적 말이 없데그려. I신문 잡보란에 조그맣게 '○○떡 시식회'라는 제목 아래 간단히 기사가 난 것뿐, 그 굉장한 사건이며 ○○병의 원료에 대해서는 한마디도 없어.

아마 신문사에서도 창피스럽던 모양이야. K역에서 내려서 T군에 가는 자동차를 기다리기 위해서 어떤 여관에서 묵은 뒤에 이튿날 아침에야 우리는 그 신문기사를 보았는데 이 기사를 보더니 박사는 적이 안심이 되는지 처음으로 조금 웃데그려. 그러더니 갑자기 T군은 그만두고 그 역에서 멀지 않은 Y온천장으로 가자데그려. 내야 이의가 있을리가 있나. 온정으로 갔지. 온정에서도 박사는 생각만 나면 그 이야기만 하자네그려.

"C군, 스카톨 반응은 확실히 없었지? 혹은 좀 있었던가? 왜들 토해. C군, 반응은 확실히 없었나? 아무래도 있는 모양이야."

"반응은 있었는지 모르겠지만 혹은 없었다 해두 게우는 게 당연하지요. 누가……"

"C군!"

박사는 이런 때는 꼭 역증을 내데그려. 그러나 이렇게 되면 내 성미도 그리 곱지는 못하니까 막 쏘아주지.

"똥 먹구 구역 안 나는 사람이 어디 있어요!"

"똥?"

한 뒤에는 일어서서 뒷짐을 지고 한참 서성거리데그려. 그러다가, "자네 오핼세. 과학의 힘으로 부정한 놈은 죄 없애버린 게 왜 똥이야. 오핼세."

한 뒤에는 또 이유도 없이 하하하하 웃지.

"선생님, 그렇지 않아요. 분석해보면 아무리 정한 게라 해두 똥으로 만든 것을 먹고야 왜 구역을 안 해요? 세상사는 그렇게 공식대로 되는 것이 아니니깐요."

"공식? 아무리 생각해두 자네 오해야. 그렇진 않으리."

"그럼 왜들 게웠어요?"

"글쎄, 반응은 없었는데, 혹은 있었던가……."

단순한 박사는 아직껏 손님들이 게운 이유를 스카톨이나 인돌이 좀 남아서 대변 특유의 냄새가 난 데 있는 줄만 알데그려. 한인은 연정을 '오매불망'이라고 형용했지만 박사와 ○○병의 사이야말로 오매불망인 모양이야. 우두커니 앉았다가도 문득 스카톨이 있었나 하고는 한숨을 쉬고 하네. 자다가도 세척이 부족한 모양이야 하면서 벌떡 일어나네그려. 곁에서 보는 내가 참 미안하고 딱하데. 너무 민망스러워서, "선생님, 인젠 그 생각은 잊어버리시구려." 하면, "잊지 않자니 헐 수 있나?" 하고는 또 한숨을 쉬시네.

여간 민망스럽지 않데. 사실 말이지 귀한 발견이야 귀한 발견이 아닌가. 아무도 돌아보지 않고 헛되이 땅속에서 썩어버리는 폐물 가운데서 평균 5할 약의 귀중한 자양분을 얻어낸다는 것은 인류 경제 문제의 얼마나 큰 발견인가. 우리의 인습 때문에 비위가 받지를 않으니 말이지 그것을 만약 어떤 사람이 원료를 비밀히 해가지고 대량으로 만들어서 판다면 우리 인류에게 얼마나 큰 공헌인가. 그래서 어떤 날 저녁을 먹다가 박사에게 그 떡을 학문광의 나라 독일 학계에 발표해보면 어떠냐고 물어보았지, 하니깐 대답도 없어. 그리고 나도 그 말만 한 뿐 잊어버리고 말았는데 박사는 잊지 않았던 모양이야.

그날 밤 한잠 들었다가 목이 너무 말라서 깨어서 물을 먹으려는데 박사가 그냥 안 잤댔는지, "독일도 틀렸어." 하데그려. 나야 자다 주먹이라 무슨 뜻인지를 알겠나. 그래서 그저 네네 하면서 물을 먹고 다시 누우니까, "○○떡은 독일도 재미가 없어." 하고 다시 주를 놓데그려. 그 소릴 들으니까 펄떡 졸음이 천리 밖으로 달아나는데 그렇찮아도 이즈음 늘 민망스럽던 판에 박사가 밤에 잠도 안자고 그 생각을 하고 있었나 하니깐 막 눈물이 나오려데 그려. 그래서 왜 그렇느냐고 물으니까, "독일서는 공기에서 식품을 잡는 것은 연구해서 거진 성공했다니까 이것은 그다지 센세이션을 일으킬 것이 못 될 것 같어." 하면서 또 한숨을 쉬시데그려. 나도 할 말이 없어서 그것도 그렇겠습니다, 하고 다시 먹먹히 있노라니깐 또 찾지 않겠나.

"C군 자나?"

"네?"

"안 자나?"

"네."

"일본은 어떨까? 나라는 좁고 백성은 많은……."

"말씀 마십쇼. 일인에게는 소위 결백이라는 게 있지 않습니까? 쿠소쿠라에(똥이나 먹어라)라는 것이 욕이 아닙니까. 어림도 없습니다."

"그래도 일인들은 더러운 목간물을 벌컥벌컥 들이마시지 않나?"

"그거야…… 그래두 ○○떡은 안 먹습니다."

"안 먹을까……"

"안 먹지 않구요."

박사는 또 한숨을 쉬시데.

"선생님, 그것을 미국에다 발표해보면 어떻습니까?"

"미국 놈은 먹어줄까?"

"먹을 건 모르지만 그놈들은 아무것이든 신기한 것과 과학이라는 데에는 머리를 싸매고 덤벼드는 놈이니깐 혹은 좋다 할지도 모르지요."

"글쎄……"

이러한 말을 주고받고 하다가 아무런 해결도 얻지 못하고 자고 말았네. 온정에는 한 달 남짓 묵었는데 박사의 ○○떡에 대한 집착은 조금도 줄지 않데그려. 그 지독한 집착심이야. 이러구러 한 달 남짓 지난 뒤에 이제는 돌아가자고 온정을 출발해서 K역까지 왔다가 여기까지 온 이상에는 박사의 토지도 돌아볼 겸 C군까지 다녀가자는 의논이 생겨서 우리는 C군으로 갔었네그려. 양력 2월 초승인데 혹혹 쏘는 바람을 안고 자동차로 두 시간이나 흔들리면서 C군까지 가니깐 정신이 다 없어지데. 눈이 보이지를 않고 다리가 뻣뻣하며 코가 굳어진 것 같고 몸의 혈액순환까지 멎은 것 같아.

그것을 겨우 자동차에서 내려서 (면장 노릇하는) 박사의 사음의 집을 찾아갔지. 머리가 횅한 게 정신이 없는 것을 그 집을 찾아 들어가니깐 반갑게 맞으면서 자기네들은 모두 건넌방으로 건너가며 큰방을 우리에게 내주어. 그래서 우리는 들어가서 다짜고짜로 자리를 펴고 누웠지. 방을 절절 끓여놓고 두어 시간 자고 나니깐 정신이 좀 들데. 박사도 그제야 정신이 드는지 부스스 일어나더니 토지를 돌아보러 나가자데그려. 세수들을 하고 옷을 든든히 차린 뒤에 사음의 아들을 불러서 앞세우고 그 집을 나서려는데 개가 한 마리 변소에서 뛰쳐나오면서 컹컹 짖겠지. 보니깐 변소에서 똥을 먹고 있던 모양이라 입에 잔뜩 발라가지고 그 더러운 입을 쩍쩍 벌리며 따라오데그려.

사음의 아들은 개를 쫓아버리느라고 야단인데, 나는 박사에게 개도 ○○떡을 먹다가 온다고 그러니깐 박사는 눈살을 잔뜩 찌푸리더니, "에, 더러워! C군, 실험실과는 다르네. 이놈의 개, 오지 마라, 가!" 하며, 슬슬 피하며 나가는 모양은 요절하겠데.

박사의 토지라는 것은 꽤 크데. 200 몇 십 정보라는데 말은 쉽지만 눈으로 덮인 무연한 벌판인데 어디까지가 경계인지 좀체 모르겠데. 그것을 한번 다 돌아보고 사음의 집까지 돌아오니깐 벌써 저녁때가 되었어 몸도 녹일 틈이 없이 저녁상을 들여왔데그려. 시장하던 김이라 상을 움켜안고 먹었지. 더구나 내가 좋아하는 개고기가 있데그려. 그래서 밥은 제쳐놓고 개고기만 뜯어먹고 있었지. 박사도 괜찮은 모양이야. 글쎄 한 달 남짓을 일본 여관에 묵느라고 고기는 맛까지 거의 잊게 되었네그려. 그런 판이니까 오래간만에 맛나는 고기라 박사도 한참 고기만 뜯더니, "C군." 하고 찾데그려.

"왜 그러십니까?"

"이런 시굴서도 암소를 잡는 모양이야."

"……?"

"고기 맛이 썩 부드러운데 암소 고기야."

"선생님 개고기올시다."

"개?"

"아까 그 짖던 개요. 돌아올 때는 안 보이지 않습디까?"

"아까 그, 그? 똥 먹던?"

"그럼요."

박사는 덜컥 젓가락을 놓데그려. 그러더니 얼굴이 차차 하얘지더니 얼른 저편으로 돌아앉겠지. 그리고 흑흑 두어 번 숨을 들이쉬더니 왝 하고 모두 토해버리데그려. 왜 그러십니까고 나도 먹던 것을 집어치우고 박사에게로 가서 잔등을 쓸어주니까 가만있게, 가만있게 하면서 연하여 왝왝 소리를 내데그려. 그것을 한 10분 동안이나 쓸어주니깐 좀 진정되는지, "안됐네. 이것 주인 몰래 치우세." 하면서 손수 걸레로 모두 훔쳐서 문밖에 내놓기에 나는 그것을 집어다가 대문 밖에 멀리 내버리고 도로 들어오니깐 박사는, "에, 속이 편찮어. 야, 수남…… 야, 상 치워라." 하더니 베개를 내리고 벌떡 눕고 말데그려. 상을 치운 뒤에 사음이 불을 켜가지고 들어왔는데 박사는 돌아누운 대로 그냥 모른 체 하기에 몸이 곤하신 모양이라고 사음을 내보내고 나도 베개를 내려서 드러누웠더니 한참 있다가 박사는 돌아누운 대로 찾아.

"C군."

"네?"

"개고기하고 돼지고기하고 어느 편이 더 더러울까?"

"글쎄 돼지가 더 더러울걸요."

"그럴까. 둘 다 마찬가지겠지. 마찬가지야, 소고기두 마찬가지구."

혼잣말같이 이렇게 중얼거리더니 또 잠잠해버려. 나도 곤하던 김이라 어느 틈에 잠이 들었는지 모르지. 좌우간 나는 입은 채로 잠이 들고 말았는데 아마 박사가 그렇게 한 게야. 자리를 모두 펴고 옷을 벗겨서 이불 속에 집어 넣데그려. 내야 알 리가 있나. 이튿날 아침에 깨어서야 처음 알았지. 이튿날 아침 눈을 부스스 뜨니깐 박사는 언제 깼는지 벌써 깨어 있다가 내가 눈을 뜨는 것을 보고, C군, 하데그려. 그래서 대답을 하니까, "일인도 안 먹을 게야." 또 자다 주먹일세그려.

"네?"

"○○병은 일인도 안 먹을 게야. 목간물은 벌컥벌컥 먹어두."

"네, 아마……."

"돼지고긴 좋아두 개고긴 못 먹겠거든. 자네 개고기 잘 먹나?"

"육중문왕입니다."

"그럴 게야." 하더니 한숨을 내쉬어.

그때부터 박사의 입에서는 ○○병의 문제는 없어졌네그려. 그 뒤에 집에 돌아와서도 박사는 ○○병의 문제는 집어치우고 전자와 원자의 관계의 연구를 쌓는 중이니깐 이제 언제 거기에 대한 무슨 발명이나 발견이 나올 테지. 그리고 이번 것은 그 ○○병과 같이 실패로 안 돌아가기를 나는 진심으로 바라네. 이것이 C가 들려준 바 K박사의 연구의 성공에서 실패로 또다시 일전하여 회개까지의 경로였다.

감자

 싸움, 간통, 살인, 도적, 구걸, 징역 이 세상의 모든 비극과 활극의 근원지인, 칠성문 밖 빈민굴로 오기 전까지는, 복녀의 부처는 (사농공상의 제2위에 드는) 농민이었었다. 복녀는, 원래 가난은 하나마 정직한 농가에서 규칙 있게 자라난 처녀였었다. 이전 선비의 엄한 규율은 농민으로 떨어지자부터 없어졌다 하나, 그러나 어딘지는 모르지만 딴 농민보다는 좀 똑똑하고 엄한 가율이 그의 집에 그냥 남아 있었다. 그 가운데서 자라난 복녀는 물론 다른 집 처녀들과 같이 여름에는 벌거벗고 개울에서 멱감고, 바짓바람으로 동리를 돌아다니는 것을 예사로 알기는 알았지만, 그러나 그의 마음속에는 막연하나마 도덕이라는 것에 대한 저픔을 가지고 있었다.

 그는 열다섯 살 나는 해에 동리 홀아비에게 팔십 원에 팔려서 시집이라는 것을 갔다. 그의 새서방(영감이라는 편이 적당할까)이라는 사람은 그보다 이십 년이나 위로서, 원래 아버지의 시대에는 상당한 농군으로서 밭도 몇 마지기가 있었으나, 그의 대로 내려오면서는 하나 둘 줄기 시작하여서 마지막에 복녀를 산 팔십 원이 그의 마지막 재산이었었다.

 그는 극도로 게으른 사람이었었다. 동리 노인들의 주선으로 소작

밭깨나 얻어 주면, 종자만 뿌려 둔 뒤에는 후치질도 안 하고 김도 안 매고 그냥 내버려두었다가는, 가을에 가서는 되는 대로 거두어서 '금년은 흉년이네' 하고 전주집에는 가져도 안 가고 자기 혼자 먹어 버리고 하였다. 그러니까 그는 한 밭을 이태를 연하여 부쳐 본 일이 없었다. 이리하여 몇 해를 지내는 동안 그는 그 동리에서는 밭을 못 얻으리만큼 인심을 잃고 말았다.

  복녀가 시집을 간 뒤 한 삼사 년은 장인의 덕택으로 이렁저렁 지나갔으나, 이전 선비의 꼬리인 장인은 차차 사위를 밉게 보기 시작하였다. 그들은 처가에까지 신용을 잃게 되었다. 그들 부처는 여러 가지로 의논하다가 하릴없이 평양성 안으로 막벌이로 들어왔다. 그러나 게으른 그에게는 막벌이나마 역시 되지 않았다. 하루 종일 지게를 지고 연광정에 가서 대동강만 내려다보고 있으니, 어찌 막벌이인들 될까. 한 서너 달 막벌이를 하다가, 그들은 요행 어떤 집 막간(행랑)살이로 들어가게 되었다. 그러나 그 집에서도 얼마 안하여 쫓겨나왔다. 복녀는 부지런히 주인집 일을 보았지만 남편의 게으름은 어찌할 수가 없었다. 매일 복녀는 눈에 칼을 세워 가지고 남편을 채근하였지만, 그의 게으른 버릇은 개를 줄 수는 없었다.

"벳섬 좀 치워 달라우요."

"남 졸음 오는데. 님자 치우시관."

"내가 치우나요?"

"이십 년이나 밥 먹구 그걸 못 치워!"

"에이구, 칵 죽구나 말디."

"이년, 뭘."

이러한 싸움이 그치지 않다가, 마침내 그 집에서도 쫓겨나왔다. 이젠 어디로 가나? 그들은 하릴없이 칠성문 밖 빈민굴로 밀리어 나오게 되었다. 칠성문 밖을 한 부락으로 삼고 그곳에 모여 있는 모든 사람들의 정업은 거라지요, 부업으로는 도적질과(자기네끼리의) 매음, 그 밖에 이 세상의 모든 무섭고 더러운 죄악이었었다. 복녀도 그 정업으로 나섰다.

그러나 열아홉 살의 한창 좋은 나이의 여편네에게 누가 밥인들 잘 줄까.

"젊은 거이 거랑질은 왜."

그런 소리를 들을 때마다 그는 여러 가지 말로, 남편이 병으로 죽어 가거니 어쩌거니 핑계는 대었지만, 그런 핑계에는 단련된 평양 시민의 동정은 역시 살 수가 없었다. 그들은 이칠성문 밖에서도 가장 가난한 사람 가운데 드는 편이었다. 그 가운데서 잘 수입되는 사람은 하루에 오 리짜리 돈뿐으로 일 원 칠팔십 전의 현금을 쥐고 돌아오는 사람까지 있었다. 극단으로 나가서는 밤에 돈벌이 나갔던 사람은 그날 밤 사백여 원을 벌어 가지고 와서 그 근처에서 담배 장사를 시작한 사람까지 있었다.

복녀는 열아홉 살이었었다. 얼굴도 그만하면 빤빤하였다. 그 동리 여인들의 보통 하는 일을 본받아서 그도 돈벌이 좀 잘하는 사람의 집에라도 간간 찾아가면 매일 오륙십 전은 벌 수가 있었지만, 선비의 집안에서 자라난 그는 그런 일은 할 수가 없었다. 그들 부처는 역시 가난하게 지냈다. 굶는 일도 흔히 있었다.

기자묘 솔밭에 송충이가 끓었다. 그때, 평양'부'에서는 그 송충이를 잡는 데(은혜를 베푸는 뜻으로) 칠문 밖 빈민굴의 여인들을 인부로 쓰게 되었다. 빈민굴 여인들은 모두 다 지원을 하였다. 그러나 뽑힌 것은 겨우 오십 명쯤이었다. 복녀도 그 뽑힌 사람 가운데 한 사람이었었다. 복녀는 열심으로 송충이를 잡았다. 소나무에 사다리를 놓고 올라가서는, 송충이를 집게로 집어서 약물에 잡아 넣고 잡아 넣고, 그의 통은 잠깐 새에 차고 하였다.

하루에 삼십이 전씩의 공전이 그의 손에 들어왔다. 그러나 대엿새 하는 동안에 그는 이상한 현상을 하나 발견하였다. 그것은 다른 것이 아니라, 젊은 여인부 한 여남은 사람은 언제나 송충이는 안 잡고 아래서 지절거리며 웃고 날뛰기만 하고 있는 것이었다. 뿐만 아니라, 그 놀고 있는 인부의 공전은 일하는 사람의 공전보다 팔 전이나 더 많이 내어주는 것이다. 감독은 한 사람뿐이지만 감독 그들의 놀고 있는 것을 묵인할 뿐 아니라, 때때로는 자기까지 섞여서 놀고 있었다. 어떤 날 송충이를 잡다가 점심때가 되어서, 나무에서 내려와서 점심을 먹고 다시 올라가려 할 때에 감독이 그를 찾았다.

"복네, 얘 복네."

"왜 그릅네까?" 그는 약통과 집게를 놓은 뒤에 돌아섰다.

"좀 오나라." 그는 말없이 감독 앞에 갔다.

"얘, 너, 음… 데 뒤 좀 가보디 않갔니?"

"뭘 하레요?"

"글쎄, 가야."

"가디요, 형님."

그는 돌아서면서 인부들 모여 있는 데로 고함쳤다.

"형님두 갑세다가레."

"싫다 얘. 둘이서 재미나게 가는데, 내가 무슨 맛에 가갔니?"

복녀는 얼굴이 새빨갛게 되면서 감독에게로 돌아섰다.

"가보자."

감독은 저편으로 갔다. 복녀는 머리를 수그리고 따라갔다.

"복네 좋갔구나."

뒤에서 이러한 고함 소리가 들렸다. 복녀의 숙인 얼굴은 더욱 발갛게 되었다. 그날부터 복녀도 '일 안 하고 공전 많이 받는 인부'의 한 사람으로 되었다.

복녀의 도덕관 내지 인생관은 그때부터 변하였다. 그는 아직껏 딴 사내와 관계를 한다는 것을 생각하여 본 일도 없었다. 그것은 사람의 일이 아니요 짐승의 하는 짓으로만 알고 있었다. 혹은 그런 일을 하면 탁 죽어지는지도 모를 일로 알았다. 그러나 이런 이상한 일이 어디 다시 있을까. 사람인 자기도 그런 일을 한 것을 보면, 그것은 결코 사람으로 못 할 일이 아니었었다. 게다가 일 안 하고도 돈 더 받고, 긴장된 유쾌가 있고, 빌어먹는 것보다 점잖고. 일본말로 하자면 '삼박자' 같은 좋은 일은 이것뿐이었었다. 이것이야말로 삶의 비결이 아닐까. 뿐만 아니라, 이 일이 있은 뒤부터, 그는 처음으로 한 개 사람이 된 것 같은 자신까지 얻었다. 그 뒤부터는, 그의 얼굴에는 조금씩 분도 바르게 되었다.

일년이 지났다. 그의 처세의 비결은 더욱더 순탄히 진척되었다. 그의 부처는 이제는 그리 궁하게 지내지는 않게 되었다. 그의 남편은 이것이 결국 좋은 일이라는 듯이 아랫목에 누워서 벌신벌신 웃고 있었다. 복녀의 얼굴은 더욱 이뻐졌다.

"여보, 아즈바니, 오늘은 얼마나 벌었소?"

복녀는 돈 좀 많이 번 듯한 거라지를 보면 이렇게 찾는다.

"오늘은 많이 못 벌었쉐다."

"얼마?"

"도무지 열서너 냥."

"많이 벌었쉐다가레, 한 댓 냥 꿰주소고래."

"오늘은 내가……"

어쩌고 하면, 복녀는 곧 뛰어가서 그의 팔에 늘어진다.

"나한테 들킨 댐에는 뀌구야 말아요."

"난 원 이 아즈마니 만나문 야단이더라. 자, 꿰주디. 그 대신 응? 알아 있디?"

"난 몰라요. 해해해해."

"모르문, 안 줄 테야."

"글쎄, 알았대두 그른다."

그의 성격은 이만큼까지 진보되었다.

가을이 되었다. 칠성문 밖 빈민굴의 여인들은 가을이 되면 칠성문 밖에 있는 중국인의 채마밭에 감자, 고구마며 배추를 도적질하러 밤에 바구니를 가지고 간다. 복녀도 감자깨나 잘 도적질하여 왔다. 어떤 날 밤, 그는 감자를 한 바구니 잘 도적질하여 가지고, 이젠 돌아오려고 일어설 때에, 그의 뒤에 시꺼먼 그림자가 서서 그를 꽉 붙들었다. 보니, 그것은 그 밭의 소작인인 중국인 왕서방이었었다. 복녀는 말도 못 하고 멀진멀진 발 아래만 내려다보고 있었다.

"우리집에 가." 왕서방은 이렇게 말하였다.

"가재문 가디. 훤, 것두 못 갈까."

복녀는 엉덩이를 한번 홱 두른 뒤에 머리를 젖히고 바구니를 저으면서 왕서방을 따라갔다. 한 시간쯤 뒤에 그는 왕서방의 집에서 나왔다. 그가 밭고랑에서 길로 들어서려 할 때에, 문득 뒤에서 누가 그를 찾았다.

"복네 아니야?"

복녀는 홱 돌아서 보았다. 거기는 자기 곁집 여편네가 바구니를 끼고 어두운 밭고랑을 더듬더듬 나오고 있었다.

"형님이댔쉐까? 형님두 들어갔댔쉐까?"

"님자두 들어갔댔나?"

"형님은 뉘 집에?"

"나? 눅서방네 집에. 님자는?"

"난 왕서방네…… 형님 얼마 받았소?"

"눅서방네 그 깍쟁이놈, 배추 세 페기……."

"난 삼 원 받았디."

복녀는 자랑스러운 듯이 대답하였다. 십 분쯤 뒤에 그는 자기 남편과, 그 앞에 돈 삼 원을 내어놓은 뒤에, 아까 그 왕서방의 이야기를 하면서 웃고 있었다.

그 뒤부터 왕서방은 무시로 복녀를 찾아왔다. 한참 왕서방이 눈만 멀진멀진 앉아 있으면, 복녀의 남편은 눈치를 채고 밖으로 나간다. 왕서방이 돌아간 뒤에는 그들 부처는, 일 원 혹은 이 원을 가운데 놓고 기뻐하고 하였다. 복녀는 차차 동리 거지들한테 애교를 파는 것을 중지하였다. 왕서방이 분주하여 못 올 때가 있으면 복녀는 스스로 왕서방의 집까지 찾아갈 때도 있었다. 복녀의 부처는 이제 이 빈민굴의 한 부자였었다.

그 겨울도 가고 봄이 이르렀다. 그때 왕서방은 돈 백 원으로 어떤 처녀를 하나 마누라로 사오게 되었다.

"흥." 복녀는 다만 코웃음만 쳤다.

"복녀, 강짜하갔구만."

동리 여편네들이 이런 말을 하면, 복녀는 흥 하고 코웃음을 웃고 하였다. 내가 강짜를 해? 그는 늘 힘있게 부인하고 하였다. 그러나 그의 마음에 생기는 검은 그림자는 어찌할 수가 없었다.

"이놈 왕서방, 네 두고 보자."

왕서방의 색시를 데려오는 날이 가까웠다. 왕서방은 아직껏 자랑하던 기다란 머리를 깎았다. 동시에 그것은 새색시의 의견이라는 소문이 쫙 퍼졌다.

"흥."

복녀는 역시 코웃음만 쳤다. 마침내 색시가 오는 날이 이르렀다. 칠보 단장에 사인교를 탄 색시가, 칠성문 밖 채마밭 가운데 있는 왕서방의 집에 이르렀다.

밤이 깊도록, 왕서방의 집에는 중국인들이 모여서 별한 악기를 뜯으며 별한 곡조로 노래하며 야단하였다. 복녀는 집 모퉁이에 숨어 서서 눈에 살기를 띠고 방 안의 동정을 듣고 있었다. 다른 중국인들은 새벽 두시쯤 하여 돌아갔다. 그 돌아가는 것을 보면서 복녀는 왕서방의 집 안에 들어갔다. 복녀의 얼굴에는 분이 하얗게 발리어 있었다. 신랑신부는 놀라서 그를 쳐다보았다. 그것을 무서운 눈으로 흘겨보면서, 그는 왕서방에게 가서 팔을 잡고 늘어졌다. 그의 입에서는 이상한 웃음이 흘렀다.

"자, 우리집으로 가요."

왕서방은 아무 말도 못 하였다. 눈만 정처없이 두룩두룩하였다. 복녀는 다시 한번 왕서방을 흔들었다.

"자, 어서."

"우리, 오늘 밤 일이 있어 못 가."

"일은 밤중에 무슨 일."

"그래두, 우리 일이."

복녀의 입에 아직껏 떠돌던 이상한 웃음은 문득 없어졌다.

"이까짓 것." 그는 발을 들어서 치장한 신부의 머리를 찼다.

"자, 가자우 가자우."

왕서방은 와들와들 떨었다. 왕서방은 복녀의 손을 뿌리쳤다. 복녀는 쓰러졌다. 그러나 곧 다시 일어섰다. 그가 다시 일어설 때는, 그의 손에는 얼른얼른 하는 낫이 한 자루 들리어 있었다.

"이 되놈, 죽어라, 죽어라, 이놈, 나 때렸디! 이놈아, 아이구, 사람 죽이누나."

그는 목을 놓고 처울면서 낫을 휘둘렀다. 칠성문 밖 외딴 밭 가운데 홀로 서 있는 왕서방의 집에서는 일장의 활극이 일어났다. 그러나 그 활극도 곧 잠잠하게 되었다. 복녀의 손에 들리어 있던 낫은 어느덧 왕서방의 손으로 넘어가고, 복녀는 목으로 피를 쏟으면서 그 자리에 고꾸라져 있었다.

복녀의 송장은 사흘이 지나도록 무덤으로 못 갔다. 왕서방은 몇 번 복녀의 남편을 찾아갔다. 복녀의 남편도 때때로 왕서방을 찾아갔다. 둘의 새에는 무슨 교섭하는 일이 있었다. 사흘이 지났다. 밤중에 복녀의 시체는 왕서방의 집에서 남편의 집으로 옮겼다. 그리고 그 시체에는 세 사람이 둘러앉았다. 한 사람은 복녀의 남편, 한 사람은 왕서방, 또 한 사람은 어떤 한방 의사. 왕서방은 말없이 돈주머니를 꺼내어, 십 원짜리 지폐 석 장을 복녀의 남편에게 주었다. 한방의의 손에도 십 원짜리 두 장이 갔다. 이튿날 복녀는 뇌일혈로 죽었다는 한방의의 진단으로 공동묘지로 가져갔다.

광염 소나타

 독자는 이제 내가 쓰려는 이야기를, 유럽의 어떤 곳에 생긴 일이라고 생각하여도 좋다. 혹은 사십 오십 년 뒤에 조선을 무대로 생겨날 이야기라고 생각하여도 좋다. 다만, 이 지구상의 어떠한 곳에 이러한 일이 있었는지도 모르겠다, 있는지도 모르겠다, 혹은 있을지도 모르겠다, 가능성뿐은 있다.

 이만치 알아두면 그만이다. 그런지라, 내가 여기 쓰려는 이야기의 주인공 되는 백성수를 혹은 알벨트라 생각하여도 좋을 것이요 짐이라 생각하여도 좋을 것이요 또는 호모나 기무라모로 생각하여도 괜찮다. 다만 사람이라 하는 동물을 주인공삼아 가지고 사람의 세상에서 생겨난 일인 줄만 알면. 이러한 전제로써, 자 그러면 내 이야기를 시작하자.

 "기회(찬스)라 하는 것이 사람을 망하게도 하고 흥하게도 하는 것을 아시오?"

 "네, 새삼스러이 연구할 문제도 아닐걸요."

 "자, 여기 어떤 상점이 있다 합시다. 그런데 마침 주인도 없고 사환도 없고 온통 비었을 적에 우연히 그 앞을 지나가던 신사가, 그 신사는 재산도 있고 명망도 있는 점잖은 사람인데, 그 신사가 빈 상점을 들여다보고 혹은 이렇게 생각할 수도 있지 않아요? 통 비었으니깐 도적놈이라도 넉넉히 들어갈 게다, 들어가서 훔치면 아무도 모를 테다, 집을 왜 이렇게 비워 둔담 이런 생각 끝에 혹은 그 그 뭐랄까 그 돌발적 변태심리로서 조그만 물건 하나(변변치도 않고 욕심도 안 나는)를 집어서 주머니에 넣는 경우가 있을지도 모르지 않겠습니까?"

"글쎄요."

"있습니다, 있어요."

어떤 여름날 저녁이었었다. 도회를 떠난 교외 어떤 강변에 두 노인이 앉아서 이런 이야기를 하고 있었다. 그 기회론을 주장하는 사람은 유명한 음악비평가 K씨였었다. 듣는 사람은 사회 교화자의 모 씨였었다.

"글쎄 있을까요?"

"있어요. 좌우간 있다 가정하고 그러한 경우에는 그 책임은 어디 있습니까?"

"동양 속담말에 외밭서는 신끈도 다시 매지 말랬으니 그 신사가 책임을 질까요?"

"그래 버리면 그뿐이지만 그 신사는 점잖은 사람으로서 그런 절대적 기묘한 찬스만 아니더라면 그런 마음은커녕 염도 내지도 않을 사람이라 생각하면 어찌 됩니까?"

"……"

"말하자면 죄는 '기회'에 있는데 '기회'라는 무형물은 벌은 할 수가 없으니깐 그 신사를 가해자로 인정할 수밖에는 지금은 없지요."

"그렇습니다."

"또 한 가지, 사람의 천재라 하는 것도 경우에 따라서는 어떤 '기회'가 없으면 영구히 안 나타나고 마는 일이 있는데, 그 '기회'란 것이 어떤 사람에게서 그 사람의 '천재'와 '범죄본능'을 한꺼번에 끄을어내었다면 우리는 그 '기회'를 저주하여야겠습니까 축복하여야겠습니까?"

"글쎄요."

"선생은 백성수라는 사람을 아시오?"

"백성수? 자, 기억이 없는데요."

"작곡가로서 그……"

"네, 생각납니다. 유명한 '광염 소나타'의 작가 말씀이지요?"

"네, 그 사람이 지금 어디 있는지 아십니까?"

"모릅니다. 뭐 발광했단 말이 있었는데"

"네, 지금 ××정신병원에 감금돼 있는데 그 사람의 일대기 이야기 들으시고 사회교화자로서의 의견을 말씀해 주십쇼."

내가 이제 이야기하려는 백성수의 아버지도 또한 천분 많은 음악가였습니다. 나와는 동창생이었는데 학생시대부터 벌써 그의 천분은 넉넉히 볼 수가 있었습니다. 그는 작곡과를 전공하였는데 때때로 스스로 작곡을 하여서는 밤중에 혼자서 피아노를 두드리고 하여서 우리들로 하여금 뜻하지 않고 일어나게 하고 하였습니다. 그리고 우리는 그 밤중에 울리어 오는 야성적 선율에 몸을 소스라치고 하였습니다.

그는 야인이었습니다. 광포스런 야성은 때때로 비위에 틀리면 선생을 두들기기가 예사이며 우리 학교 근처의 술집이며 모든 상점 주인들은 그에게 매깨나 안 얻어맞은 사람이 없었습니다. 그러한 야성은 그의 음악 속에 풍부히 잠겨 있어서 오히려 그 야성적 힘이 그의 예술을 더 빛나게 하는 것이었습니다. 그러나 그가 학교를 졸업하고 난 뒤에는 그 야성은 다른 곳으로 발전되고 말았습니다. 술! 술! 무서운 술이었습니다. 아침부터 저녁까지, 저녁부터 아침까지, 술잔이 그의 입에서 떠나지를 않았습니다. 그리고 술을 먹고는 여편네들에게 행패를 하고, 경찰서에 구류를 당하고, 나와서는 또 같은 일을 하고.

　작품? 작품이 다 무엇이외까. 술을 먹은 뒤에 취흥에 겨워 때때로 피아노에 앉아서 즉흥으로 탄주를 하고 하였는데 지금 생각하면 그 귀기가 사람을 엄습하는 힘과 야성(베토벤 이래로 근대 음악가에서 발견할 수 없던) 그런 보물이라 하여도 좋을 것이 많았지만 우리들은 각각 제 길 닦기에 바쁜 사람이라 주정꾼의 즉흥악을 일일이 베껴 둔다든가 그런 일은 꿈에도 생각하지 않았습니다. 우리들은 그의 장래를 생각하여 때때로 술을 삼가기를 권고하였지만 그런 야인에게 친구의 권고가 무슨 소용이 있겠습니까.

　"술? 술은 음악이다!" 하고는, 하하하하 웃어 버리고 다시 술집으로 달아나고 합니다. 그러한 지 칠팔 년이 지난 뒤에 그는 아주 폐인이 되고 말았습니다. 술이 안 들어가면 그의 손은 떨렸습니다. 눈에는 눈곱이 꼈습니다. 그리고 술이 들어가면, 술이 들어가면 그는 그 광포성을 발휘하였습니다. 누구를 물론하고 붙잡고는 입에 술을 부어 넣어 주었습니다. 그러다가는 장소를 불문하고 아무 데나 누워서 잡니다.

사실 아까운 천재였습니다. 우리들 새에는 때때로 그의 천분을 생각하고 아깝게 여기는 한숨이 있었지만 세상에서는 그 '장래가 무서운 한 천재'가 있었다는 것은 몰랐었습니다. 그러는 동안에는 그는 어떤 양가의 처녀를 어떻게 관계를 맺어서 애까지 뱄습니다. 그러나 그 애의 출생을 보지 못하고 아깝게도 심장마비로 죽어 버리고 말았습니다. 그 유복자로 세상에 나온 것이 백성수였습니다. 그러나 우리는 백성수가 세상에 출생되었다는 풍문만 들었지, 그 애 아버지가 죽은 뒤부터는 그 애의 소식이며 그 애 어머니의 소식은 일절 몰랐습니다. 아니, 몰랐다는 것보다, 그 집안의 일은 우리의 머리에서 온전히 잊어버리고 말았습니다.

삼십 년이라는 세월이 흘렀습니다. 십 년이면 산천도 변한다 하는데 삼십 년 새의 변천을 어찌 이루 다 말하겠습니까. 좌우간 그동안에 나는 내 이름을 닦아 놓았습니다. 아시다시피 지금 K라 하면 이 나라에서 첫 손가락을 꼽는 음악비평가가 아닙니까. 견실한 지도적 비평가 K라면 이 나라의 음악계의 권위이며, 이 나의 한마디는 음악가의 가치를 결정하는 판결문이라 하여도 옳을 만치 되었습니다. 많은 음악가가 내 손 아래서 자랐으며 많은 음악가가 내 지도로써 이름을 날렸습니다.

재작년 이른 봄 어떤 날이었습니다. 그때 나는 조용한 밤중의 몇 시간씩을 ○○예배당에 가서 명상으로 시간을 보내는 것이 습관이 되어 있었습니다. 언덕 위에 홀로 서 있는 집으로서 조용한 밤중에 혼자 앉아 있노라면 때때로 들보에서 놀라 깬 비둘기의 날개 소리와 간간이 기둥에서 뚝뚝 하는 소리 밖에는 아무 소리도 들리지 않는, 말하자면 나 같은 괴상한 성미를 가진 사람이 아니면 돈을 주면서 들어가래도 들어가지 않을 음침한 집이었습니다. 그러나 나 같은 명상을 즐기는 사람에게는 다른 데서 구하기 힘들도록 온갖 것을 가진 집이었습니다. 외따로고 조용하고 음침하며 간간이 알지 못할 신비한 소리까지 들리며 멀리서는 때때로 놀란 듯한 기적소리도 들리는, 이것뿐으로도 상당한데 게다가 이 예배당에는 피아노도 한 대 있었습니다.

예배당에는 오르간은 있을지나 피아노가 있는 곳은 쉽지 않은 것으로서 무슨 흥이나 날 때에는 피아노에 가서 한 곡조 두드리는 재미도 또한 괜찮았습니다. 그날 밤도(아마 두시는 지났을걸요) 그 예배당에서 혼자서 눈을 감고 조용한 맛을 즐기고 있노라는데, 갑자기 저편 아래에서 재재 하는 소리가 납디다. 그래서 눈을 번쩍 뜨니까 화광이 충천하였는데, 내다보니까 언덕 아래 어떤 집이 불이 붙으며 사람들이 왔다갔다 야단이었습니다. 이렇게 말하면 어떨지 모르지만 그다지 멀지 않은 곳에서 불붙는 것을 바라보는 맛도 괜찮은 것이었습니다. 일어서는 불길이며 퍼져 나가는 연기, 불씨의 날아나는 양, 그 가운데 거뭇거뭇 보이는 기둥, 집의 송장, 재재거리는 사람의 무리, 이런 것은 어떻게 생각하면 과연 시도 될지며 음악도 될 것이었습니다. 옛날에 네로가 로마의 불붙는 것을 바라보면서, 자기는 비파를 들고 노래를 하였다는 것도 음악가의 견지로 보면 그다지 나무랄 것이 아니었습니다. 나도 그때에 그 불을 보고 차차 흥이 났습니다. 네로를 본받아서 나도 즉흥으로 한 곡조 두드려

볼까. 어렴풋이 이런 생각을 하며 나는 그 불을 정신없이 바라보고 있었습니다.

그때였습니다. 갑자기 덜컥덜컥 하는 소리가 들리더니 예배당 문이 열리며 웬 젊은 사람이 하나 낭패한 듯이 뛰어들어왔습니다. 그리고 무엇에 놀란 사람같이 두리번두리번 사면을 살피더니 그래도 내가 있는 것은 못 보았는지 저편에 있는 창 안에 가서 숨어 서서 아래서 붙는 불을 내다봅니다.

나도 꼼짝을 못 하였습니다. 좌우간 심상스런 사람은 아니요 방화범이나 도적으로밖에는 인정할 수 없지 않겠습니까? 그래서 꼼짝을 못 하고 서 있노라니까 그 사람은 한숨을 쉽니다. 그리고 맥없이 두 팔을 늘이고 도로 나가려고 발을 떼려다가 자기 곁에 피아노가 놓인것을 보더니 교의를 끌어다 놓고 피아노 앞에 주저앉고 말겠지요. 나도 거기는 그만 직업적 흥미에 끌렸습니다. 그래서 무엇을 하나 보자 하고 있노라니까 뚜껑을 열더니 한 번 뚱하고 시험을 해 보아요. 그리고 조금 있더니 다시 뚱뚱 하고 시험을 해보겠지요.

이때부터 그의 숨소리가 차차 높아 가기 시작했습니다. 씩씩거리며 몹시 흥분된 사람같이 몸을 떨다가 벼락같이 양 손을 키 위에 갖다가 덮었습니다. 그 다음 순간으로 C샤프 단음계의 알레그로가 시작되었습니다.

처음에는 다만 흥미로써 그의 모양을 엿보고 있던 나는 그 알레그로가 울리어 나오는 순간 마음은 끝까지 긴장되고 흥분되었습니다. 그것은 순전한 야성적 음향이었습니다. 음악이라 하기에는 너무 힘있고 무기교이었습니다. 그러나 음악이 아니라기에는 거기는 너무 괴롭고도 무겁고 힘있는 '감정'이 들어 있었습니다. 그것은 마치 야반의 종소리와도 같이 사람의 마음을 무겁고 음침하게 하는 음향인 동시에 맹수의 부르짖음과 같이 사람으로 하여금 소름 돋치게 하는 무서운 감정의 발현이었습니다. 아아 그 야성적 힘과 남성적 부르짖음, 그 아래 감추어 있는 침통한 주림과 아픔, 순박하고도 아무 기교가 없는 그 표현!

나는 덜석 그 자리에 주저앉고 말았습니다. 그리고 음악가의 본능으로써 뜻하지 않고 주머니에서 오선지와 연필을 꺼내었습니다. 피아노의 울리어 나아가는 소리에 따라서 나의 연필은 오선지 위에서 뛰놀았습니다. 좀 급속도로 시작된 빈곤, 거기 연하여 주림, 꺼져 가는 불꽃과 같은 목숨, 그러한 것을 지나서 한참 연속되는 완서조의 압축된 감정, 갑자기 튀어져 나오는 광포. 거기 연한 쾌미 홍소, 이리하여 주화조로서 탄주는 끝이 났습니다. 더구나 그 속에 나타나 있는 압축된 감정이며 주림 또는 맹렬한 불길 등이 사람의 마음에 주는 그 처참함이며 광포성은 나로 하여금 아직 '문명'이라 하는 것의 은택에 목욕하여 보지 못한 야인을 연상케 하였습니다.

탄주가 다 끝이 난 뒤에도 나는 정신을 못 차리고 망연히 앉아 있었습니다. 물론 조금이라도 음악의 소양이 있는 사람일 것 같으면 이제 그 소나타를 음악에 대하여 정통으로 아무러한 수양도 받지 못한 사람이 다만 자기의 천재적 즉흥뿐으로 탄주한 것임을 알 것입니다. 해결이 없이 감칠도 화현이며 증육도 화현을 범벅으로 섞어 놓았으며 금칙인 병행 오팔도까지 집어넣은 것으로서, 더구나 스케르초는 온전히 뽑아 먹은, 대담하다면 대담하고 무식하다면 무식

하달 수도 있는 방분 자유한 소나타였습니다.

이때에 문득 내 머리에 떠오른 것은 삼십 년 전에 심장마비로 죽은 백○○였습니다. 그의 음악으로서 만약 정통적 훈련만 뽑고 거기다가 야성을 더 집어넣으면 지금 내 눈앞에 있는 그 음악가의 것과 같은 것이 될 것이었습니다. 귀기가 사람을 엄습하는 듯한 그 힘과 방분스런 표현과 야성, 이것은 근대 음악가에게 구하기 힘든 보물이었습니다.

그 소나타에 취하여 한참 정신이 어리둥절히 앉았던 나는 고즈넉이 일어서서, 그 피아노 앞에 가서 그의 어깨에 가만히 손을 얹었습니다. 한 곡조를 타고 나서 아주 곤한 듯이 정신이 없이 앉아 있던 그는 펄떡 놀라며 일어서서 내 얼굴을 보았습니다.

"자네 몇 살 났나?"

나는 그에게 이렇게 첫 말을 물었습니다. 가슴이 답답한 나로서는 이런 말밖에는 갑자기 다른 말이 생각 안 났습니다. 그는 높은 창에서 들어오는 달빛을 받고 있는 내 얼굴을 한순간 쳐다보고 머리를 돌이키고 말았습니다.

"배고프냐?"

나는 두 번째 그에게 물었습니다. 그는 시끄러운 듯이 벌떡 일어섰습니다. 그리고 달빛이 비친 내 얼굴을 정면으로 바라보다가, "아, K선생님 아니세요?" 하면서 나를 붙들었습니다. 그래서 그렇노라고 하니깐, "사진으로는 늘 봤습니다마는……." 하면서 다시 맥없이 나를 놓으며 머리를 돌렸습니다. 그 순간, 그가 머리를 돌이키는 순간 달빛에 얼핏, 나는 그의 얼굴을 처음으로 보았습니다. 그리고 나는 거기서 뜻밖에 삼십 년 전에 죽은 벗 백○○의 모습을 발견하였습니다.

"자, 자네 이름이 뭐인가?"

"백성수."

"백성수? 그 백○○의 아들이 아닌가. 삼십 년 전에, 자네가 나오기 전에 세상 떠난……."

그는 머리를 번쩍 들었습니다.

"네? 선생님 어떻게 아세요?"

"백○○의 아들인가? 같이두 생겼다. 내가 자네의 아버지와 동창이네. 아아, 역시 그 애비의 아들이다."

그는 한숨을 길게 쉬며 머리를 수그려 버렸습니다.

나는 그날 밤 그 백성수를 데리고 집으로 돌아왔습니다. 그리고 비록 작곡상 온갖 법칙에는 어그러진다 하나 그만치 힘과 정열과 야성으로 찬 소나타를 거저 버리기가 아까워서 다시 한번 피아노에 올라앉기를 명하였습니다. 아까 예배당에서 내가 베낀 것은 알레그로가 거의 끝난 곳부터였으므로 그 전 것을 베끼기 위해서였습니다. 그는 피아노를 향하여 앉아서 머리를 기울였습니다. 몇 번 손으로 키를 두드려 보다가는 다시 머리를 기울이고 생각하고 하였습니다. 그러나 다섯 번 여섯 번을 다시 하여 보았으나 아무 효과도 없었습니다. 피아노에서 울려 나오는 음향은 규칙 없고 되지 않은 한낱 소음에 지나지 못하였습니다. 야성? 힘? 귀기? 그런 것은 없었습니다. 감정의 재뿐이었습니다.

"선생님 잘 안 됩니다."

그는 부끄러운 듯이 연하여 고개를 기울이며 이렇게 말하였습니다.

"두 시간도 못 되어서 벌써 잊어버린담?"

나는 그를 밀어 놓고 내가 대신하여 피아노 앞에 앉아서 아까 베낀 그 음보를 펴놓았습니다. 그리고 내가 베낀 곳부터 다시 시작하였습니다. 화염! 화염! 빈곤, 주림, 야성적 힘, 기괴한 감금당한 감정! 음보를 보면서 타던 나는 스스로 흥분이 되었습니다. 미상불 그때는 내 눈은 미친 사람같이 번득였으며 얼굴은 흥분으로 새빨갛게 되었을 것이었습니다. 즉, 그때에 그가 갑자기 달려들더니 나를 떠밀쳐 버렸습니다. 그리고 자기가 대신하여 앉았습니다.

의자에서 떨어진 나는 너무 흥분되어 다시 일어날 힘도 없이 그 자리에 앉은 대로 그의 양을 쳐다보았습니다. 그는 나를 밀쳐 버린 다음에 그 음보를 들고서 읽기 시작하였습니다. 아아 그의 얼굴! 그의 숨소리가 차차 높아지면서 눈은 미친 사람과 같이 빛을 내기 시작하였습니다. 그러더니 그 음보를 획 내어던지며 문득 벼락같이 그의 두 손은 피아노 위에 덧엎혔습니다. 'C샤프 단음계'의 광포스런 '소나타'는 다시 시작되었습니다. 폭풍우같이 또는 무서운 물결같이 사람으로 하여금 숨막히게 하는 그 힘, 그것은 베토벤 이래로 근대 음악가에서 보지 못하던 광포스런 야성이었습니다. 무섭고도 참담스런 주림, 빈곤, 압축된 감정, 거기서 튀어져 나온 맹염, 공포, 홍소. 아아 나는 너무 숨이 답답하여 뜻하지 않고 두손을 홰홰 내저었습니다.

그날 밤이 새도록, 그는 흥분이 되어서 자기의 과거를 일일이 다

이야기하였습니다. 그 이야기에 의지하면 대략 그의 경력이 이러하였습니다. 그의 어머니는 그를 밴 뒤에 곧 자기의 친정에서 쫓겨 나왔습니다. 그때부터 그의 가난함은 시작되었습니다. 그러나 교양이 있고 어진 그의 어머니는 품팔이를 할지언정 성수는 곱게 길렀습니다. 변변치는 않으나마 오르간 하나를 준비하여 두고, 그가 잠자렬 때에는 슈베르트의 '자장가'로써 그의 잠을 도왔으며 아침에 깰 때는 하루 종일 유쾌히 지내게 하기 위하여 도랜드의 '세컨드 왈츠'로써 그의 원기를 돋우었습니다.

그는 세 살 났을 적에 어머니의 품에 안겨서 오르간을 장난하여 보았습니다. 이 오르간을 장난하는 것을 본 어머니는 근근이 돈을 모아서 그가 여섯 살 나는 해에 피아노를 하나 샀습니다. 아침에는 새소리, 바람에 버석거리는 포플러잎, 어머니의 사랑, 부엌에서 국 끓는 소리, 이러한 모든 것이 이 소년에게는 신비스럽고도 다정스러워 그는 피아노에 향하여 앉아서 생각나는 대로 키를 두드리고 하였습니다. 이러한 가운데 고이 소학과 중학도 마치었습니다. 그러는 동안에 음악에 대한 동경은 그의 가슴에 터질 듯이 쌓였습니다.

중학을 졸업한 뒤에는 인젠 어머니를 위하여 그는 학업을 중지하지 않을 수가 없었습니다. 그는 어떤 공장의 직공이 되었습니다. 그러나 어진 어머니의 교육 아래서 길러난 그는 비록 직공은 되었다 하나 아주 온량한 사람이었습니다. 그리고 음악에 대한 집착은 조금도 줄지 않았습니다. 비록 돈이 없어서 정식으로 음악교육은 못 받을망정 거리에서 손님을 끄느라고 틀어 놓은 유성기 앞이며 또는 일요일날 예배당에서 찬양대의 노래에 젊은 가슴을 뛰놀리던 그이었습니다. 집에서는 피아노 앞을 떠나 본일이 없었습니다.

때때로 비상한 감흥으로 오선지를 내어놓고 음보를 그려 본 적도 한두 번이 아니었습니다. 그러나 이상한 것은 그만치 뛰놀던 열정과 터질 듯한 감격도 음보로 그려 놓으면 아무 긴장도 없는 싱거운 음계가 되어 버리고 하였습니다. 왜? 그만치 천분이 있고 그만치 열정이 있던 그에게서 왜 그런 재와 같은 음악만 나왔느냐고 물으실 테지요. 거기 대하여서는 이따가 설명하리다. 감격과 불만 열정과 재, 비상한 흥분과 그 흥분에 대한 반비례되는 시원치 않은 결과 이러한 불만의 십 년이 지났습니다.

그의 어머니는 문득 몹쓸 병에 걸렸습니다. 자양과 약값, 그의 몇 해를 근근이 모았던 돈은 차차 줄기 시작하였습니다. 조금이라도 안락한 생활이 되면 정식으로 음악에 대한 교육을 받으려고 모아 두었던 저금은 그의 어머니의 병에 다 들어갔습니다. 그러나 그의 어머니의 병은 차도가 보이지 않았습니다. 그리하여, 그와 내가 그 예배당에서 만나기 전 해 여름 어떤 날, 그의 어머니는 도저히 회복할 가망이 없는 중태에까지 빠지게 되었습니다. 그러나 그때는 벌써 그에게는 돈이라고는 다 떨어진 때였습니다.

그날 아침, 그는 위독한 어머니를 버려 두고 역시 공장에를 갔습니다. 그러나 아무리 하여도 마음이 놓이지 않아서 일을 중도에 그만두고 집으로 돌아왔습니다. 그때는 어머니는 벌써 혼수상태에 빠져 있었습니다. 가슴이 덜컥 내려앉은 그는 황급히 다시 뛰어나갔습니다. 그러나 어디로? 무얼 하러? 뜻없이 뛰어나와서 한참 달음박질하다가, 그는 문득 정신을 차리고 의사라도 청할 양으로 히끈 돌아섰습니다.

　그때였습니다. 아까 내가 말한 바 '기회'라는 것이 그때에 그의 앞에 나타났습니다. 그것은 조그만 담뱃가게 앞이었는데 가게와 안방과의 새의 문은 닫겨 있고 안에는 미상불 사람이 있을지나 가게를 보는 사람은 눈에 안 띄었습니다. 그리고 그 담배 상자 위에는 오십 전짜리 은전 한 닢과 동전 몇 닢이 놓여 있었습니다. 그는 자기로도 무엇을 하는지 몰랐습니다. 의사를 청하여 오려면, 다만 몇십 전이라도 돈이 있어야겠단 어렴풋한 생각만 가지고 있던 그는, 한번 사면을 살핀 뒤에 벼락같이 그 돈을 쥐고 달아났습니다. 그러나 그는 이십 간도 뛰지 못하여 따라오는 그 집 사람에게 붙들렸습니다. 그는 몇 번을 사정하였습니다. 마지막에는 자기의 어머니가 명재경각이니, 한 시간만 놓아주면 의사를 어머니에게 보내고 다시 오마고까지 하여 보았습니다. 그러나, 그런 말은 모두 헛소리로 돌아가고, 그는 마침내 경찰서로 가게 되었습니다.

　경찰서에서 재판소로 재판소에서 감옥으로 이러한 여섯 달 동안에 그는 이를 갈면서 분해하였습니다. 자기 어머니의 운명이 어찌 되었나. 그는 손과 발을 동동 구르면서 안타까워했습니다. 만약 세상을 떠났다 하면 떠나는 순간에 얼마나 자기를 찾았겠습니까. 임종에도 물 한 잔 떠넣어 줄 사람이 없는 어머니였습니다. 애타하는 그 모양, 목말라하는 그 모양을 생각하고는 그 어머니에게 지지 않게 자기도 애타하고 목말라했습니다.

　반 년 뒤에 겨우 광명한 세상에 나와서 자기의 오막살이를 찾아가매 거기는 벌써 다른 사람이 들어 있었으며 그의 어머니는 반 년

전에 아들을 찾으며 길에까지 기어나와서 죽었다 합니다. 공동묘지를 가보았으나 분묘조차 발견할 수가 없었습니다. 이리하여 갈 곳이 없이 헤매던 그는 그날도 역시 잘 곳을 찾으러 헤매다가 그 예배당(나하고 만난)까지 뛰쳐 들어온 것이었습니다.

여기까지 이야기해 오던 K씨는 문득 말을 끊었다. 그리고 마도로스 파이프를 꺼내어 담배를 피워 가지고 빨면서 모씨에게 향하였다.

"선생은 이제 내가 이야기한 가운데 모순된 점을 발견 못 하셨습니까?"

"글쎄요."

"그럼 내가 대신 물으리다. 백성수는 그만치 천분이 많은 음악가였었는데 왜 그 광염 소나타(그날 밤의 소나타를 '광염 소나타'라고 그랬습니다)를 짓기 전에는 그만치 흥분되고 긴장되었다가도 일단 음보로 만들어 놓으면 아주 힘없는 것이 되어 버리고 했겠습니까?"

"그게야 미상불 그때의 흥분이 '광염 소나타'를 지을 때의 흥분만 못한 연고겠지요."

"그렇게 해석하세요? 듣고 보니 그것은 한 해석이 되기는 합니다. 그러나 나는 그렇게 해석 안 하는데요."

"그럼 K씨는 어떻게 해석하십니까?"

"나는, 아니, 내 해석을 말하는 것보다 그 백성수한테서 내게로 온 편지가 한 장 있는데, 그것을 보여 드리리다. 선생은 오늘 바쁘시지 않으세요?"

"일은 없습니다."

"그러면 우리집까지 잠깐 같이 가보실까요?"

"가지요."

두 노인은 일어섰다. 도회와 교외의 경계에 달린 K씨의 집에까지 두 노인이 이른 때는 오후 너덧시가 된 때였었다. 두 노인은 K씨의 서재에 마주앉았다.

"이것이 이삼 일 전에 백성수한테서 내게로 온 편지인데 읽어 보세요."

K씨는 서랍에서 기다란 편지 뭉치를 꺼내어 모씨에게 주었다. 모씨는 받아서 폈다.

"가만, 여기서부터 보세요. 그 전에는 쓸데없는 인사이니까."

(중략) 그리하여 그날도 또한 이제 밤을 지낼 집을 구하느라고 돌아다니던 저는 우연히 그 집, 제가 전에 돈 오십여 전을 훔친 집 앞에까지 이르렀습니다. 깊은 밤 사면은 고요한데 그 집 앞에서 잘 곳을 구하느라고 헤매던 저는 문득 마음속에 무서운 복수의 생각이 일어났습니다.

이 집만 아니었더면, 이 집 주인이 조금만 인정이라는 것을 알았더면, 저는 그 불쌍한 제 어머니로서 길에까지 기어나와서 세상을 떠나게 하지는 않았겠습니다. 분묘가 어디인지조차 알지 못하여 꽃 한 번 갖다가 꽂아 보지 못한 이러한 불효도 이 집 때문이외다. 이러한 생각에 참지를 못하여, 그 집 앞에 가려 있는 볏짚에다가 불을 놓았습니다. 그리고 거기 서서 불이 집으로 옮아 가는 것을 다 본 뒤에 갑자기 무서운 생각이 나서 달아났습니다. 좀 달아나다 보매 아래서는 벌써 사람이 꾀어들기 시작한 모양인데 이때에 저의 머리에 타오르는 생각은 통쾌하다는 생각과 달아나려는 생각뿐이었습니다. 그리하여 저는 몸을 숨기기 위하여 앞에 보이는 예배당 안으로 뛰어들어갔습니다. 거기서 불이 다 꺼지도록 구경을 한 뒤에 나오려다가 피아노를 보고.

"이보세요." K씨는 편지를 보는 모씨를 찾았다.

"비상한 열정과 감격은 있어두 그것이 그대로 표현 안 된 것이 그것 때문이었습니다. 즉 성수의 어머니는 몹시 어진 사람으로서 어렸을 때부터 성수의 교육을 몹시 힘을 들여서 착한 사람이 되도록, 이렇게 길렀습니다그려. 그 어진 교육 때문에 그가 하늘에서 타고난 광포성과 야성이 표면상에 나타나지를 못하였습니다. 그 타오르는 야성적 열정과 힘이 음보로 그려 놓으면 아주 힘없는, 말하자면 김 빠진 술과 같이 되고 하는 것이 모두 그 때문이었습니다. 점잖고 어진 교훈이, 그의 천분을 못 발휘하게 한 셈이지요."

"흠."

"그것이, 그 사람 성수가, 감옥생활을 할 동안에 한 번 씻기기는 하였으나, 그러나 사람의 교양이라 하는 것은 온전히 씻지는 못하는 것이외다. 그러다가, 그 '원수'의 집 앞에서 갑자기, 말하자면 돌발적으로 야성과 광포성이 나타나서 불을 놓고 예배당 안에 숨어 서서 그 야성적 광포적 쾌미를 한껏 즐긴 다음에, 그에게서 폭발하여 나온 것이 그 '광염 소나타'였구려. 일어서는 불길, 사람의 비명, 온갖 것을 무시하고 퍼져 나가는 불의 세력, 이런 것은 사실 야성적 쾌미 가운데 으뜸이 되는 것이니깐요."

"……"

"아셨습니까. 그러면 그 다음에 그 편지의 여기부터 또 보세요."

(중략) 저는 그날의 일이 아직 눈앞에 어리는 듯하외다. 선생님이 저를 세상에 소개하시기 위하여 늙으신 몸이 몸소 피아노에 앉으셔서 초대한 여러 음악가들 앞에서 제 '광염 소나타'를 탄주하시던 그 광경은 지금 생각하여도 제 눈에서 눈물이 나오려 합니다. 그때에 그 손님 가운데 부인 손님 두 분이 기절을 한 것은 결코 '광염 소나타'의 힘뿐이 아니고 선생의 그 탄주의 힘이 많이 섞인 것을 뉘라서 부인하겠습니까. 그 뒤에 여러 사람 앞에 저를 내어세우고, "이 사람이 '광염 소나타'의 작자이며 삼십 년 전에 우리를 버려 두고 혼자 간 일대의 귀재 백○○의 아들이외다." 고 소개를 하여 주신 그때의 그 감격은 제 일생에 어찌 잊사오리까. 그 뒤에 선생님께서 저를 위하여 꾸며 주신 방도 또한 제 마음에 가장 맞는 방이었습니다.

널따란 북향 방에 동남쪽 귀에 든든한 참나무 침대가 하나, 서북쪽 귀에 아무 장식 없는 참나무 책상과 의자, 피아노가 하나씩, 그밖에는 방 안에 장식이라고는 서남쪽 벽에 커다란 거울이 하나 있을 뿐, 덩더렇게 넓은 방은 사실 밤에 전등 아래 앉아 있노라면 저절로 소름이 끼치도록 무시무시한 방이었습니다. 게다가 방 안은 모두 꺼먼 칠을 하고, 창 밖에는 늙은 홰나무의 고목이 한 그루 서 있는 것도 과연 귀기가 돌았습니다. 이러한 가운데서 선생님은 저로 하여금 방분스러운 음악을 낳도록 애써 주셨습니다. 저도 그런 환경 아래서 좋은 음악을 낳아 보려고 얼마나 애를 썼겠습니까. 어떤 날 선생님께 작곡에 대한 계통적 훈련을 원할 때에 선생님은 이렇게 대답하셨습니다.

"자네게는 그러한 교육이 필요가 없어. 마음대로 나오는 대로 하게. 자네 같은 사람에게 계통적 훈련이 들어가면 자네의 음악은 기계화해 버리고 말아. 마음대로 온갖 규칙과 규범을 무시하고 가슴에서 터져 나오는 대로."

저는 이 말씀의 뜻을 똑똑히는 몰랐습니다. 그러나 대략한 의미뿐은 통하였습니다. 그리하여 저는 마음대로 한껏 자유스러운 음악의 경지를 개척하려 하였습니다. 그러나 그 동안에 제가 산출한 음악은 모두 이상히도 저의 이전(제 어머니가 아직 살아 계실 때)의 것과 마찬가지로 아무러한 힘도 없는 음향의 유희에 지나지 못하였습니다.

저는 얼마나 초조하였겠습니까. 때때로 선생님께서 채근 비슷이 하시는 말씀은 저로 하여금 더욱 초조하게 하였습니다. 그리고 마음이 초조하면 초조할수록 제게서 생겨나는 음악은 더욱 나약한 것이 되었습니다. 저는 때때로 그 불붙던 광경을 생각하여 보았습니다. 그리고 그때에 통쾌하던 감정을 되풀이하여 보려 하였습니다. 그러나 그것 역시 실패에 돌아갔습니다. 때때로 비상한 열정으로 음보를 그려 놓은 뒤에 몇 시간을 지나서 다시 한번 읽어 보면 거기는 아무 힘이 없는 개념만 있고 하였습니다. 저의 마음은 차차 무거워지기 시작하였습니다. 그리고 큰 기대를 가지고 계신 선생님께도 미안하기가 짝이 없었습니다.

"음악은 공예품과 달라서 마음대로 만들고 싶은 때에 되는 것이 아니니 마음놓고 천천히 감흥이 생긴 때에."

이러한 선생님의 위로의 말씀이 듣기가 제 살을 깎아 먹는 듯하였습니다. 그러나 제 마음상은 인제는 제게서 다시 힘있는 음악이 나올 기회가 없는 것같이만 생각되었습니다. 이러는 동안에 무위의 몇 달이 지났습니다. 어떤 날 밤중, 가슴이 너무 무겁고 가슴속에 무엇이 가득 찬 것같이 거북하여서, 저는 산보를 나섰습니다. 무거운 머리와 무거운 가슴과 무거운 다리를 지향없이 옮기면서 돌아다니다가 저는 어떤 곳에서 커다란 볏짚 낟가리를 발견하였습니다.

  이때의 저의 심리를 어떻게 형용하였으면 좋을지 저는 모르겠습니다. 저는 무슨 무서운 적을 만난 것같이 긴장되고 흥분되었습니다. 저는 사면을 한번 살펴보고, 그 낟가리에 달려가서 불을 그어서 놓았습니다. 그리고 갑자기 무서움증이 생겨서 돌아서서 달아나다가, 멀찌가니까지 달아나서 돌아보니까, 불길은 벌써 하늘을 찌를 듯이 일어났습니다.

  왁, 왁, 꺄, 꺄, 사람들이 부르짖는 소리도 들렸습니다. 저는 다시 그곳까지 가서, 그 무서운 불길에 날아 올라가는 볏짚이며, 그 낟가리에 연달아 있는 집을 헐어 내는 광경을 구경하다가 문득 흥분되어서 집으로 돌아왔습니다. 그날 밤에 된 것이 '성난 파도'이었습니다. 그 뒤에 이 도회에서 일어난, 알지 못할 몇 가지의 불은, 모두 제가 질러 놓은 것이었습니다. 그리고, 불이 있던 날 밤마다 저는 한 가지의 음악을 얻었습니다. 며칠을 연하여 가슴이 몹시 무겁다가 그것이 마침내 식체와 같이 거북하고 답답하게 되는 때는 저는 뜻없이 거리를 나갑니다. 그리고 그러한 날은 한 가지의 방화사건이 생겨나며 그날 밤에는 한 곡의 음악이 생겨났습니다. 그러나 그것도 번수가 차차 많아 갈 동안, 저의, 그 불에 대한 흥분은 반비례로 줄어졌습니다. 온갖 것을 용서하지 않는 불꽃의 잔혹함도, 그다지 제 마음을 긴장시키지 못하였습니다.

"차차, 힘이 적어져 가네."

선생님께서 제 음악을 보시고 이렇게 말씀하신 것이 그러한 때였습니다. 그러나, 저는 게서 더할 도리가 없었습니다. 하는 수 없이 저는 한동안 음악을 온전히 잊어버린 듯이 내버려두었습니다.

모씨가 성수의 마지막 편지를 여기까지 읽었을 때에, K씨가 찾았다.

"재작년 봄에서 가을에 걸쳐서, 원인 모를 불이 많지 않았습니까. 그것이 죄 성수의 장난이었습니다그려."

"K씨는 그것을 온전히 모르셨습니까?"

"나요? 몰랐지요. 그런데, 그 어떤 날 밤이구려. 성수는 기대에 반해서, 우리집으로 온 지 여러 달이 됐지만, 한 번도 힘있는 것을 지어 본 일이 없겠지요. 그래서, 저 사람에게 무슨 흥분될 재료를 줄 수가 없나 하고 혼자 생각하며 있더랬는데, 그때에 저…… 편."

K씨는 손을 들어 남편 쪽 창을 가리켰다.

"저…… 편 꽤 멀리서 불붙는 것이 눈에 뜨입디다그려. 그래서 저것을 성수에게 보이면, 혹 그때의 감정(그때는, 나는 그 담배 장수네 집에 불이 일어난 것도 성수의 장난인 줄은 꿈에도 생각 안 했구료)을 부활시킬지도 모르겠다, 이렇게 생각하구 성수의 방으로 올라가려는데, 문득 성수의 방에서 피아노 소리가 울려 나옵니다그려. 나는 올라가려던 발을 부지중 멈추고 말았지요. 역시 C샤프 단음계로서, 제일곡은 뽑아 먹고, 아다지오에서 시작되는데, 고요하고 잔잔

한 바다, 수평선 위로 넘어가려는 저녁 해, 이러한 온화한 것이 차차 스케르초로 들어가서는 소낙비, 풍랑, 번개질, 무서운 바람 소리, 우레질, 전복되는 배, 곤해서 물에 떨어지는 갈매기, 한번 뒤집어지면서 해일에 쓸려 나가는 동네 사람의 부르짖음, 흥분에서 흥분, 광포에서 광포, 야성에서 야성, 온갖 공포와 포학한 광경이 눈앞에 어릿거리는데, 이 늙은 내가 그만 흥분에 못 견디어, 뜻하지 않고 '그만두어 달라'고 고함친 것만으로도 짐작하시겠지요. 그리고 올라가서 보니깐, 그는 탄주를 끝내고 피곤한 듯이 피아노에 기대고 앉아 있고, 이제 탄주한 것은 벌써 '성난 파도'라는 제목 아래 음보로 되어 있습디다."

"그러면 성수는 불을 두 번 놓고, 두 음악을 얻었다는 말씀이지요?"

"그렇지요. 그러고, 그 뒤부터는 한 십여 일 건너서는 하나씩 지었는데, 그것이 지금 보면, 한 가지의 방화사건이 생길 때마다 생겨난 것이었습니다. 그러나, 그의 편지마따나, 얼마 지나서부터는 차차 그 힘과 야성이 적어지기 시작했지요. 그래서,"

"가만계십쇼. 그 사람이 그 다음에도 '피의 선율'이나 그 밖에 유명한 곡조를 여러 개 만들지 않았습니까?"

"글쎄 말이외다. 거기 대한 설명은 그 편지를 또 보십쇼. 여기서부터 또 보시면 알리다."

(중략) ××다리 아래로서 나오려는데, 무엇이 발길에 채는 것이 있었습니다. 성냥을 그어 가지고 보니깐, 그것은 웬 늙은이의 송장이었습니다. 저는 그것이 무서워서 달아나려다가, 돌아서려던 발을 다

시 돌이켰습니다. 그리고, 선생님은 이제 제가 쓰는 일을 이해하여 주실는지요. 그것은 너무도 기괴한 일이라 저로서도 믿어지지 않는 일이었습니다.

그 송장을 타고 앉았습니다. 그리고 그 송장의 옷을 모두 찢어서 사면으로 내어던진 뒤에, 그 벌거벗은 송장을, (제 힘이라 생각되지 않는)무서운 힘으로써 높이 쳐들어서, 저편으로 내어던졌습니다. 그런 뒤에는, 마치 고양이가 알을 가지고 놀 듯, 다시 뛰어가서 그 송장을 들어서, 도로 이편으로 던졌습니다. 이렇게 몇 번을 하여 머리가 깨지고, 배가 터지고, 그 송장은 보기에도 참혹스러이 되었습니다. 그리하여 그 송장을 다시 만질 곳이 없이 된 뒤에, 저는 그만 곤하여 그 자리에 앉아서 쉬려다가 갑자기 마음이 긴장되고 흥분되어서, 집으로 달려왔습니다. 그날 밤에 된 것이 '피의 선율'이었습니다.

"선생은 이러한 심리를 아시겠습니까?"

"글쎄요."

"아마, 모르실걸요, 그러나 예술가로서는 능히 머리를 끄덕일 수 있는 심리외다. 그리고 또 여기를 읽어 보십시오."

(중략) 그 여자가 죽었다는 것은 제게는 사실 뜻밖이었습니다. 저는, 그날 밤 혼자 몰래 그 여자의 무덤을 찾아갔습니다. 그리고 칠팔 시간 전에 묻어 놓은 그의 무덤의 흙을 다시 파서 그의 시체를 꺼내어 놓았습니다.

푸르른 달빛 아래 누워 있는 아름다운 그의 모양은 과연 선녀와 같았습니다. 가볍게 눈을 닫고 있는 창백한 얼굴, 곧은 콧날, 풀어헤친 검은 머리, 아무 표정도 없는 고요한 얼굴은 더욱 처염함을 도왔습니다. 이것을 정신이 없이 들여다보고 있던 저는 갑자기 흥분이 되어, 아아, 선생님 저는 이 아래를 쓸 용기가 없습니다. 재판소의 조서를 보시면 저절로 아실 것이올시다. 그날 밤에 된 것이 '사령'이었습니다.

"어떻습니까?"

"……"

"네?"

"……"

"언어도단이에요? 선생의 눈으로는 그렇게 뵈시리다. 또 여기를 읽어 보십쇼."

　(중략) 이리하여 저는 마침내 사람을 죽인다 하는 경우에까지 이르렀습니다. 그리고 한 사람이 죽을 때마다 한 개의 음악이 생겨났습니다. 그 뒤부터 제가 지은 그 모든 것은 모두 다 한 사람씩의 생명을 대표하는 것이었습니다.

"인전 더 보실 것이 없습니다. 그런데 그만큼 보셨으면 성수에 대한 대략한 일은 아셨을 터인데, 거기 대한 의견이 어떻습니까?"

"……"

"네?"

"어떤 의견 말씀이오니까?"

"어떤 '기회'라는 것이 어떤 사람에게서, 그 사람의 가지고 있는 천재와 함께, '범죄 본능'까지 끄을어내었다 하면, 우리는 그 '기회'를 저주하여야겠습니까 혹은 축복하여야겠습니까? 이 성수의 일로 말하자면 방화, 사체 모욕, 시간, 살인, 온갖 죄를 다 범했어요. 우리 예술가협회에서 별로 수단을 다 써서 정부에 탄원하고 재판소에 탄원하고 해서 겨우 성수를 정신병자라 하는 명목 아래 정신병원에 감금했지, 그렇지 않으면 당장에 사형이 아닙니까. 그런데 이제 그 편지를 보셔도 짐작하시겠지만 통상시에는 그 사람은 아주 명민하고 점잖고 온화한 청년입니다. 그러나, 때때로 그, 뭐랄까, 그 흥분 때문에 눈이 아득하여져서 무서운 죄를 범하고 그 죄를 범한 다음에는 훌륭한 예술을 하나씩 산출합니다. 이런 경우에 우리는 그 죄를 밉게 보아야 합니까, 혹은 그 범죄 때문에 생겨난 예술을 보아서 죄를 용서하여야 합니까?"

"그게야 죄를 범치 않고 예술을 만들어 냈으면 더 좋지 않습니까?"

"물론이지요. 그러나 이 성수 같은 사람도 있는 것이니깐 이런 경우엔 어떻게 해결하렵니까?"

"죄를 벌해야지요. 죄악이 성하는 것을 그냥 볼 수는 없습니다."

K씨는 머리를 끄덕였다.

"그렇겠습니다. 그러나 우리 예술가의 견지로는 또 이렇게 볼 수도 있습니다. 베토벤 이후로는 음악이라 하는 것이 차차 힘이 빠져가서 꽃이나 계집이나 찬미할 줄 알고 연애나 칭송할 줄 알아서 선이 굵은 것은 볼 수가 없이 되었습니다. 게다가 엄정한 작곡법이 있어서 그것은 마치 수학의 방정식과 같이 작곡에 대한 온갖 자유스런 경지를 제한해 놓았으니깐 이후에 생겨나는 음악은 새로운 길을 개척하기 전에는 한 기술이 될 것이지 예술이 될 수는 없습니다. 예술가에게는 이것이 쓸쓸해요. 힘있는 예술, 선이 굵은 예술, 야성으로 충일 된 예술, 이것을 기다린 지 오랬습니다. 그럴 때에, 백성수가 나타났습니다. 사실 말이지 백성수의 그새의 예술은 그 하나하나가 모두 우리의 문화를 영구히 빛낼 보물입니다. 우리의 문화의 기념탑입니다. 방화? 살인? 변변치 않은 집개, 변변치 않은 사람개는 그의 예술의 하나가 산출되는 데 희생하라면 결코 아깝지 않습니다. 천 년에 한 번, 만 년에 한번 날지 못 날지 모르는 큰 천재를, 몇 개의 변변치 않은 범죄를 구실로 이 세상에서 없이하여 버린다 하는 것은 더 큰 죄악이 아닐까요. 적어도 우리 예술가에게는 그렇게 생각됩니다."

K씨는 마주앉은 노인에게서 편지를 받아서 서랍에 집어넣었다. 새빨간 저녁 해에 비치어서 그의 늙은 눈에는 눈물이 반득였다.

나의 넥타이

어디까지 가겠다는 특별한 목적지 없이 행장을 꾸려가지고 정거장까지 나가보니 마침 부산행기차가 있었다. 좌우간 부산까지 표를 샀다. 그리고 기차 안에서 어디로 갈까? 하고 생각도 하며 잠도 자는 동안에 기차는 어느덧 부산까지 이르렀다. 부산서 기차를 내려서는 그냥 관부 연락선에 올랐다. 연락선에서 동경까지의 차표를 샀다. 이리하여 이틀 뒤에는 아무 목적도 없이 아무 필요도 없이 동경의 아스팔트를 밟게 되었다.

동경에서의 며칠. 횡하니 일광으로 달아나서 또 며칠. 다시 돌아서는 열해로 뛰쳐들어 또 며칠. 이런 목적 없는 여행을 한가로이 계속 하는 동안 행장에는 다른 것은 아무것도 들은 것이 없고 넥타이 한 개가 더 생긴 것 뿐이다. 영국제 넥타이, 정가 십칠원 얼마. 회백색 썩 점잖은 빛에 동색으로 매우 검지 않은 무늬가 놓인 영국인이 즐겨할 만한 것으로서 지금과 같이 〈모던〉이라든가 〈식크〉라든가 하는 말은 사용되지 않던 시대에 있어서는 동경서도 삼월이나 환선에 가지 않으면 구하기 쉽지 못한, 삼월이나 환선에도 견본식으로 몇 개 겨우 장식하여 두느니 만큼 고급의 우아한 넥타이로서 그 빛깔이며 무늬가 너무나 마음에 들기 때문에 좀 과히 비싼 감이 없지 않지만, 그리고 내가 그때 가지고 있던 양복과는 어울리지 않는 빛깔이었지만 덜컥 사버렸다. 이 넥타이 한 개를 유일의 기념품으로 가지고 한 달 뒤에 고향으로 올라왔다. 올라오던 즉시로 양복장을 열고 양복을 죄다 꺼내어 그 넥타이와 대조해 가면서 관찰하였다. 보고 또 보고, 보고 또 보았지만 불행히도 내 양복에는 그 넥타이와 조화되는 빛깔이 없었다. 하릴없이 나는 그 넥타이 한 개를 가방에 넣어가지고 서울로 뛰쳐 올라왔다.

서울서는 원태의 양복점으로 달려갔다. 샘플과 넥타이와 비추어 보고 샘플로는 부족하여 큰 조각을 구하여 다시 비추어 보고 고르고 고른 그때 드디어 한 가지 감을 선택하여 마추었다. 양복의 빛깔은 그다지 마음에 들지 않았지만 그 넥타이와 가장 어울리는 감인지라 좀 불만이 있을지라도 참고 그냥 마춘 것이다.

그날부터 기다렸다. 넥타이는 여관 방 벽에 걸어놓고 생각나는 때마다 바라다 보면서 어서 양복이 다 되어 그 넥타이를 매어 볼 날이 오기를 학수고대하였다. 대망의 날이 이르렀다. 배달하여 주는 것을 기다리지 못하고 원태까지 달려가서 양복을 찾아 들고 걸어오기가 바빠서 인력거를 타고 여관으로 달려왔다. 여관 방 벽에는 아까까지 걸려 있던 넥타이가 보이지 않았다. 그 대신 책상 위에는 편지가 하나 놓여 있었다. 빈우 C의 편지였다. 시골을 가려는데 옷이 없어서 옷은 모에게 얻고 나에게는 넥타이를 얻으러 왔다가 마침 벽에 걸린 것이 있기에 실례한다는 편지였다. 그때 나의 노염은 극도에 달하였다. 어떤 빛깔의 양복을 얻어 입었는지 알 수는 없지만 그 넥타이와는 물론 어울리지 않을 것이다. 낡은 값싼 양복에 십칠원짜리 넥타이는 정히 한 개의 희극일 것이다.

　나는 원태에서 지어온 그 양복도 그냥 그뒤 이년을 양복장에서 안치해두었다가 역시 빈우 중에게 주어버렸다. 본시부터 빛깔이 마음에 들지 않던 양복 넥타이를 위하여 지었던 양복이라 그 넥타이를 잃은 뒤에는 더욱 빛깔이 마음에 들지 않기 때문에… 그것이 벌써 십년전. 이원짜리 넥타이를 한 개 사려 해도 가계부와 비추어 보면서 며칠을 연구한 뒤에야 사는 지금과 대조하여 보면 격세의 감이 없지 않다.

대동강

그대는 길신의 지팡이를 끌고 여행에 피곤한 다리를 평양에 쉬어 본 적이 있는지?

그대가 만약 길신의 발을 평양에 들여 놓을 기회가 있으면 그대는 피곤한 몸을 잠시 객줏집에서 쉰뒤에 지팡이를 끌고 강변의 큰 길로써 모란봉에 올라가 보라. 한 걸음 두 걸음 그대의 발이 구시가의 중앙까지 이르면 그 때에 문득 그대의 오른손 쪽에는 고색이 창연한 대동문이 나타나리라. 그리고 그 문통 안에서는 서로 알고 모르는 허다한 사람들이 가슴을 젖혀 헤치고 부채로써 가슴의 땀을 날리며, 세상의 온갖 군잡스럽고 시끄러운 문제를 잊은 듯이 한가로이 앉아서 태곳적 이야기에 세월가는 줄 모르는 것을 발견하리라.

그 곳을 지나 그냥 지팡이를 끌고 몇 걸음만 더 가면 그대의 앞에는 문득 연광정이 솟아 있으리니, 옛적부터 많은 시인 가객들이 수없는 시와 노래를 얻은 곳이 이 정자다. 그리고 연광정 아래는 이 세상의 온갖 계급 관념을 무시하듯이 점잖은 사람이며, 상스런 사람이며, 늙은이며, 젊은이가 서로 어깨를 걸고 앉아서 말없이 저편 아래로 흐르는 대동강 물만 내려다보고 있으리라. 그들의 눈을 따라 그대가 눈을 옮기어 그 사람들이 바라다보는 대동강을 내려다보면 그대들은 조그만 어선을 발견하겠지. 혹은 기다란 수상선도 발견하겠지. 그러나 그밖에는 장청류의 대동강이 있을 따름이리라. 거기 기이를 느낀 그대가 목청을 돋우어서 그들에게,

"공들은 무엇을 보는가?"

질문을 던질 것 같으면 그들은 머리를 돌리지도 않고 시끄러운 듯이 한 마디로 대답하리라.

"물을!"

"물을?"

"물은 공들의 부엌에라도 얼마든지 있지 않은가, 물이 그렇듯 재미있는가?"

그대가 만약 두 번째의 질문을 던지면 그들은 비로소 처음으로 머리를 그대에게로 돌리리라. 그러고는 가장 경멸하는 눈초리를 잠시 그대의 위에 부었다가 말없이 머리를 물 쪽으로 돌리리라. 그 곳에 커다란 호기심을 남겨 두고 그대가 다시 지팡이를 끌고 오른손 쪽으로 대동강을 내려다보면서 청류벽을 끼고 부벽루까지 올라가 거기서 다시 모란봉으로 - 또 돌아서면서 을밀대로, 을밀대에서 기자묘 송림으로, 현무문으로 - 우리의 없은 조상을 위하여 옷깃을 눈물로 적시며, 혹은 회고의 염에 한숨을 지으며, 왕손은 거불귀라는 옛날의 시를 통절히 느끼면서 돌아본 뒤에 다시 시가로 향하여 내려온다고 하자. 그 때에 그대가 호기심으로써 다시 연광정 앞의 아까의 그곳까지 발을 들여놓으면, 그대는 거기서 아까의 그 사람들이 아직도 돌아가지 않고 자리의 한 걸음의 변동조차 없이 아까 그 모양대로 앉아서 역시 뜻없이 장청류의 대동강을 내려다보고 있

는 것을 발견하겠지.

    그들은 집이 없나?
    그들은 점심을 먹었나?
    그들은 처자가 없나?
    그리고 그들은 그 평범한 '물의 흐름'에
    왜 그다지 흥미를 가졌나?

여기 평양 사람의 심정이 있다. 여기서 평양 사람의 정서는 뛰놀고, 여기서 평양 사람의 공상은 비약하고, 여기서 평양 사람의 환몽은 약동하고, 여기서 평양 사람의 노래가 읊어지는 것이다. 그대가 만약 이러한 사정을 알 것 같으면, 그 염증 없이 장청류의 대동강만 내려다보고 집 안도 잊고 처자도 잊고 주림도 잊고 앉아 있는 허다한 무리를 관대한 마음으로 용서하기는 커녕 일종의 존경의 염까지 생기겠지.

명문

 전 주사는 대단한 예수교인이었습니다. 양반이요 부자요, 완고한 자기 아버지의 집안에서, 열일고여덟까지 맹자와 공자의 도를 배우다가, 우연히 어느 날 예배당이라는 곳에 가서, 강도하는 것을 듣고, 문득 자기네의 삶의, 이상이라는 것을 모르고 장래라는것을 무시하는 것에 놀라서, 그날부터 대단한 예수교인으로 변하였습니다. 그는 예수를 믿으면서 맨 처음 일로 제 아내를 예수교인이 되게 하였습니다. 동시에, '님자'이고, '여편네'이고, 떡하면 '이년'이던 그의 아내는 '당신'이요, '마누라'요, '그대'인 아내로 등급이 올랐습니다. 그는 머리를 깎아버렸습니다. 그리고 제 아버지와 어머니에게까지 예수교를 전해보려 하였습니다.

"네나 천당인가엘 가라."

어머니의 대답은 이것이었습니다.

"천당? 사시 꽃이 피어? 참 식물원에는 겨울에도 꽃이 피더라, 천당까지 안 가도. 혼백이 죽지 않고 천당엘? 흥, 이야긴 좋다. 네, 내말을 잘 들어라, 사람이 죽는다는 것은 혼백이 죽느니라. 몸집은 그냥 남아 있고. 몸집이 죽는게 아니라, 혼백이 죽어 혼백이 천당엘 가? 바보의 소리다. 바보의 소리야. 하하하하."

아버지는 비웃는 듯이 이렇게 대답해오다가, 갑자기 고함쳤습니다.

"이 자식! 양반의 집안에서 예수? 중놈같이 대구리를 깎고. 다시 내 앞에서 그댓 소릴 했다가는 목을 자르리라."

전 주사는 아버지와 아버지의 혼을 위하여 기도를 하면서, 자기네의 방으로 돌아왔습니다. 평화롭고 점잖고 엄숙하던 이 집안에는, 예수교가 뛰어들어오자부터 온갖 파란이 일어났습니다. '나는 너희에게 평화를 주려고 온 것이 아니라, 오히려 분쟁을 일으키러 왔느니라.' 고 한 예수의 말씀은, 그대로 이 집안에서 실현되었습니다. 칠역 가운데 드는 무서운 죄악을, 전 주사는 맨날과 같이 범하였습니다. 미신이라는 것을 한 죄악으로까지 보던 아버지는, 전 주사가 예수를 믿기 시작한 뒤부터는, 아들을 비웃느라고 맨날 무당과 판수를 집안에 불러들여서 집안을 요란하게 하였습니다.

"우리 자식 놈의 예수와, 내 인복 대감과 씨름을 붙여놓아라."

이러한 우렁찬 아버지의 웃음소리가 때때로 안방에까지 들리도록 울렸습니다. 그런 때마다 착하고, 효성 있는 전 주사는 눈물을 흘리면서 골방에 들어가서 아버지를 위하여 기도드렸습니다. 이 무섭고 엄한 집안에 들어온 예수교는, 집안이 집안인지라 가지는 널리 못 퍼졌지만, 그러나 뿌리는 깊게 뻗쳤습니다. 온갖 장해와 박해 아래서도 전 주사의 내외의 마음속에는 더욱 굳건히 이 뿌리가 들어박혔습니다.

"하늘에 계신 아버지여. 제 육신의 아버지 죄를 용서해주십시오. 그는 착한이이다, 남에게 거리끼는 일은 하나도 안 하는 사람이외다. 다만 한 가지, 그는 전지전능하신 하나님의 선지식을 모르는 것뿐이 죄악이라면 죄악이겠습니다. 딴 우상을 섬기는 것이 당신께는 가장 큰 죄악이겠지만, 이 육신의 아버님이 딴 우상을 섬기시는 것은, 결코 자기의 마음에서가 아니라, 다만 나를 비웃느라고 하는 일에 지나지 못합니다. 그의 그 죄를 용서해주십시오."

그는 흔히 이런 기도를 골방에서 드렸습니다. 어떤 날, 이날도 그는 이러한 기도를 드리고, 골방에서 나오노라니까(며느리의 방에는 아직 들어와보지 못한) 그의 아버지가 골방문밖에 서 있었습니다. 전 주사는 아버지의 위엄 있는 얼굴에 놀라서, 그만 그 자리에 굴복하고 앉고 말았습니다.

"얘 고맙다. 하나님한테 이 내 죄를 용서하라고? 이 전 대과는 자기 철이 든 이래, 죄라고는 하나도 범하지 않은 사람이다. 내 죄를? 이 자식! 네아비의 죄가 대저 무엇이냐! 대답해라."

전 주사는 겨우 머리를 조금 들었습니다.

"아버님, 말씀드리겠습니다. 아까 하나님께도 기도올렸거니와, 아버님은 다른 잘못이라는 것은 없는 분이지만 하나님 밖에 다른신을 섬기시는 것이 가장 큰 죄악의 하나올시다."

"하하하하. 너의 하나님도 질투는 꽤 세다. 얘, 내 말을 꼭 명심해서 들어라. 이 전 대과는 다른 죄악보다도 질투라는 것을 제일 미워한다. 너도 알다시피, 첩을 두지 않는 것만 보아도 여편네 사람의 질투를 얼마나 싫어하는지 알겠지. 나는 질투 심한 너의 하나님은 섬길 수가 없다. 하하하하, 너의 하나님은 여편넨가 보구나."

아버지는 별한 찢어지는 소리로 웃음치고, 문밖으로 나가버렸습니다. 전 대과의 아들 전 주사는 예수를 믿는 죄 때문에 얼마 뒤 그만 아버지의 집에서 쫓겨났습니다. 그가 쫓겨나올 때, 어머니가 몰래 그의 손에 돈 1,000원어치를 쥐어주었습니다. 그는 아버지의 집에서 쫓겨 나오면서도 결코 아버지를 원망하지 않고, 오히려 아버지의 하느님을 저품 하지 않는 태도 때문에 눈물을 흘렸습니다. 그는 조그마한 가게를 하나 세내어가지고, 잡저자를 시작하였습니다. 예수에게 진실하고 열심인 만큼, 그는 장사에도 또한 열심이고 정직하였습니다. 세상에 덕이 셋이 있으니, 첫째는 예수 믿는 것이오, 둘째는 정직함이오, 셋째는 겸손한 것이라는 것이 전 주사의 머리에 깊이 박혀 있는 신념이었습니다.

그는 온갖 일을 이 '덕' 이라는 안경으로 비추어보면서 행하였습니다. 그는 예수의 출생 전에 세상을 떠난 공자와 맹자를 위해서까지 기도를 드렸습니다. 정직함과 겸손함을 푯대 삼는 그의 장사는 날로 흥하였습니다. 아래로는 어린애의 코 묻은 5푼짜리 동전으로부터 위로는 10원, 100원짜리의 지폐가 그의 집에 들락날락하였습니다. 그의 장사는 날로 흥하였지만, 그의 밑천은 결코 늘지 않았습니다. 그는 이전에 자기 아버지의 집에 있을 때는 몰랐지만 이와 같이 세상에 나온 뒤에 자기 아버지의 평판이 대단히 나쁜 것을 보았습니다. 다른 것이 아니라, 인색하다는 것이외다.

'아버지도 그만한 재산 있으면 남한테 좀 주어도 좋은 것을.'

그는 처음에는 이렇게 생각하였지만, 자기의 장사에서 이익이 나는 것을 본 뒤부터는 그 이익을 모아서 100원, 500원씩 아버지의 이름으로 여기저기 기부를 하였습니다. 그리고 혼자서 마음으로 아버지를 위하여 하는 일이라고 기뻐하고 하였습니다.

"여보, 마누라. 아버님이 인색하시단 말도 인젠 조금 줄었겠지요?"

어떤 날 그는 아내에게 이렇게 말하였습니다.

"네. 며칠 전에 거리에 서 있노라니깐 지나가는 사람들의 이야기에, 아버님께서 불쌍한 사람에게 기부를 하신 일이 신문에 났다고 늘그막에 선심을 시작하신 모양이라고들 하는 모양입니다."

"신문에?"

그는 그날부터 신문을 사 보기 시작하였습니다. 그는 어떤 때 어느 예배당을 짓는 데 아버지의 이름으로 1,000원을 기부하였습니다. 그리고 그날부터 신문에 그 일이 나기를 기다렸습니다. 이삼 일 뒤에, 그는 신문을 뒤적이다가 고함을 치면서 그 신문을 들고 방안에 뛰어들어갔습니다. 신문에는 커다랗게 전성철 대감이 돈 1,000원을 예배당 건축에 기부하였다는 말이 씌어 있었습니다.

"여보 마누라 기도드립시다. 하나님이여, 제 아버지의 죄를 이것으로 얼마라도 용서해주십시오. 예수의 공로까지 빌어서 당신께 원하옵니다. 아멘, 아, 마누라, 이것 보오, 아버님도 기뻐하시겠지."

그리고 이삼 일이 또 지났습니다. 그날 저녁 몇 해를 서로 보지 못했던 아버지의 집 차인 이 문득 그를 찾아와서, 돈 1,000원을 주며 아버지의 말을 전갈하였습니다. 그 말은 대략 이러하였습니다.

'내 이름으로 예배당에 돈 1,000원을 기부한 일이 신문에 났기에, 알아보니깐 네가 가지고 왔다더라. 이 뒤에는 결코 내 이름을 팔아먹지 마라. 예수당에 기부? 예수당에 기부할 돈이 있으면 전장을 사

겠다. 그 돈 1,000원을 도로 찾아서 보내니, 결코 다시는 그런 짓을 마라!'

그는 이 말을 듣고 아버지를 위하여 눈물을 흘렸습니다. 그리고 이튿날 다시 그 예배당에 가서, 신문에 내지 않기로 하고 다시 그 1,000원을 기부하였습니다. 세월은 흘러서 10여 년이 지났습니다. 스무 살쯤 하여 아버지의 집에서 쫓겨난 전 주사는 어느덧 서른 살이 되었습니다. 그러나 그의 살림은 조금도 변하지 않았습니다. 장사에서 이익이 나면 아버지의 이름으로 기부를 하고, 맨날 아버지와 어머니의 영혼을 위하여 기도하고, 정직하고 겸손하게 장사를 해 나가고. 그리하여 그가 서른 살 되던 해에, 그의 아버지는 문득 병에 걸려서 위독하게 되었습니다. 맏아들이요, 외아들인 그는 위독한 아버지의 앞에 돌아갔습니다. 그는 굵은 핏줄이 일어서 있는, 이전에는 든든했던 아버지의 싯누런 손을 잡고 쓰러져 울었습니다. 아버지는 힐끗 그를 본 뒤에,

"우리 예수꾼."

한 뒤에, 성가신 듯이 눈을 감고 말았습니다. 그러나 전 주사는 그 아버지의 감은 눈 아래 감추어져 있는 오래간만에 만나는 부자로서의 따뜻한 사랑을 보았습니다. 그는 흐느끼는 소리로 그 자리에 엎드려 기도를 드렸습니다. 이 가련하고 착한 영혼을 위하여, 그는 몇만 번 드린 가운데서 그중 훌륭한 기도를 하나님게 드렸습니다. 아버지의 눈은 잠깐 떨리다가 열렸습니다.

"너, 날 위해서 기도하냐? 흥! 예수꾼."

아버지는 고즈넉이 말을 시작하다가, 갑자기 아들의 쥐고 있는

손을 뿌리치면서 고함쳤습니다.

"저리 가라! 썩 가! 애비의 임종에서까지 우라질 하나님! 너의 예수당에 가서나 울어라, 가!"

전 주사는 혼이 나서 두어 걸음 물러앉았습니다. 어머니도 놀라서 전 주사를 붙들고 떨고 있었습니다. 그러나 전 주사의 기도는 멎지 않았습니다. 전 주사는 물러앉아서도, 이 착하지만 선지식을 모르는 애처로운 영혼을 위하여 기도를 속으로 드렸습니다. 잠깐이 지났습니다. 아버지는 연하여 성가신 듯이 코를 킁킁 울리다가, 눈을 감은 대로 아들을 오라고 손짓을 하였습니다.

"기도해라! 아무 쓸데없지만 네가 하고 싶으면 해라. 그러나 내게는 하나님보다 네가 귀엽다. 차디찬 애비의 손을 녹여 다고."

전 주사는 아버지의 손을 잡고 엉엉 처울었습니다. 밤이 깊어서 대과 전 재상, 전성철은 세상을 떠났습니다. 좀 인색하다는 평판은 있었지만, 한때의 귀인 전 대과의 죽음은 만도가 조상하였습니다. 조상객이 구름과 같이 모여들었습니다. 전 주사는 무엇이 무엇인지 모를 범벅인 혼잡 천지에서 어망처망 하다는 듯이 눈이 멀진멀진 조상객들을 맞고 있었습니다. 사실 거리의 조그마한 상인인 '전 서방'에서 대가의 맏상제로 뛰어오른 전 주사는, 무엇이 무엇인지 분간을 못하였습니다. 그는 다만 하나님 뿐을 힘입으려 하였습니다.

전 주사가 새 대감으로 들어앉은 뒤에 처음으로 한 일은, 아버지의 유지라는 이름 아래서, 이 도회에 50만 원이라는 커다란 돈을 먹여서 큰 공회당을 하나 만들어놓은 것이외다. 그 공회당을 성철관이라 이름하였습니다. 뭇 사람은 그 공회당 낙성식에 모여서, 없는 전 대과의 혼백을 축복하였습니다. 전 주사는 만면에 웃음을 띠고 이 낙성식에 참여하였다가, 자기 집으로 돌아와서 아내에게 이렇게 말하였습니다.

"여보 마누라, 참 돈으로 이런 영광을 살 수 있다니 이런 기쁜 일이 어디있겠소? 아아, 아버님께서, 여보, 기도합시다."

이와 같이 돈과 영광의 살림을 하면서도, 그는 결코 사치하게 지내지를 아니하였습니다. 아니, 사치하게 지내려 하여도 지낼 수가 없었습니다. 기름기 많은 고기를 그의 위는 소화를 못하였습니다. 인력거를 타고 다니면 그는 발이 저려서 참을 수가 없었습니다. 그는 이전의 장사할 때와 마찬가지로, 채소를 먹고, 5전짜리 담배를 먹으며 10리가 되는 길도 걸어다녔습니다. 그리고 그의 재산의 수입의 남는 것은 모두 자선에 써버렸습니다. 그러나 마귀는 아무런 구멍으로라도 들어옵니다 전 주사의 집안에도 재미없는 일이 생겼습니다.

70이 넘은 그의 어머니는 좀 정신이 별하게 되었습니다. 40이 가까운 며느리가 아직 아들 하나도 낳지 못한 것을 처음은 좀씩 별하게 말해오던 어머니는, 차차 온갖 사람에게 대하여 그것을 큰일(큰일에는 다름없지만)과 같이 지껄이고 하였습니다.

"계집년이 방정맞으니깐 아들 하나도 못 낳고 맨날 하나님 하나님, 하나님이 제 서방이야?"

이런 말이 나올 때는 그는 어쩔 줄을 모르고 골방에 뛰어들어가서, 이 무서운 말을 하는 어머니를 위하여 기도하였습니다. 그러나 어머니의 그것은 노망이라는 병 때문인지라, 그의 아내에게 뿐 아니라, 종들이며 장사배에까지 못 견디게 굴었습니다.

"내가 늙은이라고 너희 년(혹은 놈)들이 업신여기는고나. 흥! 내가, 아아, 이런 원통한 일이 어디 있나!" 하면서 벼락같이 뜰에 쓰러져서 우는 일도 흔히 있었습니다. 뿐만 아니라, 얼굴 좀 반반한 계집종을 밤중에 전 주사 내외의 방에 들여보내는 일도 한 두 번이 아니었습니다. 그것을 전 주사가 서너 번 물리친 다음부터는, 아직껏은, 아들은 얼마간 저품하던 어머니가 아들에게까지 그렇게 굴었습니다.

"너희 젊은 연놈들이 이 늙은 년 하나를 잡아먹누나, 이 전문의 종자를 끊으려는 연놈들, 그럼 내라도 아들을 낳아서 이 집을 잇게 하고야 말겠다. 고약한 연놈들."

그러면서 그는 그 뒤에 집에 사람이 오면 매양 그 사람을 붙들고 얌전한 영감을 하나 구해달라고 야단하였습니다.

어떤 날, 뜰에서 무엇이 잘못되었다고 중얼거리고 있는 어머니의 뒷모양을 전 주사가 한심스레 창경으로 내다보고 있을 때에, 사내종 녀석이 하나 지나가다가 뒤에서 흉내를 내며 주먹질을 하는 것을 발견하였습니다. 전 주사는 어떻게든 어머니를 처치하여야겠다고 생각하였습니다. 참말, 어머니의 살림은, 아무 가치가 없는 것이외다. 전 주사 자기는, 이 세상에 독일이란 나라가 있고, 거기 베를린이라는 도회가 있는 것까지 알고 있는데, 어머니는 대국이라는 나라가 어느 쪽에 붙었는지도 모릅니다. 이런 가련한 인생이 어디 있겠습니까?

그것뿐 아니라, 노망을 하기 때문에, 자기 집안에 부엌이 어느 쪽에 붙었는지까지, 간간 잊어버리는 일이 있고, 자기에게 손주가 있었는지 없었는지도 몰라서 때때로 서두 없이, 손주(복손이라는 이름까지 붙여서)를 좀 데려다달라고 간청을 하고 합니다. 그리고 종년 종놈들에게 주먹질이나 받고. 그와 같은 사람은 하루를 더 살면 그만큼 자기 모욕의 행동이라고 전 주사는 생각하였습니다. 그리고 결론으로는, 자기 어머니와 같은 사람은 없어버리는 것이 없는 자기를 위함이고, 또한 남을 위함이라고 생각하였습니다. 어머님께 효도를 하기 위하여는, 어머니를 저세상으로 보내는 것이라고까지 생각하였습니다. 참말, 사면에서 욕보는 어머니의 모양은, 마음 착한 전 주사로서는 볼 수가 없었습니다.

"하나님이여. 당신은 이 세상에 죄악이 너무 퍼졌을 때에 큰 홍수로써 세상을 박멸한 하나님이외다. 지금 제 어머니 때문에, 저는 어머니를 미워하는 대역의 죄를 지으며, 어머니께서도 맨날 고생으로 지내실 뿐 아니라, 집안의 몇 식구가 잠시도 마음을 놓을 수가 없습니다. 제 이 어머니를 하나님 앞에 돌려보내는 것이, 가장 착하고 적당한 일인 줄 저는 생각합니다."

뿐만 아니라 이제 1년을 더 살지 못하시리만큼 몸이 쇠약한 것은 아무도 아는 사실이요, 이제 더 산다는 그 1년이 또한 다만 어머니의 껍질을 쓴 한 바보에 지나지 못하는지라, 그가 어머니를 죽인다 할지라도 그것은 어머니가 아니요, 벌써 송장이 된 어떤 몸집에 조금 손을 더하는 것에 지나지 않겠습니다. 그는 그 벌써 송장으로 볼 수 있는 어머니의 몸에 조금 손을 더 하려고 작정하였습니다.

이틀 뒤에 그의 어머니는 몹시 구역을 하고, 그만 세상을 떠나버렸습니다. 한 달 뒤에 그는 호출장으로 검사정에 가 서게 되었습니다. 그는 서슴지 않고 온갖 일을 다 말하였습니다. 그는 그날 밤부터 구치감에서 자게 되었습니다. 또 한 달이 지났습니다. 존친족고살범이라는 명목 아래서 그의 공판이 열렸습니다. 그는 두말없이 사실을 부인하였습니다.

"아, 천부당만부당하신 말씀이외다. 제가, 그 인자하신 어머니께 손을 대다뇨. 천만에. 어차피 1년 이내에 없을 수명이시고, 게다가 그 당시에도 살아 계시달 수가 없는 이를, 마음 편히 주무시게 한 뿐이지 어머니를 내 손으로 참 천부다만부당."

검사가 일어서서 반박하였습니다. 1년 이상 더 살지 못할 사람은 죽여도 괜찮다는 법은 어디 있어. 이제 5분 내지 10분의 여명이 있는 병인을 죽일지라도 훌륭한 살인범이거늘, 이제 1년? 그 논조로 가면 이제 50년, 혹은 남은 여명이라고 70년 죽여버려도 괜찮다는 말로써, 피고의 말핑계는 핑계도 되지 않는다.

"당신과 말싸움은 안 하겠습니다."

그는 검사가 어찌하여 그런 똑똑한 이치도 모르는고 하고, 그만 이렇게 대답하고 말았습니다. 재판관은 다시 전 주사에게 물었습니다.

"좌우간 죽은 것은 사실이지?"

"아니올시다."

"말을 바꾸어서 하마. 그럼 어머니를 '주무시게' 한 것은 사실이지?"

"네 그렇습니다."

"그것은 훌륭한 죄가 아니냐."

"그럴 리가 없습니다. 어머님을 가련한 경우에서 건져내는 일이지, 결코 못된 일이 아니올시다."

"그래도 사람을 죽이."

"아니올시다."

"사람을 잠재우는 것이 죄가 아니야?"

"그 사람을 구원하려고 잠재운 것은 오히려 상받을 일이올시다."

재판은 이와 같이 끝이 났습니다. 열흘 뒤에 그는 사형의 선고를 받았습니다. 그때에 그는,

"하나님뿐이 아시지, 당신네는 모릅니다."

이렇게 대답하였습니다.

"억울하냐?"

"원죄올시다."

"제 애미를 죽……."

"아니올시다."

"잠재운 것(재판관은 씩 웃었습니다)은 죽어도 싸지."

"당신네는 모릅니다. 하나님뿐이 아시지."

"억울하면, 공소해라."

"그 사람이 그 사람이지요. 하나님 앞에 가서 다 여쭐 테니깐."

그는 머리를 수그리고 나왔습니다. 형을 행하는 날, 교회사가 그에게 회개를 하라고 하였습니다. 전 주사는 한마디로 거절하였습니다. 나는 회개할 일이 없습니다. 하나님의 뜻대로 어머니를 주무시게 한 것은 죄가 아니외다. 당신네들의 법률의 명문에 그것을 사형

에 처한다 했으면 그대로 할 것이지, 그 밖에 내 마음까지 간섭 치는 말아주. 나는 하나님을 저품하는 예수교인이외다. 십계명 가운데 다섯째에, 부모께 효도하라신 말씀을 지킨 뿐이외다. 그는 이렇게 대답하였습니다. 한 시간쯤 뒤에, 그의 혼은, 그의 몸집에서 떠났습니다. 그의 몸집을 떠난 혼은, 서슴지 않고 천당으로 가서, 문을 두드렸습니다. 천당의 사자에게 이끌려, 그의 혼은 천당 재판석에 이르렀습니다. 재판석에서, 재판관은 그에게 그의 전생의 일동일정을 모두 이야기하라고 명하였습니다. 그는 하나도 빼지 않고 다 아뢰었습니다.

"응, 그다음에 세상에서 네가 행한 가운데, 그중 양심에 쓰리던 일을 아뢰어라."

"없습니다."

"없어? 그러면 그중 양심에 유쾌하던 일을 아뢰어라."

"그것은 두 번이었습니다. 첫번은 아버님이 없는 뒤에, 아버님의 이름으로 큰 공회당을 세운 일이외다. 아직껏 인색하다고 아버님을 욕하던 세상이, 일시에 아버님의 만세를 부를 때에 어쩔 줄 모르게 기뻤습니다."

"또 하나는?"

"어머님을 주무시게 한 것이외다. 그것 때문에 첫째로는 어머님의 명예를 보존했고, 둘째로는 어머님의 없음으로 집안 모든 사람이 유쾌하게 마음 놓고 살 수 있게 되었고, 그것 때문에 어머님께서는 저절로 선행을 하신 셈이 됐습니다."

재판관은 잠시 뚫어지도록 그의 혼을 바라보다가 좌우를 돌아보며, "저 혼을, 지옥으로 갖다 가두어라." 고 명령하였습니다.

전 주사의 혼은, 처음은 그 뜻을 알지 못하여 잠자코 있었습니다. 그러나 사자 둘이 와서 그의 손을 붙잡을 때에, 그는 무서운 힘으로 사자들을 떨쳐버리고 고함쳤습니다.

"저를 왜 지옥으로 데려가시렵니까? 대체 당신은 누구외까?"

"나?" 재판관의 날카로운 눈은 번득였습니다.

"나는 여호와로다."

"네? 당신이 하나님이외까? 그럼, 당신은 잘 아실 테외다. 저는 지옥에 갈 죄는 없습니다. 저는 제 행한 모든 일이 다 잘한 일로 압니다."

"내 말을 들어라 첫째는, 너는 애비의 죽은 뒤에 애비의 이름으로 기부를 하였다. 하나, 이 천당에서는 소위 명예니 무엇이니는 부인한다. 다만 네가 거짓, 애비 이름을 팔아서 세상을 속인 것뿐을 사실로 본다. 아홉째 계명에 거짓말하지 말라고 하였는데, 그것은 훌륭한 거짓말이 아니냐?"

"그러면 어머님을 편안하게 한 것은, 다섯째 계명에 효도하라는."

"효도? 부모를 죽인 자가 효도? 네 말로는 어머니를 괴로움에서 건지려하였다 하나, 그 당시에 네 어미는 아무 고통도 모르고 있지 않았니? 그 어미를 죽인 것이, 여섯째 계명을 어기지 않았냐?"

"그러나 마음은 어머님께 효……."

"마음? 마음만 좋으면 아무런 죄를 지을지라도 용서받을 줄 아느냐?"

"그렇습니다. 당신께서는 사람의 마음을 꿰뚫어 들여다보시고,

마음의 죄악까지 다스리시는…"

"아니다, 아니야. 이 말 저 말 할 것 없이, 네 생에 가운데 그중 양심에 유쾌한던 일이 제5, 제6, 제9의 계명을 범한 것이니깐, 다른 것은 미루어 알 수가 있다. 야, 이사람을 지옥으로 데려가라!"

"그러나 세상에서 그렇지, 여기는 명문과 규율 밖에, 더욱 긴한 것이 있지 않습니까?"

하나님은 눈을 내리뜨고 잠시 동안 전 주사의 혼을 내려다보다가 웃었습니다.

"하하하하, 여기도 법정이다."

명화 리디아

　벌써 360여년전. 무대는 그때의 남유럽의 미술의 중심지라 할 T시. 3세기가 지난 지금까지 그의 이름이 혁혁히 빛나는 대화가 벤트론이 죽은 뒤에 한 달이라는 날짜가 지났습니다. 50년이라는 세월을 같이 즐기다가 갑자기 그 지아비를 잃어버린 늙은 미망인은 쓸쓸하기가 짝이 없었습니다.

　해는 밝게 빛납니다. 바람도 알맞추 솔솔 붑니다. 사람들은 거리거리를 빼곡이 차서 오고 갑니다. 그러나 이것이 모두 미망인에게는 성가시고 시끄럽게만 보였습니다. 너희들은 무엇이 기꺼우냐. 너희들은 너희들이 난 곳을 말대까지 자랑할 만한 위대한 생명 하나가 한 달 전에 문득 없어진 것을 모르느냐. 너희들은 무엇이 기꺼우냐.

　석 달 동안을 참고 참아왔지만, 미망인은 시끄럽고 '있으면 있을수록 없는 남편의 생각이 더욱 간절한'이 도회를 내버리고 어떤 고요한 시골에 가서 조용히 살려고 마음먹었습니다. 그리하여 그는 이 도회를 떠날 준비의 하나로서 한 이삼십 점이 되는 제 그 지아비의 유작을 죄 팔아버리려 하였습니다. 며칠 뒤에 이 T시의 모든 미술비평가며 화상들은 벤트론 미망인에게서, 없는 남편의 비장하던 그림이며 유작들을 팔겠으니, ○○일에 와서 간색을 보라는 통기를 받았습니다. 그리고 그 집의 각 방을 장식하였던 고 벤트론의 각 작품은 완성품이며 미완성품을 물론하고 모조리 없는 이의 화실로 모아들였습니다.

간색을 보인다는 ○○일은 아침부터 각 귀족이며 '예술을 이해하는' 부호들이며 화상들이 마치 저자와 같이 미망인의 집에 들락날락하였습니다. 위층 자기 방에 들어앉아 있는 부인은, 손님이 왔다고 하인이 여쭐 때마다 적적한 한숨을 내쉬고,

"안내해드려라."

한마디뿐으로 자기는 내려가보지도 않았습니다. 그러나 점심 좀 뒤에 R 대공작과 당대에 제일가는 미술비평가 Y씨의 방문을 받은 미망인은 이 두 유명한 사람을 존경하는 뜻으로 몸소 내려가보지 않을 수가 없었습니다. 부인은 두 유명한 사람들을 몸소 안내해가지고 아직껏 자기는(이상한 두려움과 불안과 추억 때문에) 들여다보지도 않던 화실에 데리고 갔습니다. 그러나 당대의 대화가의 미망인으로서의 자기의 권위를 잘 아는 노부인은 가장 점잖고 오만한 태도로 두 사람을 인도하였습니다. 그러나 화실은 '혼잡'이란 문자를 쓰기까지 부끄럽도록 어지러웠습니다. 그림은 모두 하나도 걸려 있는 것은 없고 포개지고 겹쳐져서 담벼락에 기대어 있었습니다.

"에이구."

부인은 점잖은 감탄사를 던졌습니다. 공작과 비평가는 고즈넉이 걸어서 그림들 있는 데로 가서 하나씩 치우면서 보기 시작하였습니다. 그러나 몇 개를 보던 그들은, 어떤 그림 하나를 담벼락에 세워놓고 서너 걸음 물러섰습니다. 부인은 그것을 보고 깜짝 놀랐습니다.

그런 그림이 어찌 거기 가 섞여 있었나? 그것은 없는 벤트론의 가장 어리석었던 제자 미란이란 사람의 그림 〈리디아〉라는 것으로서, 어떤 여자의 괴상한 웃음을 그린 초상화였습니다.

"그것은……."

부인은 의외의 사건에 놀라서 점잖은 태도도 잊어버리고 달려가서 설명하려 할 때에 비평가 Y씨가 손을 저었습니다.

"부인, 알았습니다. 이것은 없는 벤트론 씨가 가장 비장하던 그림이란 말씀이지요? 공작! 이보세요, 나는 아직껏 수천 점의 그림을 보고 비평하고 했어도 아직 이런 그림은 본 적이 없습니다. 이 그림의 여자의 미소를 공작은 무엇으로 보십니까? 그 수수께끼 같은 웃음. 아아, 참 벤트론은 전무후무의 화가다."

"흠."

공작도 의미 깊은 감탄사를 던졌습니다. 한 반 각이나 말없이 그 그림 앞에 서 있던 두 사람은 아까운 듯이 힐끗힐끗 돌아보며 돌아갔습니다. 부인은 두 손님을 보낸 뒤에 쓸쓸한 자기 방에 돌아는 왔으나, 그 우작 〈리디아〉가 마음에 걸려서 마음을 진정할 수가 없었습니다. 없는 남편의 가장 어리석은 제자 미란이 그 그림을 그려가지고 보이러 왔을 때에 남편의 태도는 어떠하였나? 그때에 남편은 눈을 부릅뜨고 미란을 책망하였습니다.

"너는 이 그림을 대체 무어라고 그렸나?"

"여자의 요염한 웃음을 그려보려 했습니다."

"요염? 바보! 그런 요염이 어디 있어? 20년 동안을 내 문하에서 공부를 하고도 요염한 웃음 하나를 못 그린담? 그게 네게는 요염한 웃음 같으냐? 이 바보야 그건 오히려, 배고파서 우는 얼굴이다. 너 같은 제자는 쓸데없으니 오늘부터는 다른 스승을 찾아가라."

미란은 그 그림 때문에 파문까지 당하고 울면서 돌아갔습니다. 그 뒤에 벤트론은 아직 성이 삭지를 않은 소리로 아내에게 이렇게 말하였습니다.

"참 우인 같이 다루기 힘든 것은 없어! 다른 애들은 사오 년이면 완전은 못하나마 그래도 비슷한 그림 하나씩은 그려놓는데 20여년을 내게서 밥을 먹고도 웃는 얼굴을 그리노라고 우는 얼굴을 그리는 그런 우인이 어디있어."

'이렇게 비웃던 그 <리디아>가 어떻게 없는 남편의 유작 가운데 섞여 있었나. 뿐만 아니라, 그 우인의 우작이 당대의 제일가는 비평가 Y씨의 눈에 남편의 유작으로 비친 이런 창피스러운 일이 어디있나.'

부인은 제가 만약 교양만 없는 여자였더면 이제라도 달려가서 그림을 본 Y씨와 R공작을 죽여버리고 그 그림을 불살라버렸으리라고까지 생각하였습니다. 그러나 이튿날 의외의 일이 생겼습니다. R 대공작의 차인이 와서 부인에게 황금 5,000을 드리고, 그 우작<리디아>를 가져간 기괴한 사건이었습니다. 부인은 무슨 영문인지를 몰랐습니다.

이래 3세기간 그 우작 <리디아>는 벤트론의 이름과 함께 더욱 유명해지고 더욱 값이 가서 각 부호며 귀족 혹은 왕궁들의 객실을 장식하다가 오륙십년 전에 5만 파운드라는 무서운 금액과 교환되어 지금은 G박물관 벤트론실 정면에 가장 귀히 걸려 있습니다. 그리고 그동안 그 그림 앞에 섰던 모든 인류, 혹은 군소 작가며 비평가들은 다 꼭 같은 감탄사와 찬사를 그 미란의 우작 <리디아>에게 던지며 돌아서면서는 모두 다 이렇게 생각합니다.

'명화다. 사실 명화다. 대체 그 웃음은 무엇을 뜻함일까, 조소? 기쁨? 우스움? 요소? 사실 수수께끼야. 벤트론이 아니면 도저히 그리지 못할 웃음이다. 아아, 나는 왜 벤트론만 한 재질을 못 타고 났나?'

박 첨지의 죽음

박 첨지의 늙은 내외가 공동묘지를 떠나서 제 집, 제 움막으로 향한 것은 거의 황혼이 되어서였읍니다. 그들은 오늘 자기네의 외아들 만득이를 이 공동묘지에 묻었읍니다.

마흔다섯에 나서 낳은 아들, 그리고 이십오 년간을 기른 아들, 지금은 그들의 보호 아래서 떠나서 오히려 그들을 부양하고 보호하여 주던 장년의 외아들 만득이를 땅속에 묻었읍니다. 그리고 지금 돌아가는 길이외다. 그들은 말없이 걸었읍니다. 한 번도 뒤를 돌아본 일도 없었읍니다. 박 첨지는 앞서고, 그의 늙은 안해는 서너 걸음쯤 뒤서서 머리를 푹 수그린 채 앞으로 앞으로 걸었읍니다. 사면을 살펴보지조차 않았읍니다. 한 마디의 말도 사괴지 않았읍니다. 십 리쯤 와서 다만 한 번, 늙은 안해가 제 늙은 그 지아비에게 향하여 좀쉬어서 가기를 제의하였읍니다. 그 말에도 박 첨지는 발을 멈추지도 않았읍니다.

"쉬기는, 발목이 썩어졌나!"

이렇게 호령할 뿐, 뒤를 돌아보려도 아니하고 모르는 듯이 그냥 갔읍니다. 안해도 두말을 하지 않고 조용히 따랐읍니다. 그리고 이 한 마디의 말이 묘지에서 시내까지 삼십 리를 걸을 동안에 그들 내외가 사귄 다만 한 마디의 말이었읍니다. 그들이 자기네의 움막까지 이른 때는 날은 벌써 깜깜히 어두운 때였읍니다. 움막 앞에까지 먼저 이른 박 첨지는 팔을 걷고 먼쯧 섰읍니다. 뒤를 따라오던 안해도 섰읍니다. 자기의 뒤를 따라서 같이 서는 안해에게 박 첨지는 손을 들어서 움막의 문을 가리켰읍니다.

"먼저 들어가!"

안해는 힐끗 남편을 쳐다보았읍니다. 그런 뒤에 모른 체하고 그냥 서 있었읍니다.

"냉큼 못 들어갈 테야?"

박 첨지의 호령은 뒤를 이어서 내렸읍니다. 안해는 다시 한번 제 늙은 그 지아비를 쳐다보았읍니다. 그러고는 말없이 움막 문으로 갔읍니다. 그러나 움막의 문 걸쇠에 손을 댄 안해는 다시 제 그 지아비를 돌아보았읍니다. 박 첨지의 세번째 호령이 하마터면 또 나올 뻔하였읍니다. 그러나 세번째의 호령이 나오기 전에 안해가 문을 벌석 열었읍니다. 그리고 잠시 주저한 뒤에 어두운 방 안으로 사라졌읍니다.

자기의 안해가 들어간 뒤에 잠시 더 길에 버티고 서 있는 박 첨지는 안해의 뒤를 따라서 무거운 걸음으로 방 안으로 들어갔읍니다. 그것은 쓸쓸한 방 안이었었읍니다. 어제 저녁까지도(죽어 가는 아들이나마) 아들이 아랫목에 누워 있었읍니다. 그 아들이 벌써 이 세상에서 존재를 잃고는 늙은 내외 단둘이 어둡고 좁은 이 방 안에 마주 앉아 있는 것은 여간 쓸쓸한 일이 아니었읍니다. 내외는 불을 켜려고도 아니하였읍니다. 어두운 방 안에 죽은 듯이 마주 앉았읍니다. 이윽고 늙은 안해의 입에서 먼저 훌쩍 느끼는 소리가 났읍니다.

"영감!"

안해가 마침내 쓰러졌읍니다. 그것을 보는 순간 박 첨지는 성가신 듯이 코를 한 번 울리고 곧 외면을 하였읍니다.

"왜 이 꼴이야."

커다란 호령이 그의 입에서 나왔읍니다. 안해는 남편의 호통에 한순간 울음을 끊었읍니다. 그러나 끊었던 울음은 그 다음 순간에 더욱 큰 통곡으로 변하였읍니다.

"누구를 바라고 살우."

이런 외누다리를 섞어 가면서 안해는 마침내 통곡을 하기 시작하였읍니다. 박 첨지는 연하여 코를 울렸읍니다. '제기', '방정맞게', '귀찮게' 혼잣말같이 연방 이런 말을 하면서 코를 울리며 있었읍니다. 그러나 이렇게 안해의 울음을 저주하는 그의 늙은 눈에서도 눈물이 하염없이 흘렀읍니다. 박 첨지의 내외는 동갑이었읍니다. 그들은 열여덟 살 때 서로 만났읍니다. 열아홉 살에 그들은 첫아들을 낳았읍니다. 그러나 그 첫아이는 세상에 나온지 한 달 만에 다시 다른 세상으로 가 버렸읍니다. 그러나 젊은 박 첨지의 내외는 그것을 그다지 탄하지 않았읍니다. 장래에 많은 자식을 낳을 그 가운데서 하나를 잃었다 하는 것은 그들의 감정에 아무런 영향을 주지를 못하였읍니다.

스무 살 때 딸을 낳았읍니다. 스물두 살에 또 딸을 낳았읍니다. 스물네 살에 아들을 낳았읍니다. 스물여섯 살에 또 아들을 낳았읍니다. 이리하여 스물여섯 살 때는 박 첨지의 내외는 벌써 이남이녀의 어버이가 되었읍니다. 일곱 살을 선두로 네 사람의 자녀를 두었다 하는 것은 '젊음'이라는 것 밖에는 다른 아무 밑천도 없는 박 첨지의 내외에게는 좀 과한 짐이었읍니다. 지게 하나를 밑천삼아 가지고 박 첨지는 소와 같이 일을 하였읍니다. 새벽 아직 어두워서 지게를 어깨에 걸치고 거리에 나가서는 밤이 들어서야 제 집을 찾아 돌아오고 하였읍니다.

  술과 담배는 먹을 줄을 모르는 박 첨지였읍니다. 그러나 그 날 버는 돈은 그 날로 없어졌지 조금이라도 모을 수는 없었읍니다. 일곱 살 난 맏딸은 벌써 어른에게 지지 않게 많이 먹었읍니다. 세 살 난 애도 벌써 밥을 먹기 시작하였읍니다. 쌀 한 말이 사흘을 가지를 않았읍니다. 게다가 이렇게 자식의 수효가 늘어 가다가는 장래에는 몇 십명이 될지 예측은 할 수 없었읍니다. 몸이 건강한 박 첨지는 지게꾼으로는 비교적 돈을 잘 버는 축에 들 것이로되 여섯 식구의 입을 당하여 나아가기는 좀 급하였읍니다.

  스물여덟 살에 또 아들이 하나 생겼읍니다. 서른 살에 딸을 하나 낳았읍니다. 식구가 벌써 여덟이 되었읍니다. 그 가운데 젖먹이 하나를 남기고는 전부가 밥을 먹는 식구였읍니다. 한 사람이 버는 돈으로써 이 많은 식구를 먹이고 입히기는 과연 힘들었읍니다. 어느 누가 자식에게 대한 애정이 없는 사람이 있으랴만 이 과도한 생산에는 박 첨지의 내외는 때때로 혀를 차고 하였읍니다. 계집아이는 몇 개 죽어도 좋겠다고 이런 이야기도 때때로 내외의 입에 올랐읍니다.

염병이 돌았읍니다. 염병은 박 첨지의 집안에도 들어왔읍니다. 그리고 열한 살을 위로 한 살 난 젖먹이까지 도합 여섯 아이를 한꺼번에 다 잡아 갔읍니다. 박 첨지의 집안은 변하여졌읍니다. 언제든 아이들의 울음소리와 웃음소리가 끄칠 날이 없던 박첨지의 집안은 갑자기 고요하여졌읍니다. 아무리 귀찮았어도 자기의 자식, 그 여섯 남녀를 한꺼번에 잃은 어머니는 며칠을 식음을 전폐하고 자리에 누워 있었읍니다.

박 첨지도 입이 써서 며칠을 온갖 일에 성만 내었읍니다. 그러나 그들은 젊었읍니다. 젊음에 부수되는 용기를 가지고 있었읍니다. '다시 만들면 그뿐이다.' 이런 단념이 차차 그들의 마음을 내려앉게 하였읍니다. 동시에 이 좀 조용한 기회를 타서 힘껏 돈을 보아서 살림살이 장래를 준비하여 보겠다는 생각도 났읍니다. 그들은 먹지를 않았읍니다. 입지를 않았읍니다. 그리고 돈 모으기에 전력을 다하였읍니다.

"아이가 생기기 전에 집 한 간이라도."

이런 목표로서 절단보단하여 둘은 돈을 모았읍니다. 일 년이 지났읍니다. 이 년이 지났읍니다. 돈은 조금 모아졌읍니다. 게다가 이 년 동안에 안해에게는 태기가 보이지를 않았읍니다. 삼 년이 지났읍니다. 사 년이 지났읍니다. 자그마한 오막살이가 하나 생겼읍니다. 안해에게는 역시 태기가 보이지 않았습니다. 오 년이 지나고 육 년이 지나서 돈 몇 백 냥이 앞서게까지 되었지만 웬일인지 안해에게서는 태기가 보이지를 않았읍니다.

처음 일이 년은 무심히 지났읍니다. 그 뒤 일이 년은 이것을 오히려 다행으로 여기고 지냈읍니다. 그러나 산을 끊은 지 오륙 년이 지나도록 다시 태기가 보이지 않을 때에 그들 내외는 겨우 걱정하기 시작하였읍니다. 더구나 그때는 그들의 나이가 삼십 오륙 살, 젊음의 용기가 차차 줄어지고 인생의 항로의 험하고 고적함을 겨우 느끼기 시작할 나이인지라 무릎 위에 자식을 안아 보고 싶은 욕구가 차차 강렬히 생기기 시작하였읍니다. 매달 기한을 어기지 않고 몸을 할 때마다 박 첨지는 역정을 내고 하였읍니다. 다리를 찢어 버리겠다고 저주까지하고 하였읍니다. 그리고 이전에 한꺼번에 죽은 여섯 자식 가운데서 그중 못난 놈 한 놈이라도 그저 남아 있었더면 좋겠다는 한탄을 늘 하고 하였읍니다. 동시에 돈벌이에 대한 열성이 급격하게 줄기 시작하였읍니다. 이전에 그렇게 흥이 나서 밝기 전에 나가서 어두워서야 들어오던 그가 차차 지금은 핑계만 있으면 하루 종일 집안에 누워 있기를 즐겨하였읍니다.

사십 고개도 어느덧 넘어섰읍니다. 자식이 없는 중년 내외의 살림은 불안과 불평뿐이었읍니다. 남편은 바깥 일에 역정을 내었읍니다. 더구나 장래라는 것을 생각할 때는 박 첨지는 끝없는 불안을 느끼고 하는 것이었읍니다. 커다란 암흑, 자기의 장래에 대하여 이것밖에는 아무 것도 발견하지를 못하였읍니다. 어떤 암흑이 어떻게 있는지는 알 수가 없되 막연하나마 그의 앞에 걸려 있는 것은 끝없는 암흑뿐이었읍니다. 차디찬 가정, 그 가운데서 적의와 동정을 아울러 품은 중년의 내외는 고적한 그날그날을 보내고 있었읍니다.

그들이 마흔네 살 나는 해에 어떤 달 안해는 월경을 건넜읍니다. 처음에는 안해는 그것을 다만 단산의 징조로 알았읍니다. 벌써부터 생산에 대하여는 단념을 하였던 그였었지만 이 절망적 현상에 안해는 다시금 가슴을 죄었읍니다. 이 일은 남편에게는 말하지 않았읍니다. 그랬더니 한두 달 지나면서부터 그의 입맛이 현저히 달라졌읍니다. 석달이 지난 뒤에는 잉태한 것이 분명하여졌읍니다. 이리하여 세상에 나온 것이 만득이였읍니다.

(미완)

배따라기

 좋은 일기이다. 좋은 일기라도, 하늘에 구름 한 점 없는 우리 '사람'으로서는 감히 접근 못 할 위엄을 가지고, 높이서 우리 조고만 '사람'을 비웃는 듯이 내려다보는, 그런 교만한 하늘은 아니고, 가장 우리 '사람'의 이해자인 듯이 낮추 뭉글뭉글 엉기는 분홍빛 구름으로서 우리와 서로 손목을 잡자는 그런 하늘이다. 사랑의 하늘이다. 나는, 잠시도 멎지 않고 푸른 물을 황해로 부어 내리는 대동강을 향한, 모란봉 기슭 새파랗게 돋아나는 풀 위에 뒹굴고 있었다.

 이날은 삼월 삼질, 대동강에 첫 뱃놀이하는 날이다. 까맣게 내려다보이는 물 위에는, 결결이 반짝이는 물결을 푸른 놀잇배들이 타고 넘으며, 거기서는 봄향기에 취한 형형색색의 선율이, 우단보다도 부드러운 봄공기를 흔들면서 날아온다. 그러고 거기서 기생들의 노래와 함께 날아오는 조선 아악은 느리게, 길게, 유창하게, 부드럽게, 그러고 또 애처롭게, 모든 봄의 정다움과 끝까지 조화하지 않고는 안 두겠다는 듯이, 대동강에 흐르는 시커먼 봄물, 청류벽에 돋아나는 푸르른 풀어음, 심지어 사람의 가슴속에 봄에 뛰노는 불붙는 핏줄기까지라도, 습기 많은 봄공기를 다리 놓고 떨리지 않고는 두지 않는다.

봄이다. 봄이 왔다. 부드럽게 부는 조고만 바람이, 시커먼 조선 솔을 꿰며, 또는 돋아나는 풀을 슬치고 지나갈 때의 그 음악은, 다른 데서는 듣지 못할 아름다운 음악이다. 아아, 사람을 취케 하는 푸른 봄의 아름다움이여! 열다섯 살부터의 동경 생활에, 마음껏 이런 봄을 보지 못하였던 나는, 늘 이것을 보는 사람보다 곱 이상의 감명을 여기서 받지 않을 수 없다.

평양성 내에는, 겨우 툭툭 터진 땅을 헤치면 파릇파릇 돋아나는 나무새기와 돋아나려는 버들의 어음으로 봄이 온 줄 알 뿐 아직 완전히 봄이 안 이르렀지만, 이 모란봉 일대와 대동강을 넘어 보이는 가나안 옥토를 연상시키는 장림에는 마음껏 봄의 정다움이 이르렀다. 그러고 또 꽤 자란 밀보리들로 새파랗게 장식한 장림의 그 푸른 빛. 만족한 웃음을 띠고 그 벌에 서서 내다보는 농부의 모양은 보지 않아도 생각할 수가 있다. 구름은 자꾸 하늘을 날아다니는 모양이다. 그 밀 위에 비치었던 구름의 그림자는 그 구름과 함께 저편으로 물러가며, 거기는 세계를 아까 만들어 놓은 것 같은 새로운 녹빛이 퍼져 나간다. 바람이나 조곰 부는 때는 그 잘 자란 밀들은 물결같이 누웠다 일어났다 일록일청으로 춤을 춘다. 그리고 봄의 한가함을 찬송하는 솔개들은, 높은 하늘에서 동그라미를 그리면서 더욱더 아름다운 봄에 향기로운 정취를 더한다.

"다스한 봄정에 솟아나리다. 다스한 봄정에 솟아나리다."

나는 두어 번 소리나게 읊은 뒤에 담배를 붙여 물었다. 담뱃내는 무럭무럭 하늘로 올라간다.

하늘에도 봄이 왔다. 하늘은 낮았다. 모란봉 꼭대기에 올라가면 넉넉히 만질 수가 있으리만큼 하늘은 낮다. 그리고 그 낮은 하늘보담은 오히려 더 높이 있는 듯한 분홍빛 구름은 뭉글뭉글 엉기면서 이리저리 날아다닌다. 나는 이러한 아름다운 봄경치에 이렇게 마음껏 봄의 속삭임을 들을 때는 언제든 유토피아를 아니 생각할 수 없다. 우리가 시시각각으로 애를 쓰며 수고하는 것은, 그 목적은 무엇인가. 역시 유토피아 건설에 있지 않을까. 유토피아를 생각할 때는 언제든 그 '위대한 인격의 소유자'며 '사람의 위대함을 끝까지 즐긴' 진나라 시황을 생각지 않을 수 없다.

우리가 어찌하면 죽지를 아니할까 하여, 소년 삼백을 배에 태워 불사약을 구하려 떠나보내며, 예술의 사치를 다하여 아방궁을 지으며, 매일 신하 몇천 명과 잔치로써 즐기며, 이리하여 여기 한 유토피아를 세우려던 시황은, 몇만의 역사가가 어떻다고 욕을 하든, 그는 참말로 인생의 향락자이며 역사 이후의 제일 큰 위인이라고 할 수가 있다. 그만한 순전한 용기 있는 사람이 있고야 우리 인류의 역사는 끝이 날지라도 한 '사람'을 가졌었다고 할 수 있다.

"큰 사람이었었다." 하면서 나는 머리를 흔들었다. 이때다, 기자묘 근처에서 무슨 슬픈 음률이 봄공기를 진동시키며 날아오는 것이 들렸다. 나는 무심코 귀를 기울였다. '영유 배따라기'다. 그것도 웬만한 광대나 기생은 발꿈치에도 미치지 못하리만큼, 그만큼 그 배따라기의 주인은 잘 부르는 사람이었다.

비나이다, 비나이다.
산천후토 일월성신 하나님전 비나이다.

실낱 같은 우리 목숨 살려 달라 비나이다.
에야, 어그여지야.

여기까지 이르렀을 때에 저편 아래 물에서 장고 소리와 함께 기생의 노래가 울리어 오며 배따라기는 그만 안 들리게 되었다. 나는 이 년 전 한여름을 영유서 지내 본 일이 있다. 배따라기의 본고장인 영유를 몇 달 있어 본 사람은 그 배따라기에 대하여 언제든 한 속절없는 애처로움을 깨달을 것이다.

영유, 이름은 모르지만 ×산에 올라가서 내다보면 앞은 망망한 황해이니, 그곳 저녁때의 경치는 한번 본 사람은 영구히 잊을 수가 없으리라. 불덩이 같은 커다란 시뻘건 해가 남실남실 넘치는 바다에 도로 빠질 듯 도로 솟아오를 듯 춤을 추며, 거기서 때때로 보이지 않는 배에서 '배따라기'만 슬프게 날아오는 것을 들을 때엔 눈물 많은 나는 때때로 눈물을 흘렸다.

이로 보아서, 어떤 원의 아내가 자기의 모든 영화를 낡은 신같이 내어던지고 뱃사람과 정처없는 물길을 떠났다 함도 믿지 못할 말이랄 수가 없다. 영유서 돌아온 뒤에도 그 '배따라기'는 내 마음에 깊이 새기어져 잊으려야 잊을 수가 없었고, 언제 한번 다시 영유를 가서 그 노래를 한번 더 들어 보고 그 경치를 다시 한번 보고 싶은 생각이 늘 떠나지를 않았다.

장고 소리와 기생의 노래는 멎고 배따라기만 구슬프게 날아온다. 결결이 부는 바람으로 말미암아 때때로는 들을 수가 없으되, 나의 기억과 곡조를 종합하여 들은 배따라기는 이 대목이다.

강변에 나왔다가 나를 보더니만 혼비백산하여
꿈인지 생시인지 와르륵 달려들어
섬섬옥수로 부쳐잡고 호천망극하는 말이
'하늘로서 떨어지며 땅으로서 솟아났나
바람결에 묻어 오고 구름길에 쌔여 왔나
이리 서로 붙들고 울음 울 제 인리 제인이며
일가 친척이 모두 모여

여기까지 들은 나는 마침내 참지 못하고 벌떡 일어서서 소나무 가지에 걸었던 모자를 내려 쓰고, 그곳을 찾으러 모란봉 꼭대기에 올라섰다. 꼭대기는 좀더 노랫소리가 잘 들린다. 그는, 배따라기의 맨 마지막, 여기를 부른다.

밥을 빌어서 죽을 쑬지라도 제발 덕분에
뱃놈 노릇은 하지 마라 에야 어그여지야

그의 소리로써 방향을 찾으려던 나는 그만 그 자리에 섰다.
"어딘가? 기자묘? 혹은 을밀대?"
그러나 나는 오래 서 있을 수가 없었다. 어떻든 찾아보자 하고, 현무문으로 가서 문 밖에 썩 나섰다. 기자묘의 깊은 솔밭은 눈앞에 쫙 퍼진다.
"어딘가?"
나는 또 물어 보았다. 이때에 그는 또다시 배따라기를 시초부터 부른다. 그 소리는 왼편에서 온다. 왼편이구나 하면서, 소리나는 곳을 더듬어서 소나무 틈으로 한참 돌다가, 겨우, 기자묘치고는 그중 하늘이 넓고 밝은 곳에 혼자서 뒹굴고 있는 그를 찾아내었다. 나의 생각한 바와 같은 얼굴이다. 얼굴, 코, 입, 눈, 몸집이 모두 네모나고 그의 이마의 굵은 주름살과 시커먼 눈썹은 고생 많이 함과 순진한 성격을 나타낸다. 그는 어떤 신사가 자기를 들여다보는 것을 보고 노래를 그치고 일어나 앉는다.

"왜? 그냥 하지요." 하면서 나는 그의 곁에 가 앉았다.

"머……."

할 뿐 그는 눈을 들어서 터진 하늘을 쳐다본다. 좋은 눈이었다. 바다의 넓고 큼이 유감없이 그의 눈에 나타나 있다. 그는 뱃사람이라 나는 짐작하였다.

"고향이 영유요?"

"예, 머, 영유서 나기는 했디만 한 이십 년 영윤 가보디두 않았시요."

"왜, 이십 년씩 고향엘 안 가요?"

"사람의 일이라니 마음대로 됩데까?"

그는, 왜 그러는지, 한숨을 짓는다.

"거저, 운명이 데일 힘셉디다."

운명의 힘이 제일 세다는 그의 소리는 삭이지 못할 원한과 뉘우침이 섞여 있다.

"그래요?"

나는 다만 그를 건너다볼 뿐이다. 한참 잠잠하니 있다가 나는 다시 말하였다.

"자, 노형의 경험담이나 한번 들어 봅시다. 감출 일이 아니면 한번 이야기해 보소."

"머, 감출 일은……."

"그럼, 어디 들어 봅시다그려."

그는 다시 하늘을 쳐다보았다. 그러나 좀 있다가, "하디요." 하면서 내가 담배를 붙이는 것을 보고 자기도 담배를 붙여 물고 이야기를 꺼낸다.

"잊히디두 않는 십구 년 전 팔월 열하룻날 일인데요." 하면서 그가 이야기한 바는 대략 이와 같은 것이다.

그의 살던 마을은 영유 고을서 한 이십 리 떠나 있는, 바다를 향한 조고만 어촌이다. 그의 살던 조고만 마을(서른 집쯤 되는)에서는 그는 꽤 유명한 사람이었다. 그의 부모는 모두 열댓 세 났을 때 돌아갔고, 남은 사람이라고는 곁집에 딴살림하는 그의 아우 부처와 자기 부처뿐이었다. 그들 형제가 그 마을에서 제일 부자이고 또 제일 고기잡이를 잘하였고 그중 글이 있었고 배따라기도 그 마을에서 빼나게 그 형제가 잘 불렀다. 말하자면 그 형제가 그 동네의 대표적 사람이었다. 팔월 보름은 추석 명절이다. 팔월 열하룻날 그는 명절에 쓸 장도 볼 겸, 그의 아내가 늘 부러워하는 거울도 하나 사올 겸, 장으로 향하였다.

"당손네 집에 있는 것보다 큰 것이오. 잊디 말구요."

그의 아내는 길까지 따라나오면서 잊지 않도록 부탁하였다.

"안 잊어." 하면서 그는 떠오르는 새빨간 햇빛을 앞으로 받으면서 자기 마을을 나섰다. 그는 아내를(이렇게 말하기는 우습지만) 고와했다. 그의 아내는 촌에는 드물도록 연연하고도 예쁘게 생겼다.(그는 나에게 이렇게 말하였다.)

"성내(평양) 덴줏골(갈보촌)을 가두 그만한 거 쉽디 않갔시요."

그러니까 촌에서는, 그리고 그 당시에는 남에게 우습게 보이도록 그 내외의 새는 좋았다. 늙은이들은 계집에게 혹하지 말라고 흔히 그에게 권고하였다. 부처의 새는 좋았지만, 아니 오히려 좋으므로 그는 아내에게 샘을 많이 하였다. 그러고 그의 아내는 시기를 받을 일을 많이 하였다. 품행이 나쁘다는 것이 아니라, 그의 아내는 대단히 천진스럽고 쾌활한 성질로서 아무에게나 말 잘 하고 애교를 잘 부렸다.

그 동네에서는 무슨 명절이나 되면, 집이 그중 정결함을 핑계삼아 젊은이들은 모두 그의 집에 모이고 하였다. 그 젊은이들은 모두 그의 아내에게 '아즈마니'라 부르고, 그의 아내는 '아즈바니 아즈바니' 하며 그들과 지껄이고 즐기며, 그 웃기 잘 하는 입에는 늘 웃음을 흘리고 있었다. 그럴 때마다 그는 한편 구석에서 눈만 힐근거리며 있다가 젊은이들이 돌아간 뒤에는 불문곡직하고 아내에게 덤벼들어 발길로 차고 때리며, 이전에 사다 주었던 것을 모두 걷어올린다. 싸움을 할 때에는 언제든 곁집에 있는 아우 부처가 말리러 오며, 그렇게 되면 언제든 그는 아우 부처까지 때려 주었다. 그가 아우에게 그렇게 구는 데는 이유가 있었다. 그의 아우는, 시골 사람에게는 쉽지 않도록 늠름한 위엄이 있었고, 맨날 바닷바람을 쏘였지만 얼굴이 희었다. 이것뿐으로도 시기가 된다 하면 되지만, 특별히 아내가 그의 아우에게 친절히 하는 데는, 그는 속이 끓어 못 견디었다. 그가 영유를 떠나기 반 년 전쯤, 다시 말하자면 그가 거울을 사러 장에 갈 때부터 반 년 전쯤 그의 생일날이었다. 그의 집에서는 음식을 차려서 잘 먹었는데, 그에게는 괴상한 버릇이 있었으니, 맛있는 음식은 남겨 두었다가 좀 있다 먹고 하는 것이 습관이었다.

그의 아내도 이 버릇은 잘 알 터인데 그의 아우가 점심때쯤 오니까, 아까 그가 아껴서 남겨 두었던 그 음식을 아우에게 주려 하였다. 그는 눈을 부릅뜨고 '못 주리라'고 암호하였지만 아내는 그것을 보았는지 못 보았는지 그의 아우에게 주어 버렸다. 그는 마음속이 자못 편치 못하였다. '트집만 있으면 이년을' 그는 마음먹었다. 그의 아내는 시아우에게 상을 준 뒤에 물러오다가 그만 그의 발을 조금 밟았다.

"이년!"

그는 힘껏 발을 들어서 아내를 냅다 찼다. 그의 아내는 상 위에 거꾸러졌다가 일어난다.

"이년, 사나이 발을 짓밟는 년이 어디 있어!"

"거 좀 밟아서 발이 부러졌쉐까?"

아내는 낯이 새빨개져서 울음 섞인 소리로 고함친다.

"이년! 말대답이……."

그는 일어서서 아내의 머리채를 휘어잡았다.

"형님! 왜 이리십니까."

아우가 일어서면서 그를 붙잡았다.

"가만있거라, 이놈의 자식." 하며 그는 아우를 밀친 뒤에 아내를 되는 대로 내리찧었다.

"죽일 년, 이년! 나가거라!"

"죽에라, 죽에라! 난, 죽어도 이 집에선 못 나가!"

"못 나가?"

"못 나가디 않구. 뉘 집이게……."

이때다. 그의 마음에는 그 '못 나가겠다'는 아내의 마음이 푹 들이 박혔다. 그 이상 때리기가 싫었다. 우두커니 눈만 흘기고 있다가 그는, "망할 년, 그럼 내가 나갈라." 하고 그만 문 밖으로 뛰어나와서, "형님, 어디 갑니까." 하는 아우의 말에는 대답도 안 하고, 곁동네 탁주집으로 뒤도 안 돌아보고 가서, 거기 있는 술 파는 계집과 술상 앞에 마주 앉았다.

그날 저녁 얼근히 취한 그는 아내를 위하여 떡을 한 돈 어치 사가지고 집으로 돌아왔다. 이리하여 또 서너 달은 평화가 이르렀다. 그러나 이 평화가 언제까지든 계속될 수가 없었다. 그의 아우로 말미암아 또 평화는 쪼개져 나갔다. 오월 초승부터 영유 고을 출입이 잦던 그의 아우는, 오월 그믐께부터는 고을서 며칠씩 묵어 오는 일이 많았다. 함께, 고을에 첩을 얻어두었다는 소문이 퍼졌다. 이 소문이 있은 뒤는 아내는 그의 아우가 고을 들어가는 것을 벌레보다도 더 싫어하고, 며칠 묵어나 오는 때면 곧 아우의 집으로 가서 그와 담판을 하며 심지어 동서 되는 아우의 처에게까지 못 가게 하지 않는다고 싸우는 일이 있었다.

칠월 초승께 그의 아우는 고을에 들어가서 열흘쯤 묵어 온 일이 있었다. 이때도 전과 같이 그의 아내는 그의 아우며 제수와 싸우다 못하여, 마침내 그에게까지 와서 아우가 그런 못된 데를 다니는 것을 그냥 둔다고, 해보자 한다. 그 꼴을 곱게 보지 않았던 그는 첫마디로 고함을 쳤다.

"네게 상관이 무에가? 듣기 싫다."

"못난둥이. 아우가 그런 델 댕기는 걸 말리디두 못하구!"

분김에 이렇게 그의 아내는 고함쳤다.

"이년, 무얼?" 그는 벌떡 일어섰다.

"못난둥이!"

그 말이 채 끝나기 전에 그의 아내는 악 소리와 함께 그 자리에 거꾸러졌다.

"이년! 사나이에게 그따윗말버릇 어디서 배완!"

"에미네 때리는 건 어디서 배왔노! 못난둥이."

그의 아내는 울음 소리로 부르짖었다.

"샹년 그냥? 나갈, 우리집에 있디 말구 나갈."

그는 내리찧으면서 부르짖었다. 그리고 아내를 문을 열고 밀쳤다.

"나가디 않으리!" 하고 그의 아내는 울면서 뛰어나갔다.

"망할년!"

토하는 듯이 중얼거리고 그는 그 자리에 주저앉았다. 그의 아내는 해가 져서 어두워져도 돌아오지 않았다. 일단 내어쫓기는 하였지만 그는 아내의 돌아옴을 기다리고 있었다. 어두워져서도 그는 불도 안 켜고 성이 나서 우들우들 떨면서 아내의 돌아오기를 기다렸다. 그러나 그의 아내의 참 기쁜 듯이 웃는 소리가 그의 아우의 집에서 밤새도록 울리었다. 그는 움쩍도 안 하고 그 자리에 앉아서 밤을 새운 뒤에, 새벽 동터 올 때 아내와 아우를 죽이려고 부엌에 가서 식칼을 가지고 들어와서 문을 벌컥 열었다.

그의 아내로서 만약 근심스러운 얼굴을 하고 그 문 밖에 우두커니 서서 문을 들여다보고 있지 않았다면, 그는 아내와 아우를 죽이고야 말았으리라. 그는 아내를 보는 순간 마음에 가득 차는 사랑을 깨달으면서, 칼을 내던지고 뛰어나가서 아내의 머리채를 휘어잡고, 이년 하면서 들어와서 뺨을 물어뜯으면서 함께 이리저리 자빠져서 뒹굴었다. 그런 이야기를 다 하려면 끝이 없으되 다만 '그' '그의 아내' '그의 아우' 세 사람의 삼각관계는 대략 이와 같았다.

각설, 거울은 마침 장에 마음에 맞는 것이 있었다. 지금 것과 대보면 어떤 때는 코도 크게 보이고 입이 작게도 보이는 것이지만, 그 당시에는, 그리고 그런 촌에서는 둘도 없는 귀물이었다. 거울을 사가지고 장을 본 뒤에 그는 이 거울을 아내에게 주면 그 기뻐할 모양을 생각하며, 새빨간 저녁 햇빛을 받는 넘치는 듯한 바다를 안고, 자기 집으로, 늘 들러 오던 탁주집에도 안 들러서 돌아왔다. 그러나 그가 그의 집 방 안에 들어설 때에는 뜻도 안 하였던 광경이 그의 눈에 벌어어 있었다. 방 가운데는 떡상이 있고, 그의 아우는 수건이 벗어져서 목 뒤로 늘어지고 저고리 고름이 모두 풀어져 가지고 한편 모퉁이에 서 있고, 아내도 머리채가 모두 뒤로 늘어지고 치마가 배꼽 아래 늘어지도록 되어 있으며, 그의 아내와 아우는 그를 보고 어찌할 줄을 모르는 듯이 움쩍도 안 하고 서 있었다. 세 사람은 한참 동안 어이가 없어서 서 있었다. 그러나 좀 있다가 마침내 그의 아우가 겨우 말했다.

"그놈의 쥐 어디 갔니?"

"흥! 쥐? 훌륭한 쥐 잡댔구나!"

그는 말을 끝내지도 않고 짐을 벗어던지고 뛰어가서 아우의 멱살을 그러잡았다.

"형님! 정말 쥐가"

"쥐? 이놈! 형수하고 그런 쥐 잡는 놈이 어디 있니?"

그는 아우를 따귀를 몇 대 때린 뒤에 등을 밀어서 문 밖에 내어던졌다. 그런 뒤에 이제 자기에게 이를 매를 생각하고 우들우들 떨면서 아랫목에 서 있는 아내에게 달려들었다.

"이년! 시아우와 그런 쥐 잡는 년이 어디 있어!"

그는 아내를 거꾸러뜨리고 함부로 내리찧었다.

"정말 쥐가 아이 죽겠다."

"이년! 너두 쥐? 죽어라!"

그의 팔다리는 함부로 아내의 몸 위에 오르내렸다.

"아이, 죽갔다. 정말 아까 적으니(시아우)가 왔기에 떡 먹으라구 내놓았더니."

"듣기 싫다! 시아우 붙은 년이, 무슨 잔소릴."

"아이, 아이, 정말이야요. 쥐가 한 마리 나."

"그냥 쥐?"

"쥐 잡을래다가……."

"샹년! 죽어라! 물에래두 빠데 죽얼!"

그는 실컷 때린 뒤에, 아내도 아우처럼 등을 밀어 내어쫓았다. 그 뒤에 그의 등으로, "고기 배때기에 장사해라!" 하고 토하였다. 분풀이는 실컷 하였지만, 그래도 마음속이 자못 편치 못하였다. 그는 아랫목으로 가서 바람벽을 의지하고 실신한 사람같이 우두커니 서서 떡상만 들여다보고 있었다.

한 시간, 두 시간. 서편으로 바다를 향한 마을이라 다른 곳보다는 늦게 어둡지만, 그래도 술시쯤 되어서는 깜깜하니 어두웠다. 그는 불을 켜려고 바람벽에서 떠나서 성냥을 찾으러 돌아갔다. 성냥은 늘 있던 자리에 있지 않았다. 그래서 여기저기 뒤적이노라니까, 어떤 낡은 옷뭉치를 들칠 때에 문득 쥐 소리가 나면서 무엇이 후덕덕 뛰어나온다. 그리하여 저편으로 기어서 도망한다.

"역시 쥐댔구나."

그는 조그만 소리로 부르짖었다. 그리고 그만 그 자리에 맥없이 덜썩 주저앉았다. 아까 그가 보지 못한 때의 광경이 활동사진과 같이 그의 머리에 지나갔다. 아우가 집에를 온다. 아우에게 친절한 아내는 떡을 먹으라고 아우에게 떡상을 내놓는다. 그때에 어디선가 쥐가 한 마리 뛰어나온다. 둘(아우와 아내)이서는 쥐를 잡노라고 돌아간다. 한참 성화시키던 쥐는 어느 구석에 숨어 버린다. 그들은 쥐를 찾느라고 뒤룩거린다. 그럴 때에 그가 집에 들어선 것이다.

"샹년, 좀 있으믄 안 들어오리……."

그는 억지로 마음먹고 그 자리에 드러누웠다. 그러나 아내는 밤이 가고 날이 밝기는커녕 해가 중천에 올라도 돌아오지를 않았다. 그는 차차 걱정이 나서 찾아보러 나섰다. 아우의 집에도 없었다. 동네를 모두 찾아보아도 본 사람도 없다 한다. 그리하여, 낮쯤 한 삼사 리 내려가서 바닷가에서 겨우 아내를 찾기는 찾았지만 그 아내는 이전 같은 생기로 찬 산 아내가 아니요, 몸은 물에 불어서 곱이나 크게 되고, 이전에 늘 웃음을 흘리던 예쁜 입에는 거품을 잔뜩 문, 죽은 아내였다. 그는 아내를 업고 집으로 돌아오기까지 정신이 없었다. 이튿날 간단하게 장사를 하였다. 뒤에 따라오는 아우의 얼굴에는, "형님, 이게 웬일이오니까." 하는 듯한 원망이 있었다.

장사를 지낸 이튿날부터 아우는 그 조그만 마을에서 없어졌다. 하루 이틀은 심상히 지냈지만, 닷새 엿새가 지나도 아우는 돌아오지 않았다. 그래서 알아보니까, 꼭 그의 아우같이 생긴 사람이 오륙일 전에 멧산자 보따리를 하여 진 뒤에 시뻘건 저녁해를 등으로 받고 더벅더벅 동쪽으로 가더라 한다. 그리하여 열흘이 지나고 스무날이 지났지만 한번 떠난 그의 아우는 돌아올 길이 없고, 혼자 남은 아우의 아내는 매일 한숨으로 세월을 보내게 되었다.

그도 이것을 잠자코 보고 있을 수가 없었다. 그 불행의 모든 죄는 죄 그에게 있었다. 그도 마침내 뱃사람이 되어, 적으나마 아내를 삼킨 바다와 늘 접근하며 가는 곳마다 아우의 소식을 알아보려고, 어떤 배를 얻어 타고 물길을 나섰다. 그는 가는 곳마다 아우의 이름과 모습을 말하여 물었으나, 아우의 소식은 알 수가 없었다. 이리하여 꿈결같이 십 년을 지내서 구 년 전 가을, 탁탁히 낀 안개를 꿰며 연안 바다를 지나가던 그의 배는, 몹시 부는 바람으로 말미암아 파선을 하여, 벗 몇 사람은 죽고, 그는 정신을 잃고 물 위에 떠돌고 있었다. 그가 겨우 정신을 차린 때는 밤이었었다. 그리고 어느덧 그는 뭍 위에 올라와 있었고 그를 말리느라고 새빨갛게 피워 놓은 불빛으로 자기를 간호하는 아우를 보았다. 그는 이상히도 놀라지도 않고 천연하게 물었다.

"너, 어떻게 여기 완?"

아우는 잠자코 한참 있다가 겨우 대답하였다.

"형님, 거저 다 운명이외다."

따뜻한 불기운에 깜빡 잠이 들려다가 그는 화닥닥 깨면서 또 말했다.

"십 년 동안에 되게 파랬구나."

"형님, 나두 변했거니와 형님두 몹시 늙으셨쉐다."

이 말을 꿈결같이 들으면서 그는 또 혼혼히 잠이 들었다. 그리하여 두어 시간, 꿀보다도 단 잠을 잔 뒤에 깨어 보니, 아까같이 새빨간 불은 피어 있지만 아우는 어디로 갔는지 없어졌다. 곁엣사람에게 물어보니까, 아우는 형의 얼굴을 물끄러미 한참 들여다보고 있다가 새빨간 불빛을 등으로 받으면서 터벅터벅 아무 말 없이 어둠 가운데로 스러졌다 한다.

이틀날 아무리 알아보아야 그의 아우는 종적이 없어지고 알 수 없으므로 그는 하릴없이 다른 배를 얻어 타고 또 물길을 떠났다. 그리하여 그의 배가 해주에 이르렀을 때, 그는 해주 장에 들어가서 무엇을 사려다가 저편 맞은편 가게에 걸핏 그의 아우 같은 사람이 있으므로 뛰어가서 보니 그는 벌써 없어졌다. 배가 해주에는 오래 머물지 않으므로 그의 마음은 해주에 남겨 두고 또다시 바닷길을 떠났다.

그 뒤 삼 년을 이리저리 돌아다녔어도 아우는 다시 볼 수가 없었다. 그리하여 삼 년을 지내서 지금부터 육 년 전에, 그의 탄 배가 강화도를 지날 때에, 바다를 향한 가파로운 뫼켠에서 바다를 향하여 날아오는 '배따라기'를 들었다. 그것도 어떤 구절과 곡조는 그의 아우 특식으로 변경된, 그의 아우가 아니면 부를 사람이 없는, 그 '배따라기'이다.

배가 강화도에는 머무르지 않아서 그저 지나갔으나, 인천서 열흘쯤 머무르게 되었으므로, 그는 곧 내려서 강화도로 건너가 보았다. 거기서 이리저리 찾아다니다가 어떤 조그만 객주집에서 물어 보니, 이름도 그의 아우요 생긴 모습도 그의 아우인 사람이 묵어 있기는 하였으나, 사나흘 전에 도로 인천으로 갔다 한다. 그는 곧 돌아서서, 인천으로 건너와서 찾아보았지만, 그 조그만 인천서도 그의 아우를 찾을 바가 없었다. 그 뒤에 눈 오고 비 오며 육 년이 지났지만, 그는 다시 아우를 만나 보지 못하고 아우의 생사까지도 알 수가 없다.

말을 끝낸 그의 눈에는 저녁해에 반사하여 몇 방울의 눈물이 반득인다. 나는 한참 있다가 겨우 물었다.

"노형 계수는?"

"모르디요. 이십 년을 영유는 안 가봤으니깐요."

"노형은 이제 어디루 갈 테요?"

"것두 모르디요. 덩처가 있나요? 바람 부는 대로 몰려댕기디요."

그는 다시 한번 나를 위하여 배따라기를 불렀다. 아아, 그 속에 잠겨 있는 삭이지 못할 뉘우침, 바다에 대한 애처로운 그리움. 노래를 끝낸 다음에 그는 일어서서 시뻘건 저녁해를 잔뜩 등으로 받고 을밀대로 향하여 더벅더벅 걸어간다. 나는 그를 말릴 힘이 없어서 멀거니 그의 등만 바라보고 앉아 있었다. 그날 밤, 집에 돌아와서도 그 배따라기와 그의 숙명적 경험담이 귀에 쟁쟁히 울리어서 잠을 못 이루고, 이튿날 아침 깨어서 조반도 안 먹고 기자묘로 뛰어가서 또다시 그를 찾아보았다. 그가 어제 깔고 앉았던, 풀은 모두 한편으로 누워서 그가 다녀감을 기념하되, 그는 그 근처에 보이지 않았다. 그러나, 그러나 배따라기는 어디선가 쟁쟁히 울리어서 모든 소나무들을 떨리지 않고는 안 두겠다는 듯이 날아온다.

"모란봉이다. 모란봉에 있다." 하고 나는 한숨에 모란봉으로 뛰어갔다. 모란봉에는 사람이 하나도 없다. 부벽루에도 없다.

"을밀대다." 하고, 나는 다시 을밀대로 갔다. 을밀대에서 부벽루를 연한, 지옥까지 연한 듯한 골짜기에 물 한 방울을 안 새이리라고 빽빽히 난 소나무의 그 모든 잎잎은 떨리는 배따라기를 부르고 있지만, 그는 여기도 있지 않다.

기자묘의, 하늘을 향하여 퍼져 나간 그 모든 소나무의 천만의 잎잎도, 그 아래쪽 퍼진 천만의 풀들도, 모두 그 배따라기를 슬프게 부르고 있지만, 그는 이 조고만 모란봉 일대에서 찾을 수가 없었다. 강가에 나가서 알아보니 그의 배는 오늘 새벽에 떠났다 한다. 그 뒤에 여름과 가을이 가고 일년이 지나서 다시 봄이 이르렀으되, 잠깐 평양을 다녀간 그는 그 숙명적 경험담과 슬픈 배따라기를 남겨 두었을 뿐, 다시 조고만 모란봉에 나타나지 않는다.

모란봉과 기자묘에 다시 봄이 이르러서, 작년에 그가 깔고 앉아서 부러졌던 풀들도 다시 곧게 대가 나서 자줏빛 꽃이 피려 하지만, 끝없는 뉘우침을 다만 한낱 '배따라기'로 하소연하는 그는, 이 조고만 모란봉과 기자묘에서 다시 볼 수가 없었다. 다만 그가 남기고 간

'배따라기'만 추억하는 듯이 기념하는 듯이 모든 잎잎이 속삭이고 있을 따름이다.

붉은 산

 그것은 여(성씨나 이름이 아닌 '나'라는 뜻의 한자어 일인칭 대명사 - 편집자 주*)가 만주를 여행할 때 일이었다. 만주의 풍속도 좀 살필 겸 아직껏 문명의 세례를 받지 못한 그들의 사이에 퍼져 있는 병을 조사할 겸해서 일년의 기한을 예산하여 가지고 만주를 시시콜콜이 다 돌아온 적이 있었다. 그때에 ××촌이라 하는 조그만 촌에서 본 일을 여기에 적고자 한다.

 ××촌은 조선사람 소작인만 사는 한 이십여 호 되는 작은 촌이었다. 사면을 둘러보아도 한개의 산도 볼 수가 없는 광막한 만주의 벌판 가운데 놓여 있는 이름도 없는 작은 촌이었다. 몽고사람 종자를 하나 데리고 노새를 타고 만주의 촌촌을 돌아다니던 여가 그 ××촌에 이른 때는 가을도 다 가고 어느덧 광포한 북극의 겨울이 만주를 찾아온 때였다.

 만주의 어느 곳이나 조선사람이 없는 곳은 없지만 이러한 오지에서 한 동네가 죄 조선 사람뿐으로 되어 있는 곳을 만나니 반가왔다. 더구나 그 동네는 비록 모두가 만주국인의 소작인이라 하나, 사람들이 비교적 온량하고 정직하여, 장성한 이들은 그래도 모두 천자문 한 권쯤은 읽은 사람이었다. 살풍경한 만주, 그 가운데서 살풍경한 살림을 하는 만주국인이며 조선사람의 동네를 근 일년이나 돌아다니다가 비교적 평화스런 이런 동네를 만나면, 그것이 비록 외국인의 동네라 하여도 반갑겠거늘, 하물며 우리 같은 동족임에랴. 여는 그 동네에서 한 십여 일 이상을 일없이 매일 호별 방문을 하며 그들과 이야기로 날을 보내며, 오래간만에 맛보는 평화적 기분을 향락하고 있었다.

'삵'이라는 별명을 가지고 있는 '정익호'라는 인물을 본 것이 여기서이다. 익호라는 인물의 고향이 어디인지는 ××촌에서 아무도 몰랐다. 사투리로 보아서 경기 사투리인 듯하지만 빠른 말로 재재거리는 때에는 영남 사투리가 보일 때도 있고, 싸움이라도 할 때는 서북 사투리가 보일 때도 있었다. 그런지라 사투리로서 그의 고향을 짐작할 수가 없었다. 쉬운 일본말도 알고, 한문글자도 좀 알고, 중국말은 물론 꽤 하고, 쉬운 러시아말도 할 줄 아는 점 등등, 이곳저곳 숱하게 줏어먹은 것은 짐작이 가지만 그의 경력을 똑똑히 아는 사람은 없었다.

그는 여가 ××촌에 가기 일년 전쯤 빈손으로 이웃이라도 오듯 후덕덕 ××촌에 나타났다 한다. 생김생김으로 보아서 얼굴이 쥐와 같고 날카로운 이빨이 있으며 눈에는 교활함과 독한 기운이 늘 나타나 있으며, 발룩한 코에는 코털이 밖으로까지 보이도록 길게 났고, 몸집은 작으나 민첩하게 되었고, 나이는 스물 다섯에서 사십까지 임의로 볼 수 있으며, 그 몸이나 얼굴 생김이 어디로 보든 남에게 미움을 사고 근접치 못할 놈이라는 느낌을 갖게 한다.

그의 장기는 투전이 일쑤며, 싸움 잘하고, 트집 잘 잡고, 칼부림

잘하고, 색시에게 덤벼들기 잘하는 것이라 한다. 생김생김이 벌써 남에게 미움을 사게 되었고, 거기다 하는 행동조차 변변치 못한 일만이라, ××촌에서도 아무도 그를 대척하는 사람이 없었다. 사람들은 모두 그를 피하였다. 집이 없는 그였으나 뉘 집에 잠이라도 자러 가면 그 집 주인은 두말 없이 다른 방으로 피하고 이부자리를 준비하여주고 하였다. 그러면 그는 이튿날 해가 낮이 되도록 실컷 잔 뒤에 마치 제 집에서 일어나듯 느직이 일어나서 조반을 청하여 먹고는 한마디의 사례도 없이 나가버린다. 그리고 만약 누구든 그의 이 청구에 응치 않으면 그는 그것을 트집으로 싸움을 시작하고, 싸움을 하면 반드시 칼부림을 하였다.

동네의 처녀들이며 젊은 여인들은 익호가 이 동네에 들어온 뒤부터는 마음놓고 나다니지를 못하였다. 철없이 나갔다가 봉변을 당한 사람도 몇이 있었다.

'삵'

이 별명은 누가 지었는지 모르지만 어느덧 ××촌에서는 익호를 익호라 부르지 않고 '삵'이라고 부르게 되었다.

"'삵'이 뉘 집에서 묵었나?"

"김 서방네 집에서."

"다른 봉변은 없었다나?"

"요행히 없었다네."

그들은 아침에 깨면 서로 인사 대신으로 '삵'의 거취를 알아보고 하였다. '삵'은 이 동네에는 커다란 암종이었다. '삵' 때문에 아무리 농사에 사람이 부족한 때라도 젊고 튼튼한 몇 사람은 동네의 젊은 부녀를 지키기 위하여 동네 안에 머물러 있지 않을 수가 없었다. '삵' 때문에 부녀와 아이들은 아무리 더운 여름 저녁에라도 길에 나서서 마음놓고 바람을 쏘여보지를 못하였다. '삵' 때문에 동네에서는 닭의 가리며 돼지우리를 지키기 위하여 밤을 새지 않을 수가 없었다.

동네의 노인이며 젊은이들은 몇번을 모여서 '삵'을 이 동리에서 내어쫓기를 의논하였다. 물론 합의는 되었다. 그러나 내어쫓는 데선착할 사람이 없었다.

"첨지가 선착하면 뒤는 내 담당하마."

"뒤는 걱정 말고 형님 먼저 말해보시오."

제각기 '삵'에게 먼저 달겨들기를 피하였다. 이리하여 동리에서는 합의는 되었나 '삵'은 그냥 태연히 이 동네에 묵어있게 되었다.

"며늘년들이 조반이나 지었나?"

"손주놈들이 잠자리나 준비했나?"

마치 그 동네의 모두가 자기의 집안인 것같이 '삵'은 마음으로 이집 저집을 드나들었다. ××촌에서는 사람이라도 죽으면 반드시 조상 대신으로, "삵'이나 죽지 않고." 하는, 한마디의 말을 잊지 않고 하였다. 누가 병이라도 나면, "에익! 놈의 병 '삵'한테로 가거라." 이고 하였다.

암종 – 누구나 '삵'을 동정하거나 사랑하는 사람이 없었다. '삵'도 남의 동정이나 사랑은 벌써 단념한 사람이었다. 누가 자기에게 아무런 대접을 하든 탓하지 않았다. 보이는 데서 보이는 푸대접을 하면 그 트집으로 반드시 칼부림까지 하는 그였지만, 뒤에서 아무런 말을 할지라도 – 그리고 그것이 '삵'의 귀에까지 갈지라도 탓하지 않앉다.

"흥……."

이 한마디는 그의 가장 큰 처세 철학이었다. 흔히 곁 동네 만주국인들의 투전판에 가서 투전을 하였다. 때때로 두들겨 맞고 피투성이가 되어서 돌아오는 일도 있었다. 그러나 그는 그 하소연을 하는 일이 없었다. 한다 할지라도 들을 사람도 없거니와 – 아무리 무섭게 두들겨 맞은 뒤라도 하루만 샘물에 상처를 씻고 절룩절룩한 뒤에는 또 이튿날은 천연히 나다녔다. 여가 ××촌을 떠나기 전날이었다. 송 첨지라는 노인이 그해 소출을 나귀에 실어 가지고 만주국인 지주가 있는 촌으로 갔다. 그러나 돌아올 때는 송장이 되었다. 소출이 좋지 못하다고 두들겨 맞아서 부러져 꺾어진 송 첨지는 나귀등에 몸이 결박되어서 겨우 ××촌으로 돌아왔다. 그리고 놀란 친척들이 나귀에서 몸을 내릴 때에 절명하였다. ××촌에서는 왁자하였다.

"원수를 갚자!"

명 아닌 목숨을 끊은 송 첨지를 위하여 동네의 젊은이는 모두 흥분하였다. 제각기 이제라도 들고 일어설 듯하였다. 그러나 그뿐이었다. 누구든 앞장을 서려는 사람이 없었다. 만약 이때에 누구든 앞장을 서는 사람만 있었더면 그들은 곧 그 지주에게로 달려갔을지 모른다. 그러나 제가 앞장을 서겠노라고 나서는 사람은 없었다. 제각기 곁사람을 돌아보았다.

발을 굴렀다. 부르짖었다. 학대받는 인종의 고통을 호소하며 울었다. 그러나 그뿐이었다. 남의 일로 지주에게 반항하여 제 밥자리까지 떼우기를 꺼림인지, 용감히 앞서 나가는 사람은 없었다. 여는 의

사라는 여의 직업상 송 첨지 시체를 검시를 하였다. 돌아오는 길에 여는 '삶'을 만났다. 키가 작은 '삶'을 여는 내려다보았다. '삶'은 여를 쳐다보았다.

"가련한 인생아. 인종의 거머리야. 가치 없는 인생아. 밥 버러지야. 기생충아!"

여는 '삶'에게 말하였다.

"송 첨지가 죽은 줄 아나?"

여의 말에 아직껏 여를 쳐다보고 있던 '삶'의 얼굴이 아래로 떨어졌다. 그리고 여가 발을 떼려는 순간 얼핏 '삶'의 얼굴에 나타난 비창한 표정을 여는 넘길 수가 없었다. 고향 떠난 만리 밖에서 학대받는 인종의 가엾음을 생각하고 그 밤은 여도 잠을 못 이루었다. 그 억분함을 호소할 곳도 못 가진 우리의 처지를 생각하고, 여도 눈물을 금치를 못하였다.

이튿날 아침이었다. 여를 깨우러 오는 사람의 소리에 여는 반사적으로 일어났다. '삶'이 동구 밖에서 피투성이가 되어 죽어 있다는 것이었다. 여는 '삶'이라는 말에 눈살을 찌푸렸다. 그러나 의사라는 직업상, 곧 가방을 수습하여 가지고 '삶'이 넘어진 데까지 달려갔다. 송 첨지의 장례식 때문에 모였던 사람 몇은 여의 뒤를 따라왔다. 여는 보았다. '삶'의 허리가 기역자로 뒤로 부러져서 밭고랑 위에 넘어져 있는 것을 여는 달려가 보았다. 아직 약간의 온기는 있었다.

"익호! 익호!"

그러나 그는 정신을 못 차렸다. 여는 응급수단을 취하였다. 그의 사지는 무섭게 경련되었다. 이윽고 그가 눈을 번쩍 떴다.

"익호! 정신 드나?"

그는 여의 얼굴을 보았다. 끝이 없이 한참을 쳐다보았다. 그의 눈동자가 움직이었다. 겨우 처지를 깨달은 모양이었다.

"선생님, 저는 갔었습니다."

"어디를?"

"그 놈…… 지주 놈의 집에……"

무얼? 여는 눈물 나오려는 눈을 힘있게 달았다. 그리고 덥석 그의 벌써 식어가는 손을 잡았다. 잠시의 침묵이 계속되었다. 그의 사지에서는 무서운 경련이 끊임없이 일었다. 그것은 죽음의경련이었다. 듣기 힘든 그의 작은 소리가 또 그의 입에서 나왔다.

"선생님."

"왜?"

"보고 싶요. 전 보구 시……"

"어, 뭐이?"

그는 입을 움직였다. 그러나 말이 안나왔다. 기운이 부족한 모양이었다. 잠시 뒤에 그는 또다시 입을움직였다. 무슨 소리가 그의 입에서 나왔다.

"무얼?"

"보고 싶어요. 붉은 산이…… 그리고 흰 옷이!"

아아, 죽음에 임하여 그의 고국과 동포가 생각난 것이었다. 여는 힘있게 감았던 눈을 고즈너기 떴다. 그때에 '삶'의 눈도 번쩍 뜨이었다. 그는 손을 들려고 하였다. 그러나 이미 부러진 그의 손은 들리지 않았다. 그는 머리를 돌이키려 하였다. 그러나 그런 힘이 없었다. 그의 마지막힘을 혀끝에 모아가지고 입을 열었다.

"선생님!"

"왜?"

"저것…… 저것……"

"무얼?"

"저기 붉은 산이, 그리고 흰 옷이, 선생님 저게 뭐예요!"

여는 돌아보았다. 그러나 거기는 황막한 만주의 벌판이 전개되어 있을 뿐이었다.

"선생님 노래를 불러주세요. 마지막 소원…… 노래를 해주세요. 동해물과 백두산이 마르고 닳도록……"

여는 머리를 끄덕이고 눈을 감았다. 그리고 입을 열었다. 여의 입에서는 창가가 흘러나왔다. 여는 고즈너기 불렀다.

"동해물과 백두산이……"

고즈너기 부르는 여의 창가 소리에 뒤에 둘러섰던 다른 사람의 입에서도 숭엄한 코러스는 울리어 나왔다.

"무궁화 삼천리 화려 강산……"

광막한 겨울의 만주벌 한편 구석에서는 밥 버러지 익호의 죽음을 조상하는 숭엄한 노래가 차차 게 엄숙하게 울리었다. 그 가운데 익호의 몸은 점점 식어갔다.

사기사

 서울로 이사를 와서 행촌동에 자그마한 집을 하나 마련한 이삼 일 뒤의 일이다. 그날 나는 딸 옥환이를 학교에 입학시키기 위하여 잠시 문안에 들어갔다가 나왔다. 그동안 집은 아내 혼자서 지키고 있었던 것이다. 집으로 돌아와서 보매 집 대문간에 웬 자그마한 새 쓰레기통이 하나 놓여 있었다. 그래서 웬 거냐고 아내에게 물으매, 그의 대답은 경성부청 관리가 출장 와서 사라 하므로 샀노라 하면서 값은 2원인데 시재 1원 70전밖에 없어서 그것만 주고 저녁 5시에 나머지를 받으러 오라 하였다 한다.

 나는 의아히 여겼다. 첫째로 경성부청에서 쓰레기통 행상을 한다는 것부터가 이상하였고, 둘째로 비록 행상을 한다 할지라도 이런 엉뚱한 값(그것은 1원 내외의 값밖에는 못 갈 것이다)으로 폭리를 취한다는 것도 이상하였고, 셋째로 대체 관청의 일이란 이편에서 신입을 하고 재촉을 하고 하여도 여러 날이 걸리는데 당일로 들고 와서 현금을 딱 받아가며 더구나 30전의 외상까지 놓았다는 것이 이상하였다. 그래서 아내에게 캐물으매, 아내에게는 더욱 기괴한 대답이 나왔다. 즉, 아까 10시쯤 웬 양복쟁이가 하나 와서 자기는 경성부 위생계 관리인데 쓰레기통을 해놓으라 하였다. 그래서 아내는 주인이 지금 없어서 모르겠노라고 하니까, 그는 주인의 돌아올 시간을 재차 물으므로 아내는 5시 내외면 넉넉히 돌아오리라고 하매 그때쯤 그는 다시 오마 하고 그냥 돌아갔다. 그로부터 한 시간쯤 지나서 그자가 다시 왔다. 웬 인부에게 작다란 쓰레기통을 하나 손에 들리워가지고. 그리고 그자의 하는 말은 대략 이러하였다.

쓰레기통은 경성부의 위생을 위하여 부민이 반드시 해놓아야 할 것이며, 이것이 주인의 의사로써 하고 안 하고 할 것이 아니라 관청의 명령으로써 시키는 것이다. 부에서 온공히 시킬 때에 하지 않았다가 경찰서에서 먼저 말을 내게 되면 과료에 처한다. 이것은 주인의 유무로 결정될 문제가 아니라 관청의 명령이니 곧 사놓아야 한다, 그러면서 그는 쓰레기통의 값으로 2원을 청구하였다 한다.

아내는 어리둥절하였다. 아직 세상 물정을 잘 모르는 아내는 관청의 명령이라는 데 질겁을 해서 돈을 주려고 보매, 불행히 1원 70전밖에는 시재가 없었다. 그래서 그 관리(?)에게 시재 2원이 없으니 저녁때 주인이 돌아온 뒤에 다시 돈을 받으러 오라 하였다. 그러매 그자는 그럼 있는 것만 미리 받고 나머지는 저녁때 또 받으러 오겠다 하므로 있는 1원 70전을 내주고 30전은 외상을 졌다 하는 것이다. 이것은 사기가 분명했다. 그래서 아내의 세상 물정 모르는 것을 꾸짖었다. 경성부청에서 부민에게 폭리를 취하여 쓰레기통을 팔아먹을 리는 없고, 더구나 위협을 해가며 억지로 팔 리도 만무하며, 마지막으로 주인이 저녁에야 돌아온다는 말을 듣고 오전 중에 재차 쓰레기통을 들고 와서 돈을 받아간 점의 괴상함을 설명하고 어리석게도 이런 사기에 걸렸느냐고 하였다.

아내는 사기에 걸렸다는 말을 듣고 분해서 펄펄 뛰었다. 저녁때 나머지 30전을 받으러 올 터인데 그러면 그때 잡아서 경찰에 보낸다고 펄펄 뛰었다. 그러나 나는 그자가 다시 오리라고는 생각지 않았다. 그런데 내 예상에 반하여 저녁때 30전을 받으러 웬 자가 왔다.

"노형, 경성부에서 왔소?"

"네, 위생계에서."

이 한마디의 응답뿐. 나는 오른손을 들어서 그의 멱살을 잡았다.

"명함을 내놓우."

"명함…… 없…… 없습니다."

"없어? 무슨 어림없는 소리야. 그래……."

이 통에 아내가 뛰어나갔다. 그리고 아내의 말은 이자는 아침에 왔던 자는 아니라 하는 것이다. 즉, 대리를 보낸 것이다. 대리라도 좋다. 그 일당인 이상에는 이런 사기꾼들은 없애야 한다.

"그래, 경성부에서 쓰레기통 행상을 더구나 오시우리(강매)를 하며 이 20전짜리도 되지 못할 물건을 부민에게 2원에 판단 말이야? 시비는 여기서 가릴 것이 아니라 경찰서로……."

그러매 그자가 깜짝 놀랐다.

"2원이라뇨?"

"2원이기에 1원 70전을 받고 30전을 또 받으러 왔지."

"아니올시다. 그런 고약한 놈. 이 쓰레기통은 1원 20전이올시다. 아까 90전만 받았노라고 30전을 더 받아 오라기에 왔습니다. 엑, 고약한 놈. 잠깐 기다리세요. 제가 그놈을 잡아가지고 오리다."

이 깜빡수에 나는 속았다. 그래서 빨리 잡아오라고 그자를 놓아주었다. 놓아준 지 1분 내외에 속은 것을 안 나는 그자를 찾으려고 길로 뛰쳐나가 보았다. 그러나 그자의 행방은 벌써 모르게 되었다. 그 근처를 샅샅이 뒤져 보았지만 하늘로 솟았는지 땅으로 스몄는지 그자의 거처는 보이지 않았다. 행촌동은 신개지이다. 신개지니 만치 쓰레기통 장사도 흔하였다. 그들은 모두 근엄한 얼굴로 손에는 수첩을 들고 부리의 행세를 하며 쓰레기통을 사라고 호령하며 다녔다. 이런 자들을 볼 때마다 나는 아내를 불러내어 그자의 얼굴을 감정시키고 하였다. 아내고 평생에 처음 걸려본 사기인지라 그자를 꼭 잡아내지 못하면 꺼림칙하다고 늘 잡아내려고 애를 쓰고 있었다.

두 달이 지났다. 봄은 여름이 되었다. 어떤 날, 앞집에서 무슨 둥둥 하는 소리가 들렸다. 그 가운데에는 부청이란 말이 있었다. 쓰레기통이란 말이 있었다. 그 소리에 귀가 번쩍한 나는 앞집을 내다볼 수가 있는 구멍으로 가서 내다보았다. 앞집에는 웬 양복쟁이가 하나 와서 주부만 있는 그 집에 쓰레기통 흥정을 하고 있는 것이었다. 나는 아내를 불렀다. 그리고 예에 의지하여 그자를 감정시켰다. 그랬더니 아내는 그자를 내다보더니 얼굴이 빨갛게 되며 내게는 아무 말도 없이 거기 있는 대에 올라서서 앞집을 넘겨다보며 흥분된 말씨로, "당신이 전에 우리 집에 쓰레기통 판 사람이지요?"

나도 뒤따라 올라섰다. 앞집 대문 안에는 웬 양복쟁이가 하나 서 있었다. 그는 우리들이 넘겨다보는 바람에 당황하여 연하여 '아니올시다', '모릅니다'를 부르짖는다. 그러나 아내는 내게 향하여 분명히 그 사람이라고 밝혀준다. 여기서 나는 곧 뛰어내려서 대문으로 뛰어나가서 길을 휘돌아서 앞집으로 달려갔다.

"?"

이삼 분 전까지도 그 집 대문 안에 있던 사람이 내가 달려간 때에는 벌써 없어졌다. 앞집 사람에게 물으매, 오후 2시에 쓰레기통을 가져오마 하고 달아났다 한다. 그래서 산으로 길로 달아난 그를 잡으려고 한참 헤매다가 잡지 못하고 하릴없이 앞집에 오후에 오거든 좀 알려달라고 부탁을 한 뒤에 집으로 돌아왔다. 오후 2시, 4시, 앞집에서는 아무 소식도 없었다. 없는 줄 짐작도 하였다. 그자가 아까 혼이 나서 달아난 이상에는 이제 다시 안 오거나 온다 할지라도 밤에나 몰래 올 것이다. 6시도 지났다. 밤 7시도 지났다. 사면은 캄캄해졌다. 그때 앞집에서 무슨 숭얼숭얼하는 소리가 들렸다. 동시에 우리 집으로 향한 담벽을 두드리는 소리가 들렸다.

"왔다!"

나는 아내를 재촉해가지고 앞집으로 돌아 나갔다. 그러나 그 사람은 지극히 귀 밝은 사람이었다. 그는 우리가 돌아오는 기색을 어느덧 살피고 쓰레기통을 내버린 채 또 달아났다. 또 잃었다. 우리는 할 수 없이 앞집에 다시 부탁해 쓰레기통을 대문 안에 들여놓고 대문을 잠그게 하였다. 그가 몰래 다시 와서 쓰레기통을 가지고 돌아감을 막기 위해서다.

밤 10시도 지났다. 우리도 이젠 하릴없이 잘 준비를 하려 하였다. 그때였다. 앞집에서 또다시 사람의 소리가 들렸다. 소리를 낮추어서 주인을 찾는 소리가 들렸다. 소리를 낮추어서 주인을 찾는 소리로서 그것은 정녕 쓰레기통 장수의 소리였다. 그를 잡았다. 앞집에서 쓰레기통 값을 내주는 것을 받으려 할 때에 잡은 것이다.

"당신이 뒷집에 쓰레기통을 판 사람이지?"

"그런 일이 없습니다." 그는 딱 잡아뗐다.

"몰라? 여보……." 나는 뒤따라 나온 아내에게로 돌아섰다.

"분명히 이 사람이지?"

"그 사람 같아요."

그 사람이 너무도 딱 잡아떼므로 아내도 어리둥절한 모양이었다.

"내가 언제 당신의 집에 갔더란 말요? 나는 이 동리에는 처음으로 온 사람이오."

아내가 어리둥절해하는 것을 보고 그도 펄펄 날뛰었다. 그러나 낮에 두 번이나 도망을 한 일이 있기 때문에 웬만한 자신을 얻은 나는 그의 팔을 내 옆에 꽉 꼈다.

"여기서 시비를 가릴 거 없이 요 앞 파출소까지 잠시 갑시다."

그리고 나는 그를 끌고 언덕길을 내려가기 시작하였다. 언덕길을 절반쯤 내려와서다. 그가 나를 찾았다.

"여보십쇼."

"왜?"

"이 팔을 놔주십시오."

"못 놓겠소."

"그럼 잠깐 저기 들어서서 한 말씀만 여쭙겠습니다."

"못 들어서겠소."

"그럼 여기서라도 여쭙겠습니다."

"그럼 여쭈우."

"저…… 그…… 그때는 잠;잠깐 속였습니다."

"?"

"미안합니다. 잠깐 속였습니다."

"속여?"

"네, 그 영업상 거짓말을 조금 했습니다."

"거짓말을 해?"

"네. 용서해주십시오."

이전에 차에서 사기꾼을 잡은 일이 있었다. 내 뒷주머니에 사람의 촉감을 느끼고 빨리 그리로 손을 돌리매, 웬 사람의 손이 하나 붙잡혔다. 그때 그 손의 주인이 애원하는 듯이 나를 쳐다보는 눈을 보고 나도 말없이 눈으로 한번 꾸짖은 뒤에 슬쩍 놓아주었다. 오래 잡기를 벼르던 인물이로되 급기야 잡고 그의 애원을 들으매 경찰까지 끌고 갈 용기가 안 생겼다. 그래서 나는 몇 마디 설유를 하였다. 영업상 값을 속이는 것은 혹은 용서할 수가 있으되, 부리의 행세를 하면서 부녀자나 무식한 사람들만 있는데를 골라 다니며 억지로 팔아먹는 것은 용서하지 못할 일이니, 이 뒤에는 아예 그런 행사는 하지 말라고. 그날 밤, 아내는 나에게 이런 말을 하였다.

"잡는 맛이 여간이 아니외다. 잡는 맛이 그만하다면 또 한번 속아보았으면……."

사진과 편지

오늘도 또 보았다. 같은 자리에 같은 모양으로 누구를 기다리는 듯이.

어떤 해수욕장 –
어제도 그저께도 같은 자리에 같은 모양으로 누구를 기다리는 듯이 망연히 앉아 있는 여인 –
나이는 스물 대여섯, 어느 모로 뜯어보아도 처녀는 아니요 인처인 듯한 여인 –
해수욕장에 왔으면 당연히 물에 들어가 놀아야 할 터인데, 그러지도 않고 매일 같은 자리에 같은 모양으로 바다만 바라보고 앉아 있는 여인 –

이 여인에 대하여 호기심을 일으킨 L군은 자기도 일없이 그 여인의 앞을 수 없이 왕래하였다.
"참 명랑한 일기올시다." 드디어 말을 걸어 보았다.
"네, 참 좋은 일기올시다."
붉은 입술 아래서 나부끼는 여인의 이빨, 그것은 하얗다기보다 오히려 투명되는 듯한 이빨이었다.

"해수욕을 하러 오셨읍니까?"

"네, 휴양차로……."

이리하여 L군과 그 여인과의 사이에는 교제의 문이 열렸다.

"산보 안 가세요?"

"가지요."

"점심이나 같이 나누고 가실까요?"

"좋도록 하세요."

두 사람의 사이는 좀더 가까와졌다. 그렇게 된 어떤 날 L군은 그 여인(이름은 혜경이라 하는)의 방에 걸려 있는 어떤 남자의 사진을 발견하였다.

"이이가 누구세요?"

그 사진을 가리키며 혜경에게 묻는 L군의 구조에는 얼마간의 적개심이 나타나 있었다.

"제 주인 되는 양반이올시다."

"그렇습니까? 훌륭한 분이올시다."

이렇게 대꾸는 하였다. 그러나 그날 밤 L군은 잠을 자지 못하였다. 아까 낮에 혜경의 방에서 본 사진이 연하여 L군의 눈앞에 어릿거렸다. 미남자, 호남자, 풍채 좋은 남자, 세상에서 보통 풍채 좋은 남자를 가리켜 부르는 명사가 꽤 많이 있지만 L군은 아직껏 아까 본 그 사진의 주인과 같은 호남아를 본 일이 없었다. 얼굴이 계집 같이 이쁘게 생겼다기보다 남자답고 고귀하게 생긴 그 사진의 주인은, 옛날 희랍 조각에는 혹시 있을지 모르나, 현세에 생존하는 인물로는 있을 수가 없을 만치 절세의 풍채 좋은 인물이었다.

  L군은 자기도 자타가 허하는 미남자였다. 그 어디를 내어놓을지라도 손색이 없을 만한 자기의 풍채는 스스로도 믿는 바였다. 그러나 아까 그 사진의 주인과 자기를 비교해 볼 때에 L군은 제 가슴을 두드리지 않을 수가 없었다. 말하자면 자기는 세상에서 보통 말하는 바 양복집 스타일 견본화나 혹은 모자 광고화에 그려진 그림의 미남자쯤밖에는 지나지 못하는 사람이었다. 고아한 풍채의 소유자는 못 되었다. 그 사진의 주인과 자기를 비교하자면 그야말로 태양과 자라를 비교하는 것과 마찬가지로 비교도 되지 않았다.

  "그러한 훌륭한 남편을 두고 왜 나 같은 사람에게 호의를 가지나?"

  의문이었다. 그러나 그런 의문이 있다고 단념할 것이 아니다. 분명히 혜경이가 자기에게 호의를 갖고 있는 이상에는 의문은 의문대로 남겨 두고 정사는 정사대로 계속하지 않으면 안 될 것이다.

  이튿날, 혜경을 방문하기 위하여 L군은 머리에 빗질을 삼십 분은 하고 면도를 네 번이나 다시 하고 넥타이를 십여 차 고쳐 매도록 자기의 몸치장에 노력하였다. 집에 즉시로 전보를 쳐서 자기의 옷 전부를 이 해수욕장으로 가져왔다. 매일 오전 낮과 오후에 각각 다른 옷을 바꾸어 입어서 인공으로라도 자기의 풍채를 좀더 돋우어 보려는 L의 고심이었다. 그 뒤로부터 L군은 그 사진의 주인과 맹렬한 경쟁을 하였다. 풍채를 조금이라도 더 좋게 하기 위하여서는 어떤 수단을 물론하고 취하였다. 이 덕에(그렇지 않아도 미남자의 소문이 높은) L군의 풍채는 나날이 더 좋아졌다. 그리고 동시에 혜경 여사와의 정사도 점점 더 깊어 갔다.

해수욕의 시절은 다 갔다. 여름의 한철을 즐기기 위하여 해수욕으로 몰려갔던 도회인들은 모두 도회로 돌아왔다. 혜경도 돌아왔다. L군도 돌아왔다. 도회로 돌아와서도 L군과 혜경의 정사는 그냥 계속되었다.

"혜경 씨!"

"네?"

"그이는 어디 계셔요?"

"이태리 여행중이에요."

"돌아오시거든 제게 소개해 주세요."

"참 L씨는 왜 귀찮게 늘 그런 말씀을 하세요? 그이가 돌아오시기만 하면 저는 그이 품으로 돌아가야지요. 그렇지 않아요. 실례올시다만 L씨야 그이 안 계실 동안 임시로 제 말벗이 되어……."

무얼? 강렬한 반항심. 내가 그 사진의 주인보다 더 훌륭한 사람이 돼서 그 사진의 주인이 돌아올지라도 이 여인으로 하여금 내 품에서 떠나지 않게 하여야겠다. 이리하여 L군의 몸치장은 그칠 바를 모르고 나날이 더하여 갔다. 그것은 무엇이라 말할 수 없는 불안이었다. 현재로서는 분명히 자기는 혜경의 애정을 독점하고 있다. 그러나 혜경이는 언제 제 본남편에게로 돌아갈는지 예측도 할 수 없는 노릇이었다.

종로로 본정으로 혜경과 어깨를 나란히하고 산보를 다니면서 때때로 진열창에 비친 자기의 양자를 보고는 혜경과 동반하여 다니기에 결코 부족함이 없는 호남자라는 자신을 새롭히고 하기는 하지만, 그 어떤 날 해수욕장 혜경의 방에서 본 혜경의 남편의 사진은 L군의 마음을 늘 불안케 하였다. 보통으로 내어놓으면 자기도 제일류의 미남자지만 그 사진의 주인과 비교 하자면 자기 따위는 발꿈치에도 미치지 못할 것이다. 그 사진의 주인이 혜경이와 팔을 겯고 길을 가는 양을 상상으로 머리에 그려 보고는 질투에 타오르는 주먹을 휘두른 적도 여러번 있었다. 그 사진의 주인에게 져서는 안 된다. 어떤 수단을 써서든 이겨야 하겠다. 이런 결심 아래 L군은 더욱 풍채에 주의하였다.

가을이 지났다. 겨울도 지났다. 이듬해 봄 이태리에 여행중이라는 혜경이의 남편은 그냥 돌아오지 않고, L군과 혜경이의 정사는 그냥 계속되었다. 그 어떤 봄날 혜경이가 L군을 찾아왔다. 저녁까지 놀다가 갔다. 혜경이가 돌아간 뒤에 L군은 혜경이가 앉았던 자리 아래 무슨 종이가 한장 떨어져 있는 것을 발견하였다. 집어 보니 편지였다. 혜경이가 실수하여 떨어뜨리고 간 것이었다.

L군은 그 편지를 펴보았다. 혜경이의 어떤 동무에게서 혜경이게 한 편지로서 사연은 이러하였다. 구라파에 여행중이시던 그 지 아버님이 돌아오셨다니 얼마나 반갑겠읍니까? 모레 저녁에 동반하셔서 ××극장에 와 주세요. 관극을 끝낸 뒤에 오래간만에 같이 밤참이라도 나누어 봅시다. 꼭 와 주세요. 믿습니다. (하략)

"마침내 왔구나!"

가슴이 덜컥하였다. 그 사진의 주인이 돌아왔으면 혜경이는 무론 (이전 어느때 혜경 자신이 선언한 바와 같이) 자기를 떠나서 남편의 품으로 돌아갈 것이다. 이즈음 혜경이의 태도가 이전보다 더 냉담

하여진 듯한 것도 이에 설명되었다. 그 사진의 주인만 돌아올 것 같으면 자기는 헌신짝과 같이 버리울 것이다. 그 사진의 주인인 고아한 한 공자와 혜경이가 나란히하여 앉아서 관극을 할 일을 생각할 때에 L군은 치를 부들부들 떨었다. 모레 저녁 되는 날 L군도 ××극장에를 갔다. 무슨 필요로 갔는지는 스스로도 알 수가 없었으나 꼭 가 보아야 될 의무를 느끼고 간 것이었다.

혜경이는 즉시로 눈에 띄었다. 그러나 혜경이의 남편은? 이전 어느때 해수욕장 어느 여관방에서 사진으로 본 그 고아한 공자인 혜경이의 남편은? L군은 극장 안을 두루두루 살폈다. 혜경이의 남편을 찾아내기 위하여 구석구석을 모두 살폈다. 그러나 그때 사진으로 본 그 남자와 비슷한 사람도 발견할 수가 없었다. 그 대신 혜경이의 곁에는, 혜경이의 아버지로 인정되는 한 노인이 같이 앉아서 연극을 구경하고 있었다. 사나이는 한 오십쯤, 얼굴 전면에 짐승에게 비길이만치 털이 나고 눈은 그 존재조차 알아보기 힘들도록 작고 코허리가 잘룩한 천하에 드문 추남자가 혜경이와 같이 앉아서 일심불란히 연극을 관상하고 있는 것이었다.

"?"

L군은 어안이 벙벙하였다. 혜경이와 같은 미인의 아버지로는 너무도 추하게 생긴 꼴에, 그러나 조금 뒤에 어떤 지인에게 물어 본 결과 그 흉악한 추물이 혜경이의 아버지가 아니요 남편이라는 것을 안 때에 L군의 경악은 얼마나 컸을까? 처음에 L군은 그 말을 곧이 듣지 않았다. 곧이들을 수가 없었다. 그러나 극장이 끝나고 돌아갈 임시에 L군이 우연히 그들의 앞을 지나노라니까, 그 추물의 말로 혜

경에게 향하여, "변변치 않은 연극 구경에 허리만 아프군. 어서 ××씨 부처와 밤참이나 같이 먹고 집으로 갑시다." 하는 것을 듣고는 믿지 않을 수가 없었다.

사랑도 식어 버렸다. 혜경이가 그 추물의 가슴에 안겨서 해해거릴 꼴을 생각하매 혜경이의 남편은 그 사진의 주인인 줄 믿었기에 거기 대한 반항심으로 경쟁을 하여보려고 몸치장도 열심으로 하였지, 그런 털 투성이의 추물이 혜경이의 남편이라 할진대 L군 자기는 비록 십 년을 목간을 안하고 삼 년을 이발을 안하고 한 달을 면도를 안할지라도 그 추물에 비하면 천만 배나 승한 것이다. 이리하여 L군은 몸치장을 중지하였다. 하루에 세 번을 면도를 하지 않으면 얼굴이 근지럽다고 하던 L군이 코 아래가 시커멓게 된 채로 천연히 거리에 나다니게 되었다. 마지막 오후. 혜경과 L군은 지나간 한때의 정사를 청산하고 마지막 이별을 고하기 위해서 어떤 조용한 곳에서 만났다.

"L씨!"

"네?"

"자, 이것이 그 새 L씨에게서 제게 보낸 편지입니다. 전부 도로 받으세요."

여인이 내어주는 뭉치를 L군은 말없이 받았다.

"그럼, 자 안녕히 가세요. L씨는 왼편길로 가세요, 저는 오른편으로 갈테니……"

"혜경 씨!"

여인이 돌아서려 할 때야 L군은 비로소 정신이 든 듯이 여인을 찾았다.

"네?"

"마지막에 한 가지 물어 봅시다."

"무얼 말씀이에요?"

"어느때 어느 해수욕장에서 혜경 씨가 내게 보여 준 사진이 있지요? 이이가 내 주인입니다고 하시면서……."

여인은 미소하였다.

"네 그런 법하외다."

"그 사진은 대체 뉘 사진이오니까?"

"호호호호, 그건 왜 물으세요? 저도 뉘 사진인지 몰라요. 상해 어느 사진관에서 두 냥인가 얼만가 주고 산 건데, 아마 중국 어느 배우던가 누구라는 귀족의 사진이겠지요."

"상해서? 두 냥? 그럼 그, 그."

"그 사진을 왜 L씨에게 제 지아버니라고 속였느냐 말이지요?"

"네."

"아직 모르세요? 그 사진을 L씨에게 이이가 제 남편 되는 이외다 하고 보여 드렸기에 L씨가 그 뒤에 얼마나 더 좋아지냈는지 스스로도 아시겠구먼요. 저도 같이 친구를 사귀는 이상에는 좀더 풍채 좋은 양반과 사고고 싶어서 그런 수단을 쓴 겁니다. 악의가 아니에요. 용서하세요. L씨도 사실대로 말씀하지만, 그 사진을 보여 드렸기에 그 뒤에는 삼사 할이나 더 풍채가 좋은 신사가 되셨읍니다."

L군은 말이 막혔다. 한참을 입만 움질움질하였다. 그런 뒤에야 비로소 말을 하였다.

"그럼 말하자면 귀부인들이 자기가 끌고 다니는 개를 비누로 목간시키고 향수를 뿌려 주는 것과 같은 뜻이시구먼요?"

"그렇게 극단으로 해석하실 게야 있읍니까? 호호."

"그건 그렇다 합시다. 그 수단은 용합니다. 그렇지만 결말이 왜 그렇게 싱겁습니까? 첫번 궁리하신 그만한 지혜를 왜 끝까지 쓰시지 못했읍니까?"

"무슨 말씀인지 좀 구체적으로 말씀해 주세요."

"말하구말구요. 어떤 날 혜경 씨가 우리 집에 놀러오셨다가 가셨읍니다. 그런데 가실 때에 편지 한 장을 떨어뜨리고 가셨읍니다. 그 편지 때문에 나는 혜경 씨의 주인 되시는 양반을 보았어요. 그 털투성이 용서하세요. 털투성이 괴물을 보았읍니다. 그 괴물."

"조금만 말씀을 주의해 하세요."

"그 괴물이 혜경 씨의 주인이 아니란 말씀입니까?"

"왜요, 우리 주인 되시는 분이지요."

"거 보세요. 그 괴물을 보기 때문에 우리 사이가 서로 벌어지지 않았읍니까? 이전에 소위 그 두 냥짜리 사진만 본 때는 나도 좀더 풍채 좋은 사내가 되어 보려고 별 애를 다 썼읍니다마는, 털투성이 용서하세요. 그 털투성이 괴물을 본 뒤부터는 그만 그런 생각이 없어졌읍니다. 그 털투성이에 비기자면 나는 일 년을 면도를 안해도 천만 배나 우승한 미남자예요. 말하자면 혜경 씨는 편지 한 장을 잘 간수하지 못했기 때문에 실패를 보신 셈이 아닙니까?"

혜경이는 L군을 우러러보았다. 보면서 웃었다.

"L씨."

"네?"

"제 말씀을 들으세요. 들어 보니깐 L씨도 웬만하신 숫뵈기시구료?"

"왜요?"

"그래, 본남편을 두고 다른 남자와 교제를 하는 여편네가 편지 한 장 간수를 하지 못해서 여기저기 흘리고 다니겠읍니까?"

"그럼 편지를 흘리신 일이 없단 말씀이외까?"

"아니, 없는 건 아닙니다."

"그럼 무슨 말씀이세요?"

"편지는 분명히 떨어뜨렸읍니다. 떨어뜨렸지만 실수해서 떨어뜨린 것이 아니고 부러 떨어뜨렸읍니다. L씨에게 보여 드리기 위해서 부러 떨어뜨리고 갔읍니다."

"그게 무슨 말씀이세요? 부러 그 편지를 떨어뜨려서 그 때문에 내가 극장에를 달려가게 되고, 극장에 가기 때문에 그 괴물 용서하세요. 괴물을 나한테 발견을 시켰단 말씀이에요?"

"그렇구말구요."

"그렇다면, 그 괴물을 발견하기 때문에 나는 몸치장도 중지해 버리고 그뿐더러 혜경 씨와의 사이도 벌어졌으니 그게 모두 부러 하셨단 말씀이에요?"

"L씨 흥분치 마시고 들으세요. 그게 전부 제가 계획적으로 한 일이올시다."

"계획적이란 무슨 까닭으로?"

"참, 사내어른이란 왜 그렇게 머리의 동작이 뜨신지. 간단히 말씀하자면 전에 어느 해수욕장에서 L씨에게 보여 드렸던 그 사진을 이번에 또 다른 분에게 보여 드렸읍니다그려. 그러니깐 말하자면 L씨는 이제는 아무리 몸치장을 안하시더라도 제게는 아무 관계가 없이 되었어요. 아시겠읍니까?"

"……."

"L씨 명심해 들으세요. 사내어른이란 편지 한 장과 사진 한 장만 가지면 아무게든 놀릴 수가 있는 것이에요. 우연히 떨어뜨린 듯한 편지 한 장이나 우연히 보여 드리는 듯한 사진 한 장을 이 뒤에는 결코 그대로 믿지 마세요. 다 트릭입니다. 아이구 왜 그렇게 눈을 무섭게 뜨세요? 최후의 이별 장소, 웃음으로 서로 작별하고 이 뒤에도 친구로 그냥 교제해 주세요. 자, 그러면 아까 말씀대로 L씨는 왼편으로 가세요, 저는 오른편으로 가겠읍니다. 상해서 산 그 두 냥짜리 사진을 보여 드린 분과 약속한 시간도 거진 돼서 저는 좀 바쁩니다. 그럼 안녕히 가세요."

황혼의 거리. 가벼운 걸음을 콧노래를 부르면서 여인은 오른편 길로. 여인에게 왼편 길로 가라는 지시를 받은 L군이지만 그는 그 자리에서 발을 떼지를 못하고, 마치 정신 잃은 사람 모양으로 여인의 뒷모양을 바라보고 있었다.

황혼의 거리 -

적적한 거리 -

(부언 : 이것은 몰나르의 '마지막 오후'에서 상(想)을 취하였음을 말하여 둔다)

석방

'미증유의 중대 방송'

정오에 있으리라는 이 중대 방송이 논제의 중심이 되었다. ○○중공업회사 평양 공장이었다.

"아마 소련에 대한 선전포고겠지."

공무과장이 다 알고 있노라는 듯이 이렇게 말했다.

"선전포고쯤이야 우리나라는 10년에 한 번씩 으레 했고 3년 전에도 미영에 대해서 선전을 포고했으니 '미증유'라는, 새삼스레 미증유 운운의 어마어마한 형용사까지 붙여서 예고까지 할 게야 없겠지."

영업과장이 공무과장의 말에 반대했다.

"그럼 무에란 말이야?"

"글쎄……."

과장급의 사원들이 둘러앉아서 정오에 있을 중대 방송에 대하여 이런 말들을 주고받을 때에, 한편 귀퉁이에 앉아 있던 급사가 혼잣말로 작은 소리로, "무조건 항복." 하고는 자기의 말소리가 비교적 컸던 데 스스로 놀라서 목을 어깨 속에 오므렸다. 급사의 말소리가 급사 자신의 예기보다 컸던 관계로 공무과장과 영업과장에게까지 넉넉히 들렸다.

"하하하하, 이건 걸작이로다. 제국의 무조건 항복? 그 말이 옳다 하면, 그야말로 건국 2,600년래로 처음 있는 일이니, 미증유야 미증유지."

이것은 공무과장의 말이었다. 영업과장도 한몫 끼었다.

"요놈, 여기는 네 신분을 아는 사람들뿐이니 무관하지만, 모르는 자리에서 그런 소릴 했다는 뼈도 남아나지 못한다. 요 방정맞은 놈 같으니."

이 엄한 질책에, 급사는 목을 더욱 어깨 틈에 들여 끼며 송구한 태도를 나타냈다.

"20분만 더 있으면 다 알게 될 일일세. 무슨 방송이 있든 간에 우리는 우리의 직무로. 야 급사, 너는 커피를 끓여. 점심때두 다 됐다. 또 손상은 만업에 보낼 주문서 타이프했소?"

이 공장에 수많은 종업원 가운데 단 한 사람인 조선인 종업원 타이피스트 손숙희에게 하는 말이었다.

"네, 지금 찍는 중이에요."

"수량은 12만 톤."

"네."

고급 사원은 고급 사원이니만치 전쟁의 운명은 국가에 영향되고, 국가의 운명은 중공업회사에 영향되고, 회사의 운명은 직접 자기네의 사생활에 영향되는 것이므로 오늘 정오에 있을 '미증유의 중대 방송'에 관심하는 바가 컸다. 미증유라 하는 어마어마한 형용사를 붙여서 예고한 방송은 이 전쟁의 운명을 암시하는 큰 열쇠일 것은 의심할 여지가 없는 바이므로. 한 하급 사원인 손숙희의 '중대 방송'에 대한 관심도 다른 일본인 고급 사원들의 관심에 지지 않도록 컸다. 내일 정오에는 미증유의 중대 방송이 있을 테니 1억 국민은 한 사람도 빼지 말고 이 방송을 들으라고 예고한 그 예고의 순간부터 숙희는 직각적으로 이번 방송이 무엇일지를 짐작했다. 유구도 미군의 군화 아래, 그리고 남방의 뭇 점령 지역도 모두 도로 저쪽 손에 이것만으로도 인젠 그냥 말라 죽게 된 일본이었다.

소련의 참전, 이것은 '일본이 인젠 다 죽었다'는 증거였다. 소련은 카이로 회담에는 빠졌다가는, 포츠담 회담 막판에야 비로소 참가했다. 포츠담 선언에 한몫 끼고서야 장차 동양 전쟁의 전승국 회의의 발언권을 잡을 수가 있겠으므로 허덕허덕 달려와서 회의에 참가한 것이나, '소련 참가' 야말로 인제는 일본이 완전히 졌다는 증거가 되는 것이다. 더구나 실전에 있어서도 동양에서의 전쟁에 소련도 한몫 끼고자 병력을 시베리아로 이동하다가 그 이동을 완료하지도 못한 채로 일본에 군사 행동을 일으킨 것은, '소련의 병력 이동'이 끝나기까지 기다리다가는 일본이 먼저 거꾸러질 형편이었다. 그렇게 되면 '동양 전승국 회의'에는 소련은 발언권을 가질 수 없겠으므로 일본이 채 거꾸러지기 전에 달려든 것이다.

이렇게밖에 해설 할 도리가 없으므로 소련의 군사 행동 개시라 하는 것은, 일본은 인젠 결정적으로 패배하였다 볼 수가 있었다. 꼭 이러한 때에 일본에서는 '미증유의 중대 방송' 이었다. '미증유' 라는 그 말 자체를 엄밀하게 연구하든가, 사위의 정세로 보든가, 오늘의 방송은 무조건 항복을 온 국민에게 알리는 보도에 틀림이 없을 것이다.

사랑하는 남편을 '치안 유지법 위반'이라는 죄명 아래 경성 서대문 형무소에 보내고 네 살 난 어린 아들과 공규를 지키고 있는 숙회, 남편의 형기가 7년이요, 치안 유지법 위반에는 감형 가출옥의 덕택이 봉쇄되어 있는지라 상상할 수 없는 사건이 생기기 전에는 7년이라는 형기는 하루도 깎을 수가 없는 기간이다.

일본의 단죄소가 없어지든가 일본이라는 국가가 무너지든가. 몇 해 전만 할지라도 일본이 무너진다든가 하는 것은 상상도 할 수 없는 일이었지만 일본을 수호하던 가미사마가 망령이 났든가 무슨 착각을 일으켰든가 해서 일본은 자멸지책을 자인하였다. 즉, 세계에서 가장 가멸고 실력 있는 국가, 미국과 영국에 일본이 자진해서 선전포고를 한 것이었다. 이 망령(중국 하나를 상대로 하여서도 허덕허덕 감당하기 힘들던 것을 미영에게까지 덤벼든 이 망령), 이것이야말로 일본의 자멸지책이다.

'형기 7년까지 가지 않아도 인제는 되었다.'

일본이 어느 날 굴복하든지 그 굴복하는 날이야말로 정치범은 죄석방이 되는 날이다. 눈은 감감히 기다리는 때에 이 중대 방송이다. 미증유의 중대 방송이라 하면 지금은 시국 추이상 '전면적 굴복'으로 판단하는 것이 떳떳한 일이거늘, 여기 일본인 과장들은 어쩌면 아직도 그 생각을 하지 못하는가. 아직도 딴꿈을 꾸고 있는가. 가련한 일본인들아.

정오, 몇 군데 준비해놓은 확성기 앞에 온 종업원들은 모여들었다. 확성기를 통해 들리는 방송, 그것은 지극히 명료하지 못한 음조

에다가 잡음까지 많이 섞여서 마디마디를 똑똑히 알아들을 수는 도저히 없었지만 불명료한 가운데서도 위아래를 따져서 간신히 알아들은 바에 의지하건대, 방송한 사람은 직접 일본 황제 자신이요, 방송 내용, 지금 하릴 없이 포츠담 선언을 수락한다는 것이었다. 일본으로 따지자면 예기하였던 바라 새삼스레 큰 감격을 받지 않을 것이지만 그 불명료한 한 마디 한 마디가 쿡쿡 숙희의 가슴에 울려 들었다.

'이제는 조선도 해방이로다.'

내가 일찍이 보지도 못한 나라, 내 남편도 보지도 못한 나라, 우리가 세상에 나오기도 전에 소멸한 나라. 부모님이 그렇게도 사랑하시던 나라. 남편이 그 해방 독립을 위하여 현재 7년이라는 형기로 고역을 하는 나라. 드디어 해방이 되었구나. 일본제국의 신민이라는 명예 있는 지위를 끝끝내 부인하고 나라 없는 사람으로 자처하던 남편은 오늘날 옥중에서 이 소식에 얼마나 기뻐할까. 자, 어서 서울로 달려가서 해방된 나라에 출옥하는 그이를 맞아야겠다. 제 아버지가 입옥한 뒤에 세상에 나서 아직 아버지의 품에 안겨보지도 못한 어린애를 아버지 앞에 자랑해야겠다.

공장장을 비롯하여 한 공원에 이르기까지 방송을 다 들은 뒤에는 뒤죽박죽이었다. 한숨에 전패국으로 떨어진 일본의 한 분자인 이 공장. 그들은 은행이며 각금융기관에 맡겼던 예금 저금을 모두 찾아내어 분배하려는 모양이었다. 막판에 돈이나 나누어 먹고 꼬여지자는 이 전패 민족의 야비한 꼬락서니를 곁눈으로 보면서 숙희는 자기 집으로 돌아왔다. 어서 시어머님께도 이 기꺼운 소식을 알

려드리고, 그리고 자기는 어린 자식을 데리고 출옥하는 그이를 맞으러 경성으로 달려가려는 것이 숙희의 플랜이었다. 이러한 국제상의 위대한 변동 아래서 그 교통기관은 그냥 여전할까, 적지 않은 불안을 품고 숙희가 그의 사랑하는 아들 일남이의 손목을 끌고 평양역까지 이르러보니 좀 혼잡하기는 하나 기차의 운행은 여전하였다.

혼잡한 기차, 출옥하는 남편을 만나려는 독한 결심이 아니고는 도저히 얻어탈 수 없는 혼잡한 기차에 숙희 모자가 몸을 실은 것은 이튿날 오정경이었다. 근 4년 만에, 인제는 내 나라라는 국가를 얻은 해방의 대중은, 보기에도 씩씩하고 희망에 넘치는 태도와 표정이었다. 국가의 해방과 동시에 마음에서 관대심과 여유가 생긴 모양으로, 숙희의 모자가 기차에 자리를 못 잡아 두리번거릴 때에 숙희 모자를 위하여 세 군데서 다투어 자리를 내주었다.

"반갑습니다."

"참, 반갑습니다."

일찍이 서로 알지도 못하던 사람끼리 주고받는 인사, 과연 사해동포의 아름다운 풍경이었다. 이 기차에 몸을 실은 수백 수천의 군중, 그들의 목적지는 대개가 서울이었다. 그들의 주고받는 이야기로 미루어 보자면, 그들이 서울로 가는 데에는 무슨 특별한 용무가 있는 바가 아니었다.

해방된 내 나라의 서울, 일찍이는 '경성'이라는 지명으로 알려 있고 그 이름 아래 다니던 땅이 인제는 내 나라의 서울, 내 나라의 정치의 중심지, 문화의 중심지로 변하였으니, 그 내 나라의 수부에 가서 이 격변한 시국하의 내 나라와 서울이 어떻게 움직이는지, 그 풍경을 한번 엿보자는, 말하자면 한 호기심으로 서울로 서울로 몰려 올라가는 것이었다. 이러한 막연한 목적으로 서울로 올라가는 무리는 나이는 서른 안팎의 청년들, 법률적으로 말하자면 조선 내지 한국이라는 국가는 소멸되고, 일본제국에 합병된 뒤에 출생한 사람들로서, 나면서부터 일본인인 그들이지만 그들의 어버이가 그들에게 물려준 조선인으로서의 혈맥의 탓으로, 오늘날 조선의 해방에 이렇듯 감격과 환희를 느끼는 것이었다.

국체가 어떻게 움직인다 할지라도 그 속에 흐르는 피의 줄기는 언제든 조국을 따르는 것이다. 일찍이 숙희의 남편이 숙희에게 이런 말을 하여 웃은 일이 있다.

"K소좌(일본인)가 이런 말을 한단 말이지. 즉 40세 이상의 조선인, 일한합병 이전에 출생한 조선인은 다 묶어서 태평양에 집어 넣고 합병 이후의 조선인만으로 된 세상이 되어야 내선일체가 실현되리라구. 합병 이전의 조선인은 완미무쌍해서 아무리 선도해서 황민화하지를 않는다구. 어리석은 녀석!"

합병 이후에 출생했기 때문에 더욱 보지도 못한 조선을 애타게 그리며 사모하며, 그 조국의 복멸을 위하여, 서슬이 하늘 끝에 닿는 일본제국에 항쟁하며 가능성 없는 투쟁(당시로서는 절대로 가능성이 없었다)에 생애를 바치던 남편의 가능성 없는 희망이, 오늘날 돌연히 현실로서 3천만 조선인 앞에 나타난 것이다. 조선의 피를 물려받은 젊은이 ○○ ○○ ○○○ 무엇으로 설명하랴. 기차 안에는 이 귀퉁이 저 귀퉁이 한 무리씩 모여서 어제 정오 일본 황제 유인의 울음 섞인 방송 직후에, 각곳에서 생겨난 일본인들의 광태 추태들을 이야기하며 웃어댔다.

    사흘 전만 하여도 이런 소리는 감히 하지도 못하거니와 하려 하면 쉬쉬 사면을 살피고 딴 사람이 들을세라 소곤거렸어야 하던 이야기를 팔도 사람이 다 모인 기차 안에서 큰 소리로 할 수 있게 된 이 자유만 하여도 이것도 벌써 해방의 덕택이었다. 좌우편에서 잡연히 들리는 이야기들에 귀를 기울이고 있다가 숙희는 허리를 굽히며 사랑하는 아들 일남이의 귀에 입을 갖다 대고 작은 소리로 물어보았다.

"우리 지금 어디 가는지?"

"서울."

일남이는 눈을 치떠 어머니를 보면서 대답하였다.

"서울은 무엇하러 가는지?"

"아버지 뵈러."

"아버지 뵈면 무에라고 인사할까?"

일남이는 벌떡 일어섰다. 양팔을 높이 쳐들었다. 그리고,

"조선 독립 만세! 하구 인사할 테야."

"옳지 옳아! 이 인사야말로 아버지가 가장 반겨하실 인사로다."

    일남이의 만세 소리에 차 안의 시선이 모두 자기에게로 모이는 것을 깨달으며, 숙희는 일남이를 품 안에 끌어 힘 있게 안았다. 풍년을 약속하는 폭염하의 대지를 기차는 남으로 남으로 닫는다. 일찍이는 많은 실망군을 실어다가 만주의 황야에 쏟아놓은 역할을 하던 이 기차는, 지금은 희망과 환희의 무리를 만재하고 40년 만에 국도로 등장하려는 서울로 서울로 속력을 다하여 닫는다. 기차 안에

서부터 느끼기 시작한 불안을 숙희는 독립문 앞에서 종내 부딪쳤다.

"정치범과 경제범 수인은 오늘 벌써 다 석방되었다." 하는 것이었다. 예기는 하였던 바이지만 석방이란 반갑기는 반가웠다. 그러나 석방된 그이는 지금 어느 곳에 그의 피곤한 몸을 눕히고 있을까. 허덕허덕 달려왔지만 몇 시간 늦었다. 평양 가는 기차는 내일 아침이 아니면 없으니 그냥 서울 있기는 할 것이다. 그러나 지금은 밤중이라 이 아닌 밤중에 어디 가서 그이를 찾아내는가. 홀몸도 아니오 네 살 난 어린애를 데린 숙희는 형무소 앞에 망연히 서 있었다. 좀 무리를 하였더라면 어제 밤차라도 탈 수가 있었을걸. 어제 밤차만 탔더라면 오늘 아침에는 서울에 도착하여 형무소에서 석방되어 나오는 남편을 형무소 문간에서 맞을 수가 있었을걸. 어린애가 큰 짐이 되어 어제 밤차를 못 탄 것이다. 어제 밤차를 놓치고 오늘 차로 와보니 남편은 자기네가 오기 전에 벌써 석방되어 어디론가 가버린 것이다.

"너 때문에……."

화가 저절로 어린애에게 미쳤다. 이 어린애를 생전 처음 제 아버지께 대면 시키려는 것이 숙희의 큰 목적의 하나였지만, 밤차를 못 탄 데 대한 화는 자연 어린애에게 미쳤다. 사내같이 억센 성격의 숙희였다. 떠오르려는 화, 가슴을 누르는 기막힌 사정을 꾹 눌렀다.

"일남아, 아버지는 벌써 해방되셨구나."

"그럼 독립 만세를 어디서 불러요?"

아버지 뵐 때 아버지께 향하여 독립 만세를 부르려고 벼르고 있던 어린애는 그 부를 대상을 얻지를 못하고 어머니에게 물었다.

"응, 내일 뵙거든? 오늘 못 부른 대신 열 번 스무 번 아버지의 귀청이 터지시도록 불러 올려라."

하릴없이 그 밤은 어떤 여관 하나를 잡고 모자는 거기서 묶었다. 이튿날, 숙희는 어린 아들의 손목을 잡고 남편을 찾으러 해방된 서울의 거리에 나섰다. 해방의 색채는 서울의 거리거리 골목골목에 차고 넘쳐 있었다. 종업원들이 마음대로 꺼내어 삯도 받지 않는 전차는 서울 장안을 종횡으로 왔다 갔다 한다. 일찍이 내 세상이라고 어깨를 추어들고 활보하던 일본인들은 죄 어디 박혔는지, 어찌어찌하여 간간 보이는 일본인들도 모두 일본인인 제 본색을 감추고 얼굴을 숙여 감추고 숨어 다닌다.

근 40년 만에 호기 있게 펄럭이는 태극기 아래로 그대로 자기의 존재를 알리는 듯, 시위적으로 횡행하는 패잔 일본 군인을 만재한 화물 자동차도 자기 딴에는 시위 운동인지 모르나, 조선인의 눈으로는 가련하고 비참한 마지막 발악으로 눈에는 보이지 않았다. 전패자의 비참한 꼬락서니는 일찍이 그들의 식민지였던 조선 경성에서 가장 대차적으로 가장 명료히 드러나고 있다. 어제까지 그들의 사업장이었던 모든 회사, 기관, 공장이 모두 태극기 아래 장래의 주인인 조선인의 손으로 운영되는 이 기꺼운 현상. 공수래공수거로 일본인 40년간에 빈손으로 조선에 건너와서 40년간을 조선을 갈고 닦고 건설하고, 오늘날 그 건설 공사의 낙성을 기회로 다시 빈손으로 제 나라로 돌아가는 것이다.

40년간을 갈고 닦아서 일본인이 살기 좋도록 일본인 본위로 건설해놓은 뒤에, 오늘날 빈손으로 쫓겨 돌아가는 그들이라 어찌 놓고 싶으랴, 아득바득 끝까지 안 가고 견디어 배겨보고자 애쓰는것이 당연은 하지만 하늘의 뜻에 어찌 거스를 수가 있으랴. 남편을 찾기 겸 해방 풍경을 보기 겸 방향 없이 서울 시가를 헤매는 숙희는 거리에 골목에 넘쳐흐르는 해방 풍경을 마음껏 호흡하였다. 그사이 없다하여 조선인에게는 감추어두었던 온갖 물자가 일본인의 가정과 사업장에서 태산같이 쏟아져 나와서 거리로 흘러나온 것도 해방 풍경의 하나였다. 더욱이 숙희가 감격적으로 느낀 바는 '소화 연간'에 출생한 조선애들이야말로 진정한 황민이라고 일본인들이 크게 기대를 가지고 있던 소학교의 아이들이 가장 열렬히, 가장 활발하게 '조선 독립 만세'를 부르며 태극기를 두르며 돌아다니는 광경이었다. 일본의 40년간의 조선 통치는 완전히 실패하였다는 점이 여기서 가장 명료히 드러났다. 피 혈맥은 속일 수가 없었다.

거리거리로 해방 풍경도 구경하며 남편이 갔음 직한 곳을 찾아다니던 숙희는 저녁에야 남편이 있는 곳을 알아냈다. 그로부터 약 20분 뒤에 숙희는 남편 앞에 서게 되었다. 어린 일남이는 형무소 창구에서 본 일이 있는 아버지를 알아보고, 알아보자 양손을 높이 쳐들어 약속대로, "조선 독립 만세!" 를 부르며 아버지에게로 달려갔다.

"오오, 너로구나, 조선 독립 만세야? 그렇구말구, 만세 만만세로다. 자, 크게 외쳐라. 조선 독립 만세!"

남편은 생전 처음으로 어린 일남이를 붙안았다. 억센 성격의 숙희였으나 이 순간 저절로 눈물이 핑 도는 것을 억제할 수가 없었다.

"엊저녁에 왔어요. 곧 현저정으로 달려갔더니 벌써 출옥하셨다구. 오늘 종일 찾아서……."

밤에 진실로 오래간만에 내외는 아들을 가운데 놓고 오붓하게 마주 앉았다.

"당신의 숙망, 이젠 이루었구려." 하는 아내의 말에, 남편은 단연 머리를 가로저었다.

"아니 이제부터야! 일본의 세력은 조선을 떠났다 하지만 지금 다시 새로운 힘이 조선의 위에 씌워질 게요. 그것 때문에는 더욱 큰 항쟁이 필요할게요."

일생을 투쟁으로 지내온 남편은 지금 새로 전개된 투쟁을 앞에 하고 찬란히 빛나는 눈을 들어 허공을 쳐다보았다.

고스란히 깊어가는 밤…….

아부용

 아편전쟁은 세계전사상에서 최악의 전쟁이다. 호랑영국 백 년의 동아 침략과 착취의 계기는 실로 이 아편전쟁에서 발단된 것이며, 지나와 지나인에게 아편 구입과 사용을 강요한 영국의 전인류적인 죄악은 홍콩 약탈에서 배가된 것이다. 영국인 그 자신들도 아편전쟁을 가지고 영구히 지워 버릴 수 없는 오점을 영국사상에 새겨 놓은 것이라고 한탄하였다. 이 동아 침략의 아성 홍콩이 작년 십이월 이십오일 용맹과감한 황군에게 괴멸된 것을 기회로 본지는 거장 동인의 붓을 빌어 이 세계 최대의 죄악사를 독자 제씨 앞에 전개시키려 하는 것이다.

 아침 해가 동녘으로 떠오르고 시가는 새 날의 활동을 시작하였다. 물건을 사라고 외치고 고함지르는 이 나라 특유의 번화성은 이 나라를 대표하는 무역 도시인 대광동의 번창을 자랑하는 듯 세상이 떠나갈 듯 소란스러웠다. 이 활동의 거리 소란의 시가를 뚫고 헤치며 진내련이는 걸음을 빨리하여 사람들을 헤치며 마구 치며 부딪치며 광주로를 달음박질하다시피 북쪽으로 갔다. 거진 귀덕문까지 이르러서 서쪽으로 벋은 약간 좁은 길이 있다.

 내련이는 그 길로 들어섰다. 그 길로 들어서서 한 마장가량 갔다.

목적한 집 앞에까지 이르렀다. 아직껏 길 걷기에 바쁘기 때문에 좌우를 살피지 못하고 오다가 목적지까지 이르러서 비로소 좌우를 살피며 목적한 집으로 몸을 돌이키려 했다. 그러나 돌이키려다가 다시 앞으로 향하여 그냥 걸었다. 좀더 가면 네 길 어름 길이 있다. 거기서 왼편으로 꺾이면서 곁눈으로 뒤를 돌아보았다. 아직 서 있다. 그가 들어가려던 집 앞에는 순포 두 명이 서 있다. 순포가 서 있으므로 그 집으로는 못 들어가고 필요없는 길을 여기까지 온 것이었다. 여기까지 오노라면 순포도 자기의 갈 길을 갈 것이라 알았다. 순포가 그 집(내련이가 목적했던 집) 앞에서 다른 데로 옮기면 내련이는 다시 돌아서서 본시 목적했던 집으로 가려던 것이었다. 그랬는데 지금 돌아보매 순포는 그냥 그 자리에 서 있는 것이었다.

"제길!" 혀를 채며 순포를 저주하였다.

저 순포는 저 갈 길이나 갈 것이지 무엇하러 망두석같이 우두커니 서있담. 할 일이 없거든 어디든 자빠져 낮잠이라도 잘 것이지, 싱거운 자식 같으니. 연해 속으로 저주를 퍼부으며 하릴없이 필요없는 길을 왼쪽으로 한 이십여 집 갔다 거기서 다시 돌아섰다. 돌아서서는 지금 지나온 길을 다시 더듬었다. 더듬으면서 다시 네 길 어름에서 그 집을 곁눈으로 보았다. 그냥 서 있다. 의심이 문득 갔다. 순포는 일없이 서 있는 것이 아니라 그 집을 지키고 있는 것이 아닌가. 그 네 길 어름을 이번은 남쪽으로 한 이십여 집 갔다 거기서 다시 돌아섰다. 북쪽으로 가면서 다시 곁눈질해 보았다. 그냥 서 있는 것이었다. 더우기 그 집을 손가락질하며 저희끼리 무엇이라 이야기하는 것으로 보아서 순포들은 그 집을 감시하고 있는 것이 분명하였다.

기가 막혔다. 숨이 턱에 닿기까지 이 집을 향해 달려왔거늘 이 집은 순포가 지키고 있단 말인가. 마음은 여간 조급하지 않은데 인제 어떻게 해야 할지 거취는 얼른 생각나지 않는다. 연장을 찾아왔던 것이다. 아편연에 중독이 된 그는 아편연을 먹고 나지 않으면 이 날의 사무에 손을 댈 기력이 없는 사람이었다. 이튿날 아침에 쓸 아편은 늘 끊치지 않고 준비해 두고 하였는데, 불행 어젯밤에 친구가 찾아와서 오늘 아침에 쓸 아편을 어젯밤에 그 친구와 함께 죄다 피워 버린 것이었다. 오늘 아침 일찍이 이 연장으로 찾아와서 얼른 몇 대 피우고, 돌아가려던 것이었다. 그랬는데 이 집 앞을 순포가 지키고 있다.

아편은 국법으로 판매와 연장 영업이 금지되어 있다. 그러나 아편에 대한 이익이 굉장하므로 영국인인 아편 무역상과 청국인인 소매업자 및 연장 연업자들은 국법을 무시하고 아편을 굉장히 많이 수입판매하였다. 그리고 그 이익이 굉장하니만치 관헌에 뇌물도 후히 했고 관리들도 이 마약에 중독된 자이 많으므로 국법이 그다지 유효하게 시행되지 못했다. 그러나 북경의 중앙 정부에서는 첫째로는 국민 보건상 둘째로는 아편을 사기 위해서 청국 정화가 외국으로 흘러나가는 것을 막기 위해서 지방 관헌에게 아편 취체를 엄히 하라는 지령이 나날이 더 급했다. 그 때문에 이즈음은 꽤 취체가 엄하게 되었다. 더우기 아편 무역의 중심지요 근원지인 광동에 안찰사로 온 진구(내련이의 아버지)는 꽤 아편에 대하여 단호한 수단을 취했기 때문에 광동 시내에서의 아편 판매는 모두 지하 행동으로 되어 버리고, 연장도 대개 폐쇄되어서 시내에서의 판매며 연장경영은 좀 어렵게 되었다. 그 가운데서도 아편 매매는 비밀리에나마 적지않게 거래되었지만 연장 경영은 썩 어려웠다.

내련이가 아는 한계 안에서는 이 광동시의 남쪽 끝 귀덕문 안에 있는 집 하나와 북쪽 끝인 용왕묘 근처에 있는 집 서넛뿐이었다. 내련이가 거주하고 있는 안찰아문에서 따져서 귀덕문 안이 용왕묘 근처보다 약간 가까웠다. 한 순시라도 빨리 연장에 들어서기 위해서 내련이는 귀덕문 안으로 달려왔던 것이었다. 이럴 줄 알았더면 애당초에 용왕묘로 향했을 것을 이제 다시 돌아서서 용왕묘까지 갈 일이 아득하였다. 맥이 쑥 빠져서 한 걸음을 걷기가 싫었다. 용왕묘 근처에는 연장이 서너 집이나 있으니 혹 이 집이 감시되어 있으면 저 집으로 다음 집을 구해 볼 수도 있을 것이다.

아편 중독자 특유의 기분 – 아편을 구하려다가 못 구한 때에 느끼는 실망, 낙담, 노염, 불쾌 등을 마음껏 느끼며 내련이는 용왕묘 근처를 목표로 다시 돌아섰다. 더욱이 어서 돌아가서 시치미 뚝 떼고 아버님께 아침문안을 드리지 않으면 안 될 것이 더욱 마음 급했다. 아버님도 무론 아들이 그것을 가까이 하는 것을 짐작한다. 들키기도 네 번이나 하였다. 처음 두 번은 꾸중으로 끝나고 세번째는 벌을 받았고 네번째는 엄벌을 받았다. 그 뒤로는 내련이도 꽤 삼가 비밀히 해서 다시는 들키지는 않았지만 아주 끊었으리라고는 아버님도 안 믿는다. 다시는 들키지 않으니 무사하지만 인제 들켰다가는 무슨 벌이 내릴지 모른다.

아버님이 기침하시기 전에 얼른 귀덕문 안을 다녀 시치미 떼고 안찰아문으로 돌아가 아버님께 아침 문안을 드리려던 내련이는 이

홀연히 없어진 연관 때문에 불쾌와 노염이 극에 달하였다. 맥빠지고 급한 걸음을 돌이켰다. 용왕묘를 향하여 맥없으나 조급한 걸음을 오륙십 보 옮겼을 때였다. 내련이는 무엇에 발이 걸려서 하마터면 넘어질 뻔하였다. 칵 성이 났지만 돌아보기도 귀찮아 그냥 다시 걸음을 떼려 할 때에, "진 서방님." 작은 소리로 자기를 찾는다.

자기에게 발을 걸어 넘어질 뻔하게 한 그 사람이 자기를 찾는 것이었다. 찾기만 하고는 그냥 모른 체하고 앞으로 간다. 그러나 내련이는 그 뒷모양으로 그가 누구인지를 알아보았다. 거랑방이 같은 행색을 한 그자는 분명히 연장에 있던 접객자였다. 말없이 가기는 가지만 분명 나를 따라오라는 뜻이었다. 순간 지금껏 울울하고 불쾌하던 내련이의 마음은 확 틔어 그의 무겁던 발걸음은 경쾌해졌다. 몇 골목을 돌고 빠지고 하였다. 내련이는(자취 잃지 않을이만치 뒤떨어져서) 따라갔다. 이리하여 몇 골목 지나서 그 사람은 어떤 남루한 집으로 뒤도 안 돌아보고 쑥 들어갔다.

내련이는 그 집 앞을 모른 체하고 몇 집 더 지나서 한 번 사면을 살핀 뒤 다시 돌아서서 그 사람이 들어간 집으로 들어갔다. 쑥 들어서서 보매 이런 집 첫방에 으레히 있는 더러운 방이었고 그 방에서 두꺼운 장을 늘인 다음 방에 사람들의 소리가 새어 들린다. 내련이는 서슴지 않고 휘장을 들치고 그 안으로 들어섰다. 동시에 구수한 아편 특유의 내음새가 물컥 코를 찔렀다.

반 각경쯤 뒤에 내련이는 그 집에서 나왔다. 매눈같이 밝은 아버님께 눈치 안 채이려고 자그만치 피웠다. 한동안 쓸 것까지 애전에 사 가지고 나왔다. 동시에 이즈음 차차 심하게 느끼어 가는 불쾌감 때문에 그는 낯을 깊이 가슴에 묻었다. 이 망국적 약에 중독되기 때문에 이 약과 아주 떠나서는 살수가 없다. 이 약의 기운이 몰릴 때는 온갖 양심 체면 모두 없어지고 오직 마음은 그리로 달려가는 뿐이었다. 그러나 이 약이 몸에 알맞추 들어가서 육체적의 고통이 덜해지면 그때부터는 마음의 고통 양심의 고통이 일어나는 것이었다.

우연히 장난삼아 – 호귀한 집 도령으로 일종의 유희 도락으로 시작한 이 노릇이 오늘은 여기 사로잡혀 여기서 벗어나지 못하게까지 되었다. 그러나 대가집 교양 높은 젊은이로서의 양심은 아직 아주 망하지 않은 그는 이 약을 쓰기 때문에 자기에 장래가 어떻게 될지 뻔히 안다.

오늘날 이 나라 국민의 태반이 이 약에 사로잡혔다. 벌써 아주 망한 자도 부지기수요 절반만치 망한 자 혹은 아직은 채 망치지는 않았지만 사로잡히기 때문에 분명히 망할 자 – 이 약은 놀랍게 이 나라에 침입되었다. 자기는 아직은 망치지는 않았지만 사로잡혔으니 망한 것이나 일반일 것이다. 인에 몰려서 오금이 마비되어 올 때는 양심 염치 다 무시하고 그리로 달려가지만 육체적의 고통이 경감되면 양심의 고통은 지극하고 하였다. 이 약을 모를 때는 자기는 명문집 교양 있는 자제로 구만리 같은 전도는 오직 명랑하고 희망으로만 찼더니 지금은 어떠한가.

도대체 너무도 앞길이 암담하기 때문에 장래사라는 것을 생각해 볼 용기조차 없다. 그렇게 명랑하고 희망으로 찼던 장래라는 것을 다시는 생각해 보기조차 싫다. 무섭고 진저리나고 원수스러운 그 약이지만 이 원수를 거절할 수 없는 자기의 신세가 민망하다기보다

밉고 저주스러웠다. 자기를 이해하고 자기를 비판할 만한 교양을 가진 자기로서 스스로 이 약의 해독을 생각해보고 끊어 보려고 몇 번을 노력해 보았지만 그 몇 번을 매번 실패만 거듭한 자기였다.

남보다 곱 되는 자존심을 갖고 자기의 과단성 결단력에 대해서도 충분한 자신을 가진 자기였었지만 이 약에 대해서만은 그 자존심도 과단성도 모두가 쓸데가 없이 굳게 먹었던 결심도(스스로도 꺾이는 줄 모르면서) 꺾어져 버리고 하였다. 이 약을 구하기 위해서는 보잘것 없는 장사아치 - 더우기 자기가 자기의 직권으로 마땅히 처벌해야 할 간상배에게까지 머리를 숙여 약을 간구하는 자기였다. 아버님인 안찰사가 황명을 받잡고 간상배들을 탄압할 때에 자기는 도리어 간상배들이 없어지면 약을 어디서 구할까고 근심까지 하도록 비열하게 되었다.

스스로 돌아보아 가슴 아프기 한량없는 자기의 신세 - 인제는 신체조직상 병신이 되어 그 약이 생각날 때는 아무 다른 생각 못하고 허덕허덕 달려가지만 그 마약이 몸에 들어가 임시로나마 욕구망이 덜해지면 양심의 고통은 막대하였다. 쓰리고 괴로운 마음을 붙안고 안찰아문에까지 돌아왔다. 내아로 들어가서 아버님께 아침 문안을 드려야 할 일이 가슴 저리었다. 매눈같이 밝은 아버님께 들키지 않으려고 자그만치 쓰기는 썼지만 그래도 송구스러웠다. 내아에 들어서서 아버님께 인사를 드렸다. 아버지는 힐끗 아들을 쳐다보았다.

"어디 갔었느냐."

"네, 친구들과 조반을 먹기를 약속했어서 잠깐."

예사롭고 당연한 물음이었지만 내련이에게는 무슨 심문을 받는 것 같았다.

"조반을 먹었거든 외아로 먼저 나가 보아라."

"네……."

아버님의 아래서 부안찰의 직책을 맡아보는 내련이는 조반도 못 먹은 채 외아로 나왔다. 막하 관원들의 인사를 받으며 제자리에 가 앉았다. 무슨 품청을 하러 뜰 아래 기다리고 있는 백성들은 여기 한 패 저기 한 패씩 기다리고 있다. 그 가운데 가장 먼저 눈에 띈 것은 한 외국인의 큰 몸집이었다. 고혼(외국인 관계의 지정 무역상)과 함께 서 있는 그 서양인은 모리손이라는 영국 상인으로 이 광동에서 크게 아편 무역을 하는 사람이었다.

영국인 아편 수입상은 고혼을 통하여서 청국인 아편 무역상과만 거래를 할 수 있으므로 아편 수요자에 지나지 못하는 내련이는 개인적으로는 모리손과 면분이 없다. 무슨 품청을 하려 고혼과 함께 안찰아문에 흔히 오고 하므로 자연 알아진 뿐이었다. 처음에는 부안찰인 내련이는 그들을 접견해 보고 혹은 그들에 관한 사무도 맡아보았지만 내련이가 아편을 사용하는 것이 드러난 뒤로부터는 아버님께 그들 응대하는 권한을 금지당하였다. 내련이를 보고 인사드리는 고혼과 모리손을 내련이는 모른 체해 버릴 밖에는 없었다. 그리고 자기가 처리할 권한이 있는 용무만 차례로 보기 시작하였다. 이윽고 아버님이 나왔다. 좌정하자 하인은 무슨 물품(종이에 싼 것으로 사면 두 치쯤 되는)을 갖다 당상에 바쳤다. 그리고는 고혼 상인과 모리손이 제일 먼저부터 와서 기다린다는 뜻을 아뢰었다.

"그 다음은 누구냐."

아버님은 분명 모리손의 뇌물인 듯한 물품을 탁자의 한편 모퉁이로 밀어 치우며 물었다. 역시 고혼이나 모리손에게 뇌물을 받은 듯한 하인은, "고혼 상인과 모리손이 가장 -" 다시 고혼과 모리손을 앞장세우려 할 때에 안찰사는, "나는 그 다음이 누구냐 물었다."

크지는 않으나 꽤 엄격한 소리로 분부하였다. 여러 품청인들을 차례로 인견하였다. 그러나 고혼과 모리손은 그냥 버려두었다. 고혼은 누차 하인에게 채근을 하는 모양이었지만 안찰사는 그들을 부르지 않았다.

고혼 상인이 안찰아문에 바친 괘종은, 열시를 치고 열한시를 쳤었다. 아침에 폭주되었던 사무도 좀 뜸하고 마지막에는 고혼과 영인의 단 두 사람이 뜰 아래 기다리고 있게 되었다. 인제야 만나 줄 테지 하여 그들은 다시 하인에게 인견 재촉을 하는 모양이었으나 안찰사는 못 들은 체하고 이편 하관들에게로 돌아앉아서 한담을 하기 시작하였다. 시절은 겨울이라 하지만 아열대의 폭양 아래 한 나절을 기다리고 그리고도 안찰사를 못 본 모리손은 고혼에게 대하여 강경히 담판하는 모양이었다. 그러나 고혼인들 안찰사가 만나지 않으려는 것을 어찌하랴. 이윽고 오정도 지났다. 그때 안찰사는 비로소 아까 하인의 바친(모리손의 뇌물인 듯한) 물품을 끌어집었다. 집어서 앞뒤 위아래를 한 번 돌리며 검찰한 뒤에 휙 뜰을 향하여 내어던졌다.

"쓸어다 버려라."

아연하여 쳐다보는 고혼이며 모리손에게는 얼굴도 향하지 않고 이렇게 분부하였다. 그리고는 몸을 일으켜 내아로 들어가 버렸다.

안찰사가 사무를 보는 것은 오전뿐이다. 그 다음은 안찰사는 들어가고 하료들이 잔무 처리를 하는 것이었다. 안찰아문의 뜰에는 고혼과 모리손과 내어던진 뇌물이 아열대의 폭양 아래 쬐어 있을 뿐이었다. 고혼과 모리손과의 새에는 무슨 논쟁까지 시작되는 모양이었다. 그것을 보면서 내련이도 몸을 일으켜 내아로 들어왔다. 시장하기 때문이었다. 두 가지가 시장하였다. 조반도 못 먹은 그이매 음식의 시장쯤도 느꼈다. 그러나 아편이 더욱 시장하였다. 아버님께 들키지 않기 위하여 부족하게 썼던 아편은 벌써 다 사라져서 아편 욕구심은 맹렬하였다. 자취를 감추어 가지고 제 방으로 들어온 내련이는 골방 안으로 몸을 감추었다. 좀 뒤에는 골방 문틈으로는 아편의 연기가 몰칵몰칵 새어나왔다.

"되련님. 되련님."

흔드는 바람에 내련이는 펄떡 깨었다. 할멈이 와서 흔드는 것이었다.

"되련님. 대방마님도 벌써 기침하셨는데 이게 무슨 잠이셔요?"

세상에서는 그를 서방님이라 부르나 늙은 할멈은 아직 그냥 되련님이라 부르니만치 사실에 있어서 내련이는 아직 장가를 안 들었다. 지금은 낙향하여 한가한 여생을 보내는 황 한림 댁 소저와 정혼은 했지만, 아직 혼례는 안했으니 사실에 있어서는 도령님이었다. 내련이는 할멈이 가지고 온 새옷을 갈아입었다. 오늘은 정월 초하루 도광십구년 – 서력 일천팔백삼십구년 일찍 깨어서 몇 군데 세배를 가야할 것이었는데 어젯밤 친구들과 아편을 좀 지나치게 쓰기 때문에 정신없이 늦잠을 잔 것이었다.

"할멈은 나가게."

"어서 의대 차리셔요."

"내, 혼자 차릴게 나가."

"그럼 손숫물 곧 가져오리다."

"손숫물은 내가 부를 때 가져와."

"어서 차리서요."

"알았어. 어서 나가게."

어서 할멈을 쫓아내고 몇 대 피우지 않으면 안 된다. 더욱이 어젯밤 과히 쓰기 때문에 두통이 심하고 머리가 몽롱한 것은 어서 그 약으로 돌리지 않으면 안 된다. 할멈을 내쫓고는 곧 골방으로 들어갔다. 대개는 자기가 이 방을 나가기 전에는 누가 들어올 사람은 없겠지만 혹은 아버님이 자기를 감시하려 들어오는지 알 수 없다. 황황히 참기름불을 켜고 아침을 구웠다. 능란한 솜씨 아래 우지직우지직 아편이 끓을 때에 거기서 나는 내음새에 내련이의 마음은 무한히 끌었다.

얼른얼른 - 그야말로 탐홉하였다. 아편 연기가 폐로 들어갈 때마다 각 아편의 기운이 퍼지는 것을 느끼면서 양심으로는 여전한 고통을 느꼈다. 쾌감과 불쾌가 아우른 가운데서 네 대를 얼른 피우고 골방을 나와서 골방문 젖혀 놓고 연기를 모두 흩어 없애고 비로소 손숫물을 불렀다. 그 날 아버님께 문안드릴 때에 아버님은 이런 말을 하였다.

"금년에는 네 온갖 탈 다 쾌유되거라."

내련이는 가슴이 선뜻하였다. 근년에 자기는 고뿔 한 번 앓은 일

없다. 이런 자기에게 '온갖 탈'이라하는 아버님의 뜻은 내련이로는 짐작이 갔다. 자기 딴에는 비밀히 하느라고 했을지라도 아버님은 다 알고 계셨던 것이다.

아아, 이 고질에서 어떻게 벗어날 수가 없는가. 아편을 내 나라에 퍼치는 영국인을 절대 입국 금지를 하면 그 해독은 덜해질 것이다. 이 땅에서도 운남, 복건등지에 앵속 재배가 없는 바가 아니지만 거기서 산출되는 분량으로는 대청국 사백 주에 약용으로만 쓰기에도 부족할지라 영국인의 인도 아편 수입만 없으면 오락용 – 망국적 아편은 없어질 것이다.

국가적으로 보아서는 그것이 필요하고도 또 절실히 희망되는 바이지만 그것이 없어지면 자기는 어떻게 사는가. 그래도 제 정신 들고 제 양심 회복되었을 때는 '나 같은 인종은 없어지는 편이 낫다'고도 생각이 되지만 그러나, 그 약의 생각이 문득 나기만 하면 온갖 의지 양심 한꺼번에 부서지는 그 마약, 저주스러우면서도 거절할 수 없는 마약이었다.

아편이란 것이 뻔히 마약인 줄 알면서도 그것을 오락이라 하여 첫 번 발을 들여놓았던 자기가 원망스럽기 한량없었다. 동시에 그런 마약을 이 나라에 갖다 판 영국인의 행사가 괘씸하고 가증하기 이를 데 없었다. 그 살 피부가 허여멀건 것이 잘 여물지 못한 것 같은 인종이라 덕이며 품성도 발달 되지 못한 미개 인종일시 분명하니 그런 인종들에게 도덕을 논하면 무엇하고 품성을 다지면 무엇하랴 마는 듣건대 그 인종들도 제 나라에서는 아편을 매매하지 않고 국법으로도 금하는 바이라 한다.

국법으로까지 금한 것을 보면 그 인종들도 아편이 해로운 물건 마약이라는 점은 잘 아는 모양이다. 그것을 가져다가 이 나라에 판다는 것은 아무리 상업이라는 권업을 존중하는 미개 인종의 행사라 할지라도 괘씸키 한량 없고 간을 씹어도 시원치 않을 일이다. 그러나 아무리 저 잘 여물지도 못한 미개 인종들이 비인도적 행사를 할지라도 내 나라에서 사 주지 않았으면 무가내하일 것이 아닌가. 남의 비인도적 행사를 원망하느니는 자기의 어리석음을 먼저 책하여야 할 것이다. 인제는 발뗄 수 없이 거기 사로잡힌 내련이는 오직 자기를 원망할 밖에 도리가 없었다.

내련이는 집을 나섰다. 우선 아버님의 친구 몇 분께 세배를 돌았다. 그리고는 장래의 장인 되는 황 한림 댁으로 갔다. 장래의 사위 - 소년 준재로 이름높은 내련이의 세배를 기쁜 듯이 받은 황 한림은 세배를 받은 뒤에 한순간 안색이 변하였다. 네 안색이 왜 그리 나쁘냐는 질문이 나오려 하는 것을 차마 정월 초하룻날 그런 질문을 할 수가 없어서 삼가는 모양이었다.

"안에서도 네가 오기를 기다린다. 들어가 보아라."

"네."

안으로 들어가매 장모는 반가이 맞았다. 약혼자인 부용이는 얼굴을 약간 붉힐 뿐이었다. 장모의 분부로 젊은 남녀는 후원으로 들어갔다. 화단 앞의 정자에 들어가 마주 앉았다. 건너보면 제 이름 맞추어 이슬 머금은 부용 같은 이팔의 처녀는 머리를 다소곳이 숙이고 그러나 눈에는 환희의 빛을 띠고 아래를 굽어보고 있다. 최근 한동안은 만나지도 못하던 새였다. 차차 마약에 대한 욕구만 늘어 감을 따라서 여인에 대한 흥미도 줄어졌거니와 더우기 내 몸을 인젠 망친 몸이라는 비통한 단념심을 품고 있는 내련이는 스스로 마음에 가책되어 그다지 약혼자도 찾지 못했던 것이었다.

이슬을 머금은 부용꽃 같은 약혼자를 건너다볼 때에 내련이는 그 탐스러운양 뺨에 향하여 무한 사죄하였다. 부용이는 제 약혼자인 이 내련이가 아편장이라는 불구자로 변한 것을 모르고 다만 처녀적 공상과 환희만 느낄 것이다. 아아 내 죄는 과하구나. 저를 안해로 맞아다가 일생을 불쾌하고 적적하게 보내게 하랴. 혹은 파혼하여 버리랴. 무슨 사물에든 명석하고 분명한 생각을 가지지 못하는 아편 중독자인 내련이는 막연히 그 탐스러운 뺨을 건너다보며 이런 생각을 하고 있었다. 내련이는 조금 의자를 끌어 부용의 가까이 나앉았다. 진실로 탐스러운 무르익은 처녀 – 놓치기도 아까왔으나 지금의 자기의 신상으로 그를 안해로 맞기는 더욱 죄송스러웠다.

"과세나 잘했어요?"

그 탐스러운 뺨을 들여다보다가 내련이는 이렇게 물었다. 부용이의 얼굴에는 홱 미소와 홍조가 스치고 지나갔다.

"과세 인사를 지금 하서요?"

"아, 참."

그만 하하 웃었다. 요 석 달 전만 해도 그때 새로 혼약한 그들은 이 정자에 마주 앉아서 장차의 행복을 서로 토론하였다. 그때만 해도 내련이는 지금같이 심한 중독이 아니었다. 아직도 장래의 꿈을 생각하고 장래의 행복을 의논할 수가 있었다. 그랬거늘 지금은? 아아. 아아. 속으로 연해 탄식했다.

"신색이 좀 나쁘셔요 어디 편찮으셔요?"

아까 장인은 그에게 차마 못 물었던 말이다. 철없음인지 혹은 장인보다 더 마음쓰이기 때문인지 부용이는 이렇게 물었다.

"무얼 구미도 좋고 기운도 좋고 아무렇지도 않은걸."

대답은 이렇게 했지만 마음쓰리었다.

"그래 부용이는 어떻소?"

"저요? 전 저 연못의 잉어같이 펄펄 뛰고 싶어요."

"그거 큰 변이로군. 내가 낚시질을 배야겠군 잉어를 잡아 휘려면."

"어제 섣달 그믐날 일을 했어요. 작년철 마지막 일로 노동을."

미소하였다. "무슨 노동을."

"땅을 파고 꽃을 심었어요. 어차피 난 못 볼 꽃이지만."

말하다가 홱 얼굴을 붉히고 말을 끊었다. 저 심은 꽃이 필 시절에는 나는 이 집 사람이 아니라 - 즉 당신의 안해라는 말을 무심중 하다가 끊어버렸다. 내련이는 그 끊은 의미를 알았다. 가슴 아팠다. 이 꽃 피기 전에 이 안해를 맞게 될 것인가. 혹은 그때는 몸도 못 쓰도록 자리에 넘어질 것인가.

"무슨 꽃을 심었소?"

"부용꽃을."

"오, 한 부용이 없어지매 부모님께 대신 부용을 드리고자 심었구료."

대답없이 얼굴만 붉혔다. "작년에도 심었었소?"

"네, 작년에 아부용을."

내련이는 칵 나오려던 질문을 입속에서 죽여 버렸다. 아부용은

앵속을 가리킴이었다. 앵속을 심었으면 그 앵속각을 집에 두었느냐 묻고 싶었다. 마음이 아팠다. 이런 때도 오직 마음은 그리로만 향하는 제 심사가 딱하였다. 저주받을 약이여.

"부용꽃 못 보기가 아까우면 부용꽃 피었다 지기까지 기다립시다그려."

부용이는 힐끗 내련이를 보았다. 누가 부용꽃 못 보는 게 한이랍니까 하는 듯이 변명하였다.

"북경은 지금 눈이 올 터인데 여기선 꽃을 심고 - 우리나라이 크기는 크군."

"섬서엔 얼음이 한 자는 졌을걸요."

아버지를 따라 섬서의 임지에는 가 본 일이 있는 부용이었다.

"어디 귀히 살겠나 손금이나 봅시다."

이 말에 부용이는 도리어 손을 뒤로 훔쳐 버렸다.

"아, 좀 봅시다그려."

"당신 손 보셔요."

당신 귀히 되면 나도 귀히 됩니다. 이 뜻을 머금은 말에 내련이는 머리를 숙이고 말았다. 그리고 숙인 채로 눈을 굴려 화단을 보았다. 부용이가 부용꽃을 심고 그리고도 그 꽃 못 볼 것을 기약하고 있는 이 화단, 이 화단에 지난 여름에는 아부용의 꽃이 만발하였던가. 즉, 마약에 대한 욕구가 마음속에 문득 일었다. 이 생각만 일어나면 그 뒤로는 걷잡을 수 없이 마음은 그리로만 달음을 진맥해 보매 텁텁하고 답답해 오는 것이 분명하였다. 인제는 어서 집으로 돌아가서 참기름 등잔에 불을 켜는 밖에는 도리가 없다. 그것을 구울 때에 나는 구수한 내음새가 지극히 그리워졌다.

"아 – 아, ×한림 댁에도 세배를 가야겠군. 내 사랑으로 나가서 아버님께나 인사드리고 곧장 갈 터인데 어머님께는 대신 말씀드려줘."

인제는 장모께 인사드리는 시간조차 아까웠다. 툭툭 무릎을 털며 일어섰다. 부용이도 뒤따라 일어섰다. 너무도 싱거운 회견에 부용이도 맥이 빠지는 모양이었다. 아까 손금을 보잘 때에 손금이라도 보여 드렸을걸 아까운 듯이 뒤따라 일어서서 내련이의 뒤를 따랐다.

부용이는 안으로 내련이는 밖으로 서로 작별하였다. 사랑으로 돌아나와 보니 사랑 안에는 손님이라도 있는 모양으로 이야기 소리가 새어나왔다. 이것이 내련이에게는 도리어 다행이었다. 내련이는 하인에게 '손님이 계신 듯해서 뵙지 못하고 그냥 갑니다.'는 뜻을 장인께 전하게 하고 다시 불리기를 피하려 황급히 그 댁을 뛰쳐나왔다. 반 각경쯤 뒤에는 그는 자기의 골방 속에 들어가 있는 자기를 발견하였다.

어떤날 밤

여보게.

창피창피 한대야 나 같은 창피를 당해 본 사람이 있겠나. 지금 생각해도 우습고도 부끄러울세. 그렇지만 또 어떻게 생각하면 그런 창피는 다시 한번 당해 보고 싶기도 하거든.

이야기할께. 들어 보게. 오년전 - 육년전 - 칠년전인가. 어느 해인지는 분명하지 않지만 혈기 하늘을 찌를 듯하던 젊은 시절일세그려. 지금은 벌써 내 나이 삼사십. 얼굴에는 트믄트믄 주름자리까지 잡히었지만 이 주름자리도 없던 젊은 시절. 절기는 봄날. 우이동 창경원에 벚꽃 만개하고 사내계집 할 것 없이 한창 바람나기 좋은 절기일세그려. 얌전하던 도련님 색시들도 바람나기 쉬운 봄철에 그때 장안 오입장이로 자임하고 있던 이 대감이 가만 있겠나.

비교적 수입도 좋것다. 허위대 풍신 언변 남한테 빠지지 않고 시조 한 마디 가야금 한 곡조도 뽑아 낼 줄 알고 경우에 의해서는 호령마디도 제법 할 줄 알고 - 장안 오입장이로는 그다지 축가는 데가 없던 대감일세그려. 그 위에 여관 생활하는 자유로운 몸이것다. 친구놈들도 모두 제법 한몫씩은 보는 놈들이것다. 이런 이 대감께서 말일세. 그 어떤 와류생심하고 - 아니 이러다가는 교외정조가 나겠네. 도회풍경으로 사꾸라 만개하고 창경원에 야앵구경의 바람장이들이 몰려가는 날 몇몇 친구를 짝해서 한바탕 어디서 답청을잘했다고 하세.

돌아오는 길일세. 친구놈들은 제각기 기생집으로 갈 놈은 기생집으로 가고 여편네 궁둥이를 찾아갈 놈은 제 집으로 가고 대감은 기생집도 그날 따라 갈 생각도 없고 해서 여관으로 향했네. 밤도 자정은 지난 때. 야앵구경 갔던 연놈들도 모두 음란한 자리 속으로 바야흐로 들어갈 시간에 이 대감께서는 아주 호젓한 마음으로 지팡이를 휘두르며 여관으로 한 걸음 한 걸음 옥보를 옮기고 있지 않았겠나. 어떤 어둡지도 않고 밝지도 않은 길 모퉁이를 돌아설 때일세그려. 웬 계집애와 탁 마주쳤네그려. 물론 예의를 차리는 이 대감이 사과를 했지. 고멘나사이(ごめんなさい – 용서하십시오)하고. 그러고는 그냥 지났지. 지나고 생각했네. 여기는 북촌이다, 북촌의 대로도 아니요 골목이다. 이 북촌 골목에 웬 남촌 계집애가 단 혼자서 그것도 자정이 지난 이 때에 방황하고 있느냐고.

연구라고까지는 할 수가 없지만 이렇게 생각하고 다시 생각해 보매 문득 호기심이 벌떡 일어났네그려. 휙 돌아보았지. 그 계집애로서 만약 그냥 길을 걸었다 하면 당연히 모퉁이를 돌아가서 보이지 않을 것인데 계집애는 나허구 마주친 그 자리에 그냥 서 있다. 몸까지 이리로 돌리고 있는 듯하다.

거기는 한창 혈기의 오입장이의 자만심도 있지. 하하 이 대감께 마음이 있는 모양이구나. 어두워서 똑똑히는 못 보았지만 그만했으면 하룻밤쯤은 쓸만도 해. 혼자서 만족히 여기면서, 또 다음 모퉁이를 돌아섰지. 그 모퉁이를 돌아서 세 걸음인가 네 걸음인가 더 가다가 발을 멈추었겠지. 그러고는 발길을 돌리겠네그려. 왜 웃나? 웃지 말고 들어. 돌아서서는 이번은 고양이 걸음으로 살짝살짝 다시 모퉁이까지 갔지. 가서 목만 길게 뽑아 가지고 계집애 있던 곳을 엿보았다. 아니나다를까. 계집애가 도루 이리로 향해 오네그려. 마음을 똑똑히 잡지 못한 듯이 걸음걸이가 매우 거북스러워.

하하하 오누나. 그러면 그러겠지, 이 자긍심 많은 대감의 거동을 보게. 대감은 얼른 다시 돌아섰네그려. 그리고 구두끈이 풀어진 듯이 허리를 구부리고 구두끈을 풀었다 맸다 하기 시작했지. 그 동작을 얼마나 오래 했는지 좌우간 허리가 아프도록 꺼굽어서서 구두끈 장난만 하고 있네. 계집애도 걸음이 매우 내쳐지지 않는 모양으로 꽤 오래오데. 꺼굽어서서 다리 틈으로 계집애가 모퉁이를 돌아오는지 안 오는지를 엿보면서 허리가 거의 끊어질이만치 기다리니까야 모퉁이를 돌아서겠지.

거기 내가 꺼굽어서 있는 것을 보더니 계집애가 몸을 흠칫해. 흠칫하고는 주저해. 그러더니 다시 걸어서 내 곁으로 빠져서 내 앞서서 가네. 나도 비로소 일어섰지. 일어서서 천천히 따르기 시작했지. 계집애는 나보다 대여섯 걸음 앞서서 가네그려. 호젓하고 침침하고 고요한 골목짜기에서 계집애의 뒤를 밟으며 혼자 고소했네그려. 오입장이로는 자처했지만 계집애의 엉덩이를 쫓아다니는 불량자는 아니던 이 대감이 우연한 기회에 불량자 노릇을 하면서 예라 돌아서 버릴까지 생각하면서 한 걸음 한 걸음 쫓아갔지. 이렇게 따라가니까 계집애도 거북한지 더욱 걸음을 늦구어. 하릴없지. 나는 더 늦출 수는 없어서 그냥 그 걸음대로 가니까 세 걸음 거리가 두 걸음되고 한 걸음 되고 나란히하게 되고 앞서게 됐지. 그 앞서게 되려는 순간일세그려.

"아노(あのう - 저)."

계집애가 문득 입을 열어. 그래서 앞서려던 걸음을 멈추고 돌아섰지.

"죳또 우까가이마스가(ちょっと伺ひますが - 좀 여쭤보겠는데)."

"네."

"저 인천서 야앵구경을 왔다가 기차를 놓쳤는데 이 근처에 조용한 여관이 하나 없겠읍니까?"

장안 오입장이, 기생 이외의 계집에게 눈떠보아서는 안 될 당당한 신분일세그려. 그렇지만 남아의 의기가 그런가?

"그건 곤란하시겠읍니다. 여관이야 있구말구요."

"미안하지만 그럼 한 군데……"

"어렵잖습니다."

이리해서 대감의 호텔로 데리구 왔다. 불행인지 행인지 나 묵어 있는 여관은 그날따라 시골서 꽃구경꾼이 많이 와서 방이 없다. 어쩌겠나. 이 의협남아가 초면의 계집애더러 내 방에 같이 묵읍시다고야 체면이 허락하지 않는 일. 서로 슬금슬금 눈치만 보네.

"고마리마시따나(困りましたなあ - 곤란하게 되었군요)."

"아따꾸시꼬소 고메이와꾸 가께마시떼(あたくしこそ御迷惑掛けまして - 저야말로 폐를 끼쳐서)."

"도모(とうも - 대단히)."

쓸데없는 소리만 서로 중언부언. 드디어 이 오입장이 대장부가 졸장부가 됐네그려. 한 마디 슬쩍 던졌지.

"내 방이 넓기는 넓지만 마사까(まさか - 설마) 부인네 혼자를 묵으랄 수도 없고……."

여기 걸려들었네그려.

"저는 괜찮습니다마는 당신께."

"나는 괜찮습니다. 당신만 좋으시다면……."

"저는 그렇게 해주시면 참 어떻다 말씀드릴 길이 없읍니다."

야 뽀이야 깨끗한 이부자리 한 벌 더 가져오너라. 이분은 기차를 놓친 분으로서 여사여사 약차약차하게 되신 분이니 에헴. 이리해서 궐은 내 방에서 하룻밤을 지내게 됐다.

자 이 뒷장면을 어떻게 진행시키나. 자기 말로는 기차를 놓쳤다 한다. 사실일까. 사실이면 왜 하필 조선 거리에서 방황하고 있었나. 전등 앞에 보니 나이는 스물너덧. 그 옷차림으로 보아서 허튼 계집은 아닌 모양. 얼굴도 십인지상은 되겠고, 가진 물건으로 보아서도 상당한 집 딸이 아니면 안해. 이런 점으로 보아서는 막차를 놓쳐서 갈 곳이 없어 헤매었노라는 말이 그럴듯도 하지만, 또 한편으로는 상당한 집 계집 같으면 왜 혼자서 서울까지 구경을 왔으며, 왔거든 막차를 놓치지 않도록 주의를 할 것이지, 창경원 닫힌 지도 벌써 세 시간이나 된 입때껏 어디를 무엇하러 배회하고 있었나. 호기심이 무럭무럭 일어나지. 게다가 또 한가지 남아의 의협심을 최절정까지 발휘시켜 이 계집을 곱다랗게 하룻밤 묵어 보내나. 그렇지 않으면 무슨 사건을 꾸며 보나?

장안의 오입장이로 자처하는 이 대감이 길잃은 계집을 여관으로 끄을어들여 희롱했다 하면 말대까지의 치욕이라. 그럼 곱다랗게 재워 보내나? 그러나 아까울세그려. 기생과의 장난은 그다지 축에 빠지는 편이 아니지만 기생 아닌 계집은 접해 본 일이 없었더니만치 이 희식을 그냥 놓기도 아까와. 오입장이의 체면을 지키나. 혹은 눈 딱감고 본능의 시키는 대로 하나. 에라 오입장이 기권해라.

"참, 저녁 어떻게 했읍니까?"

"먹었읍니다."

"잡수셨대야 지금이 벌써 자정이 지났으니까 시장하시겠지요."

"괜찮습니다."

눈을 슬쩍 굴려서 이 용안을 보네. 사양은 하지만 싫지는 않은 모양. 청요리를 시켰지. 약주도 좀 받고 기생이나 응대하자면 손익은 일이지만 내 평생 처음 대해 보는 영양인지 영부인이라 주장군의 조건이 없이는 좀 곤란하단 말이지.

"한 잔, 꼭 한 잔만 드세요."

"약주는……"

"그러기에 한 잔만."

"미안합니다."

궐의 눈가에 슬쩍 미소가 보이네. 자긍심 많은 이 대감 미소에 됐다 했네 그려. '꼭 한잔' '꼭 한잔'이 거듭되고 대감도 취하시고 궐도 취하고, 봄날. 청춘. 술기운. 좁은 방 – 운무지몽에 이러구 저러구 – 차간일행약야라.

자. 그런데 오입장이의 근성이 이런 때는 더러워. 궐은 곤한지 좀

있다가 잠들어 버리고 혼자 잠 못 든 견우 대감. 생각했네 자 내일 저 계집을 해우채라도 주어야 하나. 하다못해 기차비라도 주어야 하나. 계집을 보았으면 반드시 돈을 주어야 된다는 관념이 있기 때문에 이런 연구를 했네그려. 딱한 견우성이지. 주었다가 도로혀 비웃기지나 않을까. 혹은 주어야 할까 어쩌나. 좌우간 천병만마지간을 다 다닌 맹장의 경험으로 분명히 직업적 계집은 아닌데 그런 경우에도 해우채는 주는 법인가 안 주는 법인가. 이런 것은 불량 소년의 영분이지 오입장이의 영분이 아닐세그려. 그런 연구를 하다가 나도 그만 잠이 들어 버렸어.

이튿날 아침에 깨 보니까 계집이 없다. 제 자리도 벌써 재켜 놓고. 방 안을 둘러보니 계집의 핸드백 등도 없고. 간 것이 분명한데그려. 먼저 내 시계와 지갑을 보니 그냥 있어. 그래서 이 점에는 안심을 하고 보이를 불러서 물어 보니까 계집은 이른 새벽에 깨어서 갔는데 자기의 하룻밤 숙박비는 치르고 그 위에 어젯밤의 청요리값까지 치르고 갔다네그려. 입을 딱 벌렸지. 생각해야 무슨 일인지를 모르겠단 말이지. 분명한 '시로도(しろうと - 풋나기)'인데, 시로도의 일로서는 너무 대담하고 아무런 점으로 보아도 구로도(くろうと - 기생)는 아니고 무슨 일인지를 모르겠네그려.

모를 일을 모를 대로 그냥 의문에 붙이어 두고 - 그 뒤부터는 이 선악과를 맛본 아담은 때때로 그 생각을 했네그려. 무슨 영문인지 그 까닭을 알아보고 싶다기보다 '구로도' 아닌 계집의 은근한 맛이 잊히지를 않아. 이런 꿈과 같은 일을 겪은 뒤에 사건은 이것으로 끝이 난 줄 알았지. 그 후일담이 생기리라고는 뜻도 안했지. 후일담이 있을 성질의 사건도 아니 아닌가. 그런데 이 일에는 후일담이 있네그려. 한데 후일담이 있어. 사건이 있은 지 일 년 뒤. 그때는 나는 벌써 그 사건을 사건으로 기억할 때가 아니요 지나간 꿈으로 기억하고 생각날 때는 뜻안하고 미소와 고소를 겸발하게끔 된 땔세그려. 인천에 군함이 왔것다. 별로이 군함을 보고 싶은 생각은 없었지만 기생년들이 구경가자고 너무 졸라 대서 에라 그래라 하고 기생 몇 년을 모시고 인천으로 거동을 하시지 않았겠나. 거기서 뜻안한 궐녀를 보았네그려. 군함에서 말일세. 군함 사령탑에 올라가는 층계에 설세.

나는 기생 몇 명을 달고 올라가거니 궐은 내려오거니 하다가 딱 마주쳤지. 몬쯔끼(もんつき - 가문을 넣은 일본 예복)를 입었데. 궐도 귀부인 같거니와 귀부인인 듯한 여인 몇 명과 동반을 했어. 딱 마주치니까 자기도 깜짝 놀라. 대감도 오입장이답지 않게 눈이 아뜩하데그려. 그렇지만 궐녀가 시치미를 뚝 떼기에 대감도 같이 떼었지. 한데 그때 여를 배종했던 사람 가운데 인천 관변의 유력자가 한 명 있었는데 그 사람이 궐녀와 서로 인사를 주고받거든. 그래서 하문해 보았지.

"그 색시가 누군가?"

"그 색시? ××씨의 마누라."

"××씨?"

신문지상에서 간간 보던 인천 명망가. 그렇지만……

"××씨란 육십 노인이 아닌가?"

"그렇지."

"그럼 첩인가?"

"첩은 왜? 본댁이지. 후실."

근본은 알았다. 알고 보니 그때의 그 밤의 사건이 더 수상하단 말이지. 듣고 보니 희식도 너무 드문 희식.

"영감의 마누라면 간간 오입이라도 하겠네그려."

던져 보았다.

"아니. 그렇진 않은 모양이야. 그래도 좀 적적하긴 한 모양이야. 극장이라 무슨 구경거리에는 빠지지를 않아. 그렇지만 늙은이의 마누라로는 참 정숙하다는 평판이 높은걸."

"정숙하다?"

짐작이 갔네. 때는 봄날일세그려. 늙은이의 마누랄세그려. 모험도 하고 싶겠지. 봄날 젊은 피가 끓어오르지만 인천바닥에서는 정숙하다는 평판이 높은 만치 끓어오르는 모험심을 이 좁은 고장에서 어떻게 만족시키겠나. 경성까지 모험을 찾으러 출장여행. 주저, 반성, 모험, 추구심, 이렇게 바재고 바재는 동안 덜컥 막차 시간도 지나고, 인제부터는 본격적으로 모험의 무대에 올라가얄 터인데 남촌에서는 그래도 혹은 어떤 일이 생길까 해서 북촌거리에서 공포와 기대와 주저로써 배회하고 있을 때에 대감께서 그 모험무대의 피해자로 나타난 셈일세그려. 말하자면 궐녀도 인생비극의 한 여주인공이지.

이렇게 대감은 뜻안한 오입을 더구나 돈 안 들인 오입을 하기는 했지만 생각해 보면 이것은 필경 내가 오입을 한 게 아니고 오입을 당한 겔세그려. 장안 오입장이가 오입을 하지를 못하고 당했다고야 이런 창피한 일이 어디있겠나. 체면 똥칠했네. 그렇지만 이런 창피는 또 당해 보고 싶은 생각도 없지 않아. 말하자면 희극이 아니요 비극. 궐녀도 가련한 인생일세.

적막한 저녁

 그러나 한순간 뒤에 노자작의 노염에 불붙는 눈은 휙 돌아와서 아들의 얼굴에 정면으로 부어졌다.
 "네게는 - 네게는 -."
 노염으로 말미암아 노자작의 숨은 허덕였다.
 "네게는 아비가 그렇듯 노쇠해 뵈더냐!"
 일찍이 호랑이 같은 재상으로서 선정에 학정에 같이 그 이름을 울리던 노자작의 면목은 여기서 나타났다. 얼굴은 누렇게 여위었지만 거기서 울려나오는 음성은 방을 드렁드렁 울리었다. 다시 흥분해 가는 아버지의 앞에 두식이가 어쩔 줄을 모르고 창황하여 할때에 아버지는 다시 고함쳐서 저편 방에 있는 충복 왕보를 불렀다.
 "야. 왕보야 - 왕보야 -."
 충실한 왕보였다. 비록 잘 때라도 주인에게 대한 주의는 끊치지 않고 있던 왕보는 주인의 부름에 곧 이 방으로 달려왔다. 그 왕보에게 향하여 노자작은 마치 어린애같이 자기의 처지를 호소하였다.
 "왕보야. 나는 좀 자고 싶구나. 그런데 이 사람이 귀찮게 굴어서 잘 수가 없다. 날더러 노쇠했다는구나. 날 제발 좀 자게 해다구."
 왕보는 허리를 굽혔다. 그리고 노자작의 침대에 가까이 가서 한

번 자작의 이불을 고쳐 드린 뒤에 천천히 눈을 두식이에게 돌렸다. 두식이는 아버지의 방에서 물러나왔다. 자기의 침실로 돌아온 두식이는 몸을 커다랗게 침대에 내어던졌다. 그리고 다리는 마루 위에 상반신은 침대 위에 눕힌 뒤에 권연을 붙여물었다.

밤의 곤한 잠에서 깨어나고 깨어난 뒤에 연하여 기괴한 일을 본 두식이에게는 지금이 마치 꿈과 같았다. 단총 소리에 깨었다. 별당으로 달려가 보니 아버지는 기절하고 전등은 부서졌다. 탄환이 여기저기 박혔다. 아버지를 양관으로 모셔왔다. 아버지에게서는 역시 이해할 수 없는 설명을 들을 뿐이었다. 그것을 의심하매 아버지는 성을 내었다.

대체 김덕삼이가 누구던가. 김덕삼의 아들이 누구던가. 아까 아버지의 입에서 김덕삼이라는 이름이 나올 때에 아버지의 얼굴은 몹시 불안한 듯하였다. 분명히 아버지는 그 김덕삼이란 이름을 아는 모양이었다. 그리고 그때의 아버지의 불안한 표정으로 아버지와 김덕삼의 새에 무슨 기괴한 인연이 있던 것도 의심할 여지가 없이 보였다. 칠십년에 가까운 생애를 아직 두려움을 모르던 아버지도 김덕삼의 이름을 말할 때는 분명히 두려운 듯이 목소리를 낮추었다. 그러면 대체 김덕삼이가 누구인가. 김덕삼이와 아버지의 새에는 어떤 인연이 있나.

"그래. 왕보에게 물어 보자."

오십 년 동안을 노자작을 모시고 지내온 왕보는 노자작에게 관한 일은 모르는 것이 없었다. 만약 아버지로서 김덕삼이라는 이름을 안다 하면 왕보도 짐작컨대 알 것이다. 그리고 김덕삼의 근본만 알면 오늘 밤에 생긴 기괴한 일에 대하여 어떤 서광이 보일 듯싶었다.

두식이는 처음에는 초인종을 눌러서 하인을 불러서 왕보를 좀 이방으로 부르려 하였다. 그러나 다시 생각하고 스스로 몸을 일으켰다. 왕보는 비록 이 집안의 하인이라 하나 아버지에게 직속된 하인으로서 두식이가 하인을 시켜서 불러오기는 좀 어떨 듯하였다. 그래서 몸소 나가서 왕보를 만나 보려 한것이었다. 거진 다 탄 권연을 재떨이에 내어던지고 두식이가 복도에 나서서 보매 저편 아버지의 방 앞에 늙은 왕보가 허리를 구부리고 지켜서 있었다. 두식이는 천천히 그리로 갔다. 그리고 자기를 보고 허리를 더 굽히는 왕보에게 향하여 왜 자지 않느냐고 물었다. 왕보는 대답치 않았다. 그리고 다시 한번 더 허리를 굽힌 뒤에 고개를 설레설레 저을 뿐이었다.

"다른 젊은 하인을 불러서 지키게 할 테니 좀 들어가서 자면 어떤가?"

왕보는 젊은 주인의 얼굴을 쳐다보았다. 그런 뒤에 다시 고개를 저었다.

"늘그막에 수고하네. 좌우간 잠깐만 내 방에 와 주지 못하겠나? 오늘 밤 일에 대해서 좀 물어 보고 싶은 일이 있는데."

두식이는 다시 작은 소리로 이렇게 말하였다. 그 말에 대하여도 왕보는 천천히 머리를 돌려서 노자작의 침실문을 한 번 본 뒤에 다시 머리를 설레설레 저을 뿐이었다. 이 고집불통이요 충직하기 짝이 없는 왕보에게 대하여 두식이는 다른 수단을 쓰지 않을 수가 없었다. 두식이는 아래층으로 내려가서 다른 젊은 하인 하나를 세워 가지고 올라왔다.

"이 사람한테 십오 분 동안만 맡기고 내 방에 좀 와 주게. 이봐 이봐. 왕보가 내 방에 가 있는 동안 이 자리에서 조금이라도 떠나면 안 되네. 잠시 눈만 딴 데 팔아도 안 돼. 자 왕보, 마음놓고 잠시만 내 방에 와 주게. 물어 볼 일이 있어서 말이네."

두식이는 왕보를 자기의 침실로 데리고 왔다. 그리고 굳이 사양하는 왕보에게 의자를 억지로 권하고 마주 앉았다.

"왕보. 오늘 밤의 사건을 어떻게 생각하나?"

이 말에 왕보는 늙은 눈을 들어서 작은주인을 뚫어지게 바라보다가, "소인은 알 수가 없읍니다. 꿈 같사외다." 하면서 도로 눈을 떨어뜨렸다.

"내 아버님의 일을 내가 모르고 자네게 묻는다는 것은 부끄러운 일일세마는 오늘 밤 일에 대해서 짐작되는 일이 없나?"

"모르겠읍니다."

"김덕삼이라고 혹은 알 수 없겠나?"

왕보는 눈을 들어서 한순간 다시 두식이를 보았다. 그런 뒤에 눈을 도로 아래로 향하고 한참 뒤에, "어느 김덕삼이오니까?" 하고 물었다.

"나도 어느 김덕삼인지는 모르네마는 혹은 아버님께 원한이라도 먹을 만한 김덕삼이란 사람이 없겠나?"

"있읍니다. 그렇지만."

"그렇지만?"

"네. 그 김덕삼이는 죽었읍니다. 그리고 다른 김덕삼이는 모르겠웁니다."

"그 김덕삼이는 언제 죽었나?"

"삼십, 이십구, 꼭 삼십 년 전에 죽었웁니다. 그 김덕삼이가 이번 일에 무슨 관계가 있웁니까?"

"김덕삼이 아들이 금년 몇 살이나 되겠나?"

"김덕삼이는 후사가 없었웁니다."

두식이는 왕보를 보았다. 왕보는 눈을 푹 아래로 내려뜬 채로 가만히 앉아있었다.

"덕삼이게 후사가 없었어?"

"네. 없었웁니다."

"분명히 없었나?"

"소인이 잘 압니다. 없었웁니다."

"그래도."

두식이는 눈을 바로 뜨고 한 마디씩 한 마디씩 똑똑히 말하였다.

"어젯밤에 왔던 놈이 덕삼이의 아들이라는데."

"네? 누가 그럽디까?"

"대감께서."

아직도 아래로 떨어뜨리고 있던 왕보의 눈이 번쩍 띄었다. 띄었던 눈은 두식이의 눈과 마주쳐서 낭패한 듯이 도로 아래로 내려갔다. 그러나 그 순간 두식이는 왕보의 눈에서도 말할 수 없는 공포가 불붙는 것을 보았다. 그의 무릎 위에 놓인 양손까지 약간 떨렸다.

"없었웁니다. 덕삼이는 후사가 없었웁니다."

"그래도."

"없었읍니다. 분명히 없었읍니다."

두식이는 여기서 무슨 기괴하고도 두려운 사실이 감추어 있는 것을 짐작하였다. 아직 두려움이라는 것을 모르던 아버지의 공포며 또 여기 이 왕보의 공포를 연결하여 생각할 때에 이 사건의 뒤에는 무슨 기괴한 사실이 분명히 숨어 있는 것이었다.

"여보게. 내 말을 들어 보게. 아까 왔던 괴한이 제 입으로 아버님께 자기는 김덕삼이의 아들이노라고 분명히 말했다는데 자네는 어째서 덕삼이가 후사가 없었다고 그렇게 단언하나?"

"덕삼이는 죽기까지 장가를 안 갔읍니다."

"음. 그래도 장가 못 갔대도 자식을 못 났다는 법이야 없겠지. 그렇지 않나?"

"정들인 곳도 없었읍니다."

"정들인 곳도?"

"네. 어느 기생 한 분에 정들였었는데."

"그래서?"

"그 기생께서."

"께서가 아니라 그 기생이 말이지."

"네. 그 기생께서."

"기생이."

"네."

"그래서?"

왕보는 대답치 않았다. 한참을 묵묵히 앉았다가 그가 입을 열 때는 두식이에게는 의외의 말이 나왔다.

"나리. 소인을 죽여 주십쇼."

"여보게 왕보. 좀 정신을 차리게. 자네도 웬 일인지 몹시 흥분했네. 좀 정신을 가다듬게. 대체 그 기생이 어쨌단 말인가?"

"……."

"응?"

"그분에게서는 후사를 못 보았읍니다."

"응. 말하자면 덕삼이는 총각으로 죽었고 정들인 곳은 기생 하나밖에는 없었는데 그 기생에게서도 자식을 못 보았단 말이지?"

"네."

"그럼 아까 왔던 놈은 무에겠냐 말이야."

"소인은 알 수 없읍니다."

"대체 덕삼이는 어떻게 죽었나?"

"……."

"응?"

"……."

"응?"

두식이는 세 번을 연거푸 물었다. 그러나 왕보는 그 말에는 입을 굳게 닫고 대답치 않았다.

"왕보."

"네."

"왜 대답을 안하나?"

"……."

"자네는 이 집을 어떻게 생각하나?"

"이 댁 은공은 죽어도 못 잊겠읍니다."

"이 집에 아까 심상치 않은 괴변이 생겨 난 것은 알지?"

"네……."

"그것을 알아보고 그것이 만약 위험한 일이라면 그 위험에서 이 집을 구해 내기 위해서 지금 내가 자네게 묻는 겐데 자네는 알면서도 말하지 않는 것은 웬 일인가?"

"말씀드리겠읍니다."

"덕삼이는 왜 죽었나?"

"매에 죽었읍니다."

"언제 어디서?"

"대감께서 충청 감사로 계실 때 공주 영문에서."

두식이는 겨우 짐작하였다.

"응. 아버님께서 충청 감사로 계실 때 덕삼이를 치셨단 말이지?"

"네."

"무슨 죄로?"

"……."

"응?"

"영문에서 담배 먹은 죄로……."

"영문에서 담배 먹은 죄로?"

"네. 매에 죽기는 그 죄에 죽었읍니다."

"여보게. 말을 끼고 하지 말게. 죽기는 그 죄로 죽었다면 다른 것은 무에 어떻단 말인가?"

왕보는 눈을 고즈너기 감았다. 눈을 감고 한참을 생각하다가 떴다.

"죄 말씀드리겠읍니다."

"그래."

"덕삼이는 영리였읍니다. 덕삼이가 어떤 기생 한 분과 가까이 지냈읍니다. 그래서 대감께서 늘 밉게 보시던 차에 영문에 가서 담배를 먹다가 들키기 때문에 죽었읍니다."

"응. 알겠네. 말하자면 그 기생은 아버님께서 돌보는 기생이란 말이지?"

왕보는 머리를 숙여서 그렇단 뜻을 말하였다.

"그 기생은 어떻게 되었나?"

"죽었읍니다."

"언제?"

"……."

"응?"

"소인은 알 수 없읍니다."

"알 수 없어? 알 수 없으면 어떻게 죽었는지 아는가?"

"……."

"말을 분명히 하게. 죽었나 살았나?"

"알 수 없읍니다."

"죽었다더니."

"알 수 없읍니다."

완강히 모르노라는 왕보에게 대하여 더 물을 근력을 잃은 두식이는 자기도 머리를 수그렸다. 그리고 한참을 생각한 뒤에 왕보에게 말하였다.

"덕삼이에게 관해서 더 아는 것이 없나?"

"없읍니다."

"더 말할 것은 없나?"

"없읍니다."

"그렇지만 이상하지 않나? 자네는 덕삼이게 분명히 아들이 없었다구 하지만 오늘 왔던 자는 자기가 덕삼이의 아들이노라고 스스로 말하니깐 이 사실을 어떻게 해석하겠나?"

왕보는 눈을 감은 채로 한참 생각에 잠겨 있었다. 한참 뒤에 눈을 겨우 들었다. 그리고 무슨 말을 할 듯이 입을 조금 움직였다. 그러나 다시 입을 봉하여 버렸다.

"어떤가?"

"역시 소인은 모르겠읍니다."

"몰라?"

"네……."

"알 사람이 없겠나?"

"……."

"없겠어?"

"소인은 모르겠읍니다."

왕보는 사건에 대하여 좀더 아는 듯하였다. 그러나 웬 일인지 이상은 입을 열려 하지 않았다. 두식이는 하릴없이 왕보를 놓아주지 않을 수가 없었다.

"수고했네. 나가 보게."

작은주인게 해방을 당한 왕보는 기다란 한숨을 쉬며 지척지척 문으로 향하여 나갔다. 그러나 문에까지 가서 그는 도로 돌아섰다.

"나리."

"왜."

"소인은 왜 그런지 무섭습니다."

"무에?"

"덕삼이는 그때 분명히 후사가 없이 죽었읍니다. 그런데 아까 왔던 건 대체 웬 일일까요? 그걸 생각하면 소인은 무섭습니다."

"철없는"

왕보의 말을 한 마디로 비웃었지만 두식이의 등골로도 소름이 쪽 끼쳤다.

"게다가 똑똑히 생각은 나지 않지만 덕삼이가 죽은 날도 오늘같이 캄캄한 가을 밤이었읍니다. 혹은 삼십 년 전 이 달 오늘이었는지도 모르겠읍니다. 그걸 생각하면 소인은 무서워서 못 견디겠읍니다."

"칠십에 아직도 두려움을 타나? 그러지 말고 돌아가서 대감 방은 옥길이 더러 지키라고 한잠 자게."

이리하여 두식이는 왕보를 내보냈다. 그러나 왕보를 내보내는 순간부터 두식의 마음에도 공포라고밖에는 형용할 수 없는 감정이 각각으로 일어나서 커졌다. 왕보의 이야기를 다시 생각해 보고 그리고 아버지의 말과 대조할 때에 사건의 기괴성이 두식이의 마음을 차차 무겁게 하였다. 왕보는 덕삼이가 분명히 후사가 없이 죽었다 한다. 그러면 아까 왔던 인물은 과연 무엇이었던가? 유령? 새로운 교양을 받고 자란 두식이는 그 괴한을 유령으로 인정하기에는 너무도 과학적 사람이었다. 그러면 덕삼이의 아들? 그러나 왕보가 그만치 후사 없이 죽었다는 것은 강조할 적에야 그럴만한 근거가 있을 것이다. 그러면 보통 사람?

그렇게 해석하자니 아버지의 아까의 경과당한 것은 너무도 기괴하였다. 장지문이 소리없이 열렸다. 그 틈으로는 분명히 아무도 들어오지는 않았다. 뿐더러 아버지가 십이 연발을 다 놓았지만 그 한 발도 맞지를 않았다. 이것은 보통 사람으로 해석하기에는 너무도 기괴하였다. 더구나 그 괴한의 음성은 무슨 기계에서 울려 나오는 듯한 기괴한 음성이었다 한다. 이렇게 생각할 때에 비록 그것은 한낱 망상에 지나지 못하고 미신에 지나지 못한다 생각하더라도 두식이의 마음은 한편 구석에서 차차 자라나는 무시무시한 생각은 누를 수가 도저히 없었다. 두식이는 시계를 보았다. 네시 반이었었다. '아직 두 시간.' 밝기까지는 아직도 두 시간이나 더 있어야 할 것이다. 지금의 흥분 상태로써는 도저히 잠이 들 듯도 안하였다. 그리고 또한 지금의 무시무시한 마음상으로는 두 시간이 몹시 길 것같이 생각되었다. 그 두 시간 동안을 두식이는 무슨 재미있는 책이라도 읽으면서 아까의 그 사건을 온전히 잊고 지내고 싶었다.

두식이는 무슨 책이라도 한 권 가져올 양으로 몸을 일으켰다. 그리고 서재로 가려고 문에까지 이르렀다. 그가 문앞에서 바야흐로 문을 열려고 손잡이를 잡으려 할 때였다. 두식이의 손이 채 손잡이에 가 닿기 전에 손잡이가 스스로 조금 움직였다. 두식의 온몸에는 소름이 쪽 끼쳤다. 눈까지 아득하여졌다. 움직이려던 몸은 못박힌 듯이 그곳에 딱 붙었다. 그럴 동안에 손잡이는 차차 차차 돌고 문이 소리없이 조금씩 열리기 시작하였다.

두식이의 팔다리가 우들우들 떨렸다. 피는 모두 얼굴로 모여들었다. 이러한 가운데서 두식이가 자기의 지금 서 있는 곳과(단총이 있는) 침대 머리와 거리를 머리로 측량을 할 동안 조금씩 열리던 문이 확 열렸다. 동시에 두식이의 맞은편에는 웬 청년 하나이 딱 마주 버티고 섰다.

"실례합니다. 이런 사람이외다."

왼손으로는 문을 도로 닫으며 오른손으로는 명함을 쥐고 과도한 경악 때문에 거의 정신을 잃을 듯이 된 두식이에게 그는 약간 머리를 숙였다. 그 앞에 두식이는 망연히 서 있을 뿐이었다. 키는 중키나 되었다. 몸이 크지는 못하지만 단단하게 생겼다. 침착한 눈이었지만 한 번 크게 뜰 때는 꽤 날카로운 빛이 보일 듯하였다. 어느 모로 뜯어보아도 대담한 사나이였다. 이 침입한이 앞에 두식이가 망연히 서서 벌벌 떨고 있을 때에 침입한이 다시 한번 허리를 굽혔다.

"실례올시다. 밤중에……"

이 아무 적의가 없는 태도에 두식이는 처음으로 약간 제정신을 회복하였다. 그리고 침입한이 손에 들고 있는 명함에 눈을 두었다. 그리고 그 명함으로써 두식이는 이 침입한이 T서의 형사 김찬수인 것을 알았다.

"형사……"

명함을 본 뒤에 두식이는 작은 소리로 혼자 중얼거렸다. 그러나 명함으로써 침입한의 정체를 알고 그 침입한의 결코 불법한 일을 행할 사람이 아니라는 것을 아는 동시에 두식이의 마음에는 그 사나이에게 대한 분노가 차차 떠오르기 시작하였다.

"형사……"

다시 한번 작은 소리로 뇌어 본 두식이는 눈을 번쩍 들었다. 그리고 힐책하는 듯 눈을 형사의 얼굴 위에 부었다.

"형사가 가택 침입."

"네. 불온한 일인 줄 모르는 바가 아니외다. 그렇지만."

"가택 침입, 그래 양민의 주택에 함부로 들어와도 옳단 말이오?"

"네, 모르는 바가 아니올시다만."

연하여 변명하려는 말을 두식이는 연하여 막았다.

"서장에게 당신의 행사는 전화해 둘 테니깐 이 집에서 곧 나가오."

"네, 한 마디만."

"냉큼 나가오……"

"잠깐만."

"나가오, 안 나갔다는."

두식이는 두어 발자국 물러섰다. 그리고 초인종을 누르려 팔을 들었다. 그러나 두식이의 손이 초인종에 채 닿기 전에 형사의 팔이 먼저 두식이의 손을 잡았다.

"잠깐 기다리시오."

사정이라기보다 오히려 엄연한 명령이었다. 형사의 빛나는 눈은 정면으로 두식이의 눈에 부어졌다.

"이보세요. 내가 월권 행위를 한 것은 나도 인정하는 배외다. 내일 아침이라도 서장에게 전화를 해서 처벌하도록 하시면 될 게 아닙니까. 나로 말하더라도 월권 행위까지 해서 들어온 이상에는 그저 도로 나가지 않을 것은 분명하지 않습니까. 아까 이 댁 별당 근처에서 괴상한 권총 소리가 여러번 나는 걸 들었읍니다. 그 뒤에 불이 이리 왔다 저리 왔다 하는 걸 봤읍니다. 분명히 무슨 사변이 생기기는 했어요. 그러나 그 웬만한 일은 이런 댁에서도 그냥 댁내에서 삭여 버리지 귀찮게 경찰에까지 기어나와 알리지 않는 일이 많아요. 이번 사건도 모르기는 모르겠읍니다마는 혹은 댁내에서 그냥 삭여 버리고 경찰에는 보고도 안하고 말는지도 모르겠읍니다. 그러나 우리 경관의 자리에서 보면 무슨 사건이 생기면 그것을 전부 조사해두어야 이 뒤 다른 사건이 생길지라도 서로 연락 관계며 계통이며를 알아내기가 쉬우므로 어떤 작은 사건이 생길지라도 하나도 넘기지 않고 죄 조사해 두어야 합니다. 그래서 혹은 댁내에서 삭이고 말는지도 모를 사건이지만 조사해 보기 위해서 들어온 것입니다. 또 밤중에 보통 수단으로 면회를 청한대사 도저히 성공치 못할 일이기에 이렇게 월장해서 몰래 들어온 게입니다. 그리고."

형사는 아직껏 잡고 있던 두식이의 손을 놓았다. 그리고 말을 좀 낮추었다.

"또, 말씀이외다 이번 사건이 어떤 것인지는 아직 짐작도 안 가지만 만약 이번 사건이 댁내에서 삭여 버릴 사건이라면 혹은 그, 이 댁에서 나를 이용할 수도 있지 않습니까. 즉 내가 만약 서에 돌아가서 어젯밤 어느 댁에서 여사여사한 일이 있었다 보고하게 되면 무가내 이번 사건은 공공연히 드러나고야 말지만 여기서 선생과 나와 타협만 되면 서에는 보고하지 않고 비밀히 사건을 조사해 봐서 위험한 일일 것 같으면 또한 비밀히 막을 길도 있겠고 또는 좋지 못한 일이면 제재를 가할 수도 있지 않겠읍니까? 자 어떠세요."

말하자면 형사 김찬수는 두식이에게 가택침입을 묵인하고 말없이 조사시켜주면 조사한 뒤에 그 조사의 결과에 따라서 제이 타협이라도 또 하자는 것으로서 이번 사건에 대한 비밀탐정의 역할이라도 하겠다는 것이었다. 그 형사의 말의 배면에는 금전의 보수를 요구하는 뜻이 섞인 것으로 해석한 두식이는 잠시 형사의 얼굴을 바라보다가 역시 못마땅하다는 듯이, "그래도 밤중에." 더 나무라려 할 때에 형사가 다시 허리를 굽혔다.

"밤중에 들어온 일에 대해서는 천만 번이라도 사죄를 하겠읍니다."

두식이와 찬수의 새에는 드디어 타협이 성립되었다. 찬수가 몇 번을 더 허리를 굽히며 타협을 요구할 때에 두식이도 드디어 승낙을 한 것이었다. 아니 두식이로 말하더라도 이번 사건을 어떻게 처치하여야 할지 쩔쩔 매던 차에 찬수라 하는 인물이 뛰쳐든 것을 오히려 다행히 여기고 타협에 응한 것이었다. 이번 사건은 분명히 중대한 사건이었다. 두식이 혼자서는 도저히 처리할 수가 없었다. 그러나 또한 경찰에 알리자 하니 거기 꺼리는 점이 없는 바가 아니었다.

김덕삼의 아들이라는 인물이 어떤 인물인지는 알 수가없지만 그것을 모두 들추어 내자면 혹은 자기 아버지의 전반생의 포학사가 드러날지도 모를 것이다. 그런 것을 들추어 내는 것을 피하자면 또한 김덕삼의 아들이라는 인물을 모르는 체 덮어두어야 할 것이다.

덮어두자면 이 뒤에 또한 어떤 사변이 일어날지 모를 것이다. 여기서 오른편으로도 왼편으로도 갈 수가 없게 된 두식이에게 김찬수라는 인물이 달겨든 것이었다. 김찬수는 비밀히 이번 사건을 조사하여 보겠다는것이었다. 여기서 찬수와 타협이 된 두식이는 어젯밤에 생긴 괴변의 전말을 전부 찬수에게 알으켜 주었다. 뿐더러 왕보에게 들은 김덕삼과 노자작의 새의인과 관계까지 알으켜 주었다. 두식이의 설명을 다 들은 뒤에 요령을 수첩에 적고 잠시 머리를 수그리고 있던 찬수는 머리를 들었다.

"한 가지 더 말씀해 주십시오."

"무에요?"

"그……"

찬수는 코로 길게 숨을 내어불었다.

"그, 이 댁에서 토지를 많이 팔아서 외국 공채를 사셨지요?"

"?"

두식이는 깜짝 놀았다. 너무도 기괴한 질문이었다. 토지를 팔아서 외국 공채를 산 것은 사실임에는 틀림이 없었다. 그러나 그것은 두세 사람만이 아는 일로서 찬수가 알 까닭이 없었다. 찬수가 두식이의 놀라는 까닭을 안 모양이었다.

"직업이 직업이니만치 그런 건 죄 압니다. 지금까지 얼마치나 샀읍니까?"

"……"

"십만 원 가량 됩니까?"

"그게 이번 사건과 무슨 관련이 있읍니까?"

"글쎄올시다. 관련이 있는지도 모르겠읍니다. 관련이 없다고 단언할 수도 없읍니다. 좌우간 나를 믿고 일을 맡기시는 이상에는 죄 이 댁 사정을 알아야지 않습니까?"

"……."

"얼마한 한도까지 토지를 공채로 바꾸실 예산입니까?"

"차차는 토지는 죄다 팔 예산이외다."

"그래서 전부 공채 혹은 주식으로?"

"네."

"왜요? 어떤 주장으로?"

"그건 대답을 좀 피해야겠읍니다."

두식이는 고소하였다. 찬수도 약간 미소하였다.

"지금 얼마나 바꾸었읍니까?"

"그저께까지 십오만 원, 한 사오 일 뒤면 그 곱쯤은 될 모양이외다."

"그 공채 혹은 주권을 별당에 두셨읍니까 혹은 여기 두셨읍니까?"

"여기 이 양관에 두기는 두었지만 둔 곳은 당신한테도 똑똑히 말 못하겠소이다."

"사오 일 후, 사오 일 후."

찬수는 무엇을 생각하는 듯이 한참을 머리를 수그리고 있었다.

"혹은 아까 왔던 괴한은 그걸 훔치러 왔던 걸로는 생각이 안 되십니까?"

"글쎄요. 그걸 훔치려면 나한테 올 게지 아버님 계신 별당으로 갈

까닭이 없겠지요. 게다가 김덕삼의 아들이라고 스스로 제 이름까지 알릴 필요도 없겠지요."

여기서 찬수는 수첩을 접어서 주머니에 넣으며 선선히 일어섰다.

"밤중에 실례 했읍니다. 한데 하인을 하나 좀 빌려 주실 수 없겠읍니까. 별당에 좀 가서 조사해 보아야겠는데."

두식이는 하인을 하나 불러서 찬수를 별당에 안내하게 하여 내보냈다. 두식이는 찬수를 내보낸 뒤에 문을 잠그고 침대로 돌아와서 몸을 내어 던졌다. 지독한 피곤이 그의 몸을 엄습하였다. 담배를 한 대 붙여물었던 두식이는 그 담배를 다 태우지도 못하고 그냥 내려뜨리고 옷도 끌르지 않고 잠들었다. 몹시 곤한 잠에 빠졌던 두식이는 잠결에 무슨 뚝뚝 하는 소리를 들었다. 그 소리에 조금 정신을 차리고 들으매 그것은 자기 침실의 문을 두드리는 소리였다.

"누구야 밤중에."

곤한 듯이 주머니에서 시계를 꺼내어 보니 인젠 밤이 아니었다. 시계는 여덟시 이십분을 가리키고 있었다. 두식이는 침대에서 내렸다. 그리고 눈을 부비며 문으로 가서 쇠를 틀고 문을 열었다. 밖에는 하인이 목반에 명함을 하나 받들고 서 있었다.

"이런 분이 좀 뵙자고 왔읍니다."

T서 근무 형사 김찬수. 명함은 어젯밤에 받은 것과 마찬가지였다.

"아직 기침 안했다구 두 시간쯤 지나서 오라구 그래."

몸이 극도로 피곤한 두식이는 이 말만 하고 문을 도로 닫고 침대로 돌아와서 누웠다. 누웠는 순간 다시 잠에 빠지려 하였다. 그러나 그가 잠에 빠지려는 순간에 다시 문을 두드리는 소리가 들렸다.

"누구야." 문이 열렸다. 아까의 하인이 다시 들어왔다.

"긴급한 일이 있다고 삼 분 동안만 뵈옵구 가겠다고 가지를 않습니다."

"구찮어."

그러나 이 순간 두식이는 벌떡 몸을 일으켰다. 세 시간 전에 돌아간 찬수가 벌써 다시 와서 긴급한 일이 있다고 만나잘 적에야 무슨 참으로 긴급한 일이 있을 것이다. 벌써 무슨 단서라도 얻었는지도 알 수 없다.

"응. 내려가서 그럼 응접실에서 기다리라구 내 곧 내려갈께."

이리하여 하인을 도로 내려보낸 뒤에 두식이는 그냥 입고 자기 때문에 구겨진 옷을 새옷으로 바꾸어 입고 아래층으로 내려갔다. 두식이는 응접실로 갔다. 그리고 곤하기 때문에 떨리는 손으로 응접실 문을 열었다.

"?"

응접실 안에는 웬 알지 못할 젊은이가 하나 의자에 걸어앉아 있다가 일어나면서 인사를 하였다. 찬수는 보이지 않았다. 아까 하인에게서 받은 명함을 지금 들고 내려왔던 두식이는 휙 몸을 돌이켜서 하인을 향하여 그 명함을 보이며, "이분은 어디 계시냐?"고 물었다. 하인이 머리를 굽혔다.

"저기 저분이올시다."

"저분?"

순간 온몸의 피가 모두 머리로 확하니 올라왔다. 절반만치 열었던 응접실 문을 두식이는 도로 닫았다. 그리고 입을 하인의 귀에 갖다대고, "이봐 내 전화를 다 걸기까지 여기서 지키고 만약 저 안의 저 사람이 뛰든가 하면 용서없이 두들겨 잡아라." 한 뒤에 얼른 저편 전화로 갔다. 전화를 건 곳은 T경찰서였다. 그러나 아직 서장은 나오지 않았다. 그래서 당직 경부를 전화에 불렀다.

"유두식이외다. 물어 볼 말씀이 있어서."

두식이는 떨리는 목소리로 전화를 통하여 경찰서로 갔다. 경부가 대답하였다.

"네. 무슨 말씀이오니까."

"그 서에 김찬수라는 형사가 있읍니까?"

"있읍니다."

"그 모습을 좀 말씀해 주실 수가 없읍니까. 다른 게 아니라 어제 김찬수란 형사가 온 일이 있는데 그 사람하고 오늘 아침 온 김찬수하고 딴 사람이기에 말씀이외다."

"김찬수는 키는 후리후리 크고요."

"커요."

"네. 얼굴빛은 감고요 안경을 꼈고요 코 아래 채플린수염이 있고요 또……."

그냥 설명하는 경부의 말을 두식이는 채 듣지 않고 전화기를 걸어놓았다. 지금 응접실에 앉아 있던 사람은 분명히 경부의 말하는 김찬수에 틀림이 없었다. 잠깐 보아서 똑똑히는 모르되 안경과 채플린수염과 검은 얼굴빛의 소유자였다. 그러면 어젯밤에 왔던 인물은 수염도 없고 안경도 안 쓰고 키는 중키 밖에 못 되며 얼굴도 비교적 희던 어젯밤의 괴한은 적어도 T서 형사 김찬수는 아니었다. 그러면서도 김찬수의 명함을 가지고 와서 시시콜콜히 사건의 내력을 캐어묻던 그 괴한은 과연 무엇? 잠시 멍하니 서 있던 두식이는 책상을 크게 두드렸다. 하인 한 사람이 달려왔다.

"올라가서 내 나잇 캐비넷 위에 명함."

두식이는 손에 든 명함을 내어들었다.

"이와 꼭같은 명함 한 장이 있는데 곧 가져와."

그리고 그 하인이 돌아오기 전에 바빠서 층계까지 따라가서 그 하인을 맞았다. 그리고 두 장의 명함을 들고 응접실로 달려갔다.

"당신이 김찬수 씨요?"

숨까지 허덕이며 이렇게 물었다.

"김찬수올시다."

"이게 당신이 가지고 온 명함이지요?"

두식이는 한 장의 명함을 상 위에 놓았다.

"네."

"이건?"

두식이는 다른 명함을 상 위에 놓았다. 형사의 눈이 둥그렇게 되었다. 형사는 명함과 두식이의 얼굴을 두어 번 번갈아 보았다.

"이보 오늘 새벽 네시 반에 이 명함을 가진 사람이 나를 찾아왔소."

뒤따라 두식이가 이렇게 설명할 때는 찬수도 꽤 놀란 모양이었다.

"네? 그게." 하면서 몸을 절반만치 일으켰다.

"네, 새벽 네 시 반에 승낙없이 가택침입을."

찬수는 두 장의 명함을 다 집었다. 그리고 한참을 들여다보았다. 그가 명함을 도로 놓으며 눈을 뜰 때에는 그의 얼굴은 도로 평온하게 되었다.

"알았읍니다. 명함을 가지고 온 사람을."

"알았소? 당신 친구 형사요?"

"아니올시다."

"그럼? 보통 강도?"

"아니올시다."

"그럼 뭐요?"

"사상적 배경을 가진 중대한 인물…… 그저께 밤차에 입경한 서원덕이라는 사람이올시다. 키는 중키나 되고 눈이 광채나고 그렇지 않습니까?"

거기 두식이가 머리를 끄덕일 때에 찬수는 무엇을 생각하는 듯이 고요히 눈을 감았다.

(미완)

태형

"기쇼오!"

잠은 깊이 들었지만 조급하게 설렁거리는 마음에 이 소리가 조그맣게 들린다. 나는 한 순간 화다닥 놀래어 깨었다가 또다시 잠이 들었다.

"여보, 기쇼야, 일어나오."

곁의 사람이 나를 흔든다. 나는 돌아누웠다. 이리하여 한 초 두 초, 꿀보다도 단 잠을 즐길적에 그 사람은 나를 또 흔들었다.

"잠 깨구 일어나소."

"누굴 찾소?"

이렇게 나는 물었다. 머리는 또다시 나락의 밑으로 미끄러져 들어간다.

"그러디 말고 일어나요. 지금 오방 댕껭합넨다."

"여보, 십 분 동안만 더 자게 해주"

"그거야 내가 알갔소? 간수한테 들키면 혼나갔게 말이지."

"에이! 누가 남을 잠도 못 자게 해. 난 잠들은 지 두 시간도 못 됐구레. 제발 조금만 더."

이 말이 맺기 전에 나의 넓은 첩실과 그 머리맡의 담배를 얼핏 보면서, 나는 혼혼히 잠이 들었다. 그때에 문득 내게 담배를 한 가치 주는 사람이 있으므로, 그 담배를 먹으려 할 때에 아까 그 사람(나를 흔들던 사람)은 또다시 나를 흔든다.

"기쇼 불렀소. 뎅껑꺼정 해요. 일어나래두."

"여보, 이제 남 겨우 또 잠들었는데 깨우긴 왜."

"뎅껑이면 어떻단 말이오? 그래 노형 상관 있소?"

"그만 둡시다. 그러나 일어나 나오."

"남 이제 국수 먹고 담배 먹은 꿈 꾸댔는데."

이 말을 하려던 나는 생각만 할 뿐 또다시 잠이 들었다. 또 한 초 두 초 단꿈에 빠지려던 나는, 곁방에서 들리는 제걱거리는 칼 소리와 문을 덜컥 덜컥 여는 소리에 벌떡 놀라서 일어나 앉았다. 그러나 온몸을 취케 하던 졸음은 또다시 머리를 덮는다. 나는 무릎을 안고 머리를 묻은 뒤에 또다시 잠이 들었다. 또 한 초 두 초, 시간은 흐른다. 덜컥! 마침내 우리 방문을 여는 소리가 났다. 나는 갑자기 굴복을 하고 머리를 들었다. 이미 잘 아는 바이거니와, 한 초 전에 무거운 잠에 취하였던 사람이라고는 생각 안 되도록 긴장된다. 덜컥 하는 소리와 함께 문이 열리며 간수가 서넛 들어섰다.

"뎅껭!"

다섯 평이 좀 못 되는 방에는 너무 크지 않나 생각되는 우렁찬 소리가 울려오며, 경험으로 말미암아 숙련된 흐르는 듯한(우리의 대명사인) 번호가 불리운다. 몇 호 몇 호, 이렇게 흐르는 듯이 불러오던 간수부장은 한 번호에 멎었었다.

"나나햐꾸 나나쥬 용고."

아무 대답이 없다.

"나나햐꾸 나나쥬 용고!"

자기의 대명사 - 더구나 일본말로 부르는 것을 알아듣지 못한 칠백칠십사호의 영감(곧 내뒤에 앉은)은 역시 대답이 없었다. 나는 참다 못하여 그를 꾹 찔렀다. 놀라서 덤비는 대답이 그때야 겨우 들렸다.

"예, 하이!"

"나제 하야꾸 헨지오 시나이(왜 빨리 대답 안 하나)."

"이리 와!"

이렇게 부장은 고함친다. 그러나 영감은 가만 있었다. 고요한 소리 하나 없다.

"이리 오너라!"

두 번째의 소리가 날 때에 영감은 허리를 구부리고 그의 앞에 갔다. 한 순간 공기를 헤치고 날카로운 소리와 함께, 이것 역시 경험 때문에 손익게 된 솜씨인, 드는 손 보이지 않는 채찍을 영감의 등에 내리었다. 영감은 가만 있었다. 그러나 눈에는 눈물이 어리었다. 칠백칠십사호 뒤의 번호들이 모두 불리운 뒤에, 정신차리라는 책망과 함께 영감은 자기 자리에 돌아오고 감방문은 다시 닫겼다.

이상한 일이거니와 한 사람이 벌을 받으면 방안의 전체가 떨린다(공분이라거나 동정이라든가는 결코 아니다). 몸만 떨릴 뿐 아니라 염통까지 떨린다. 이 떨림을 처음 경험한 것은 경찰서에서 세 시간은 연하여 맞은 뒤에 구류실에 들어 가서 두 시간 동안을 사시나무 떨듯 떨던 때였다. 죽지나 않나까지 생각되었다(지금은 매일 두세 번씩 당하는 현상이거니와) 방은 죽음의 방같이 소리 하나 없다. 숨도 크게 못 쉰다. 누구나 곁을 보면 거기는 악마라도 있는 것처럼 보려고도 안 한다. 그들에게 과연 목숨이 남아 있는지? 좀 있다가 점검이 끝났는지 간수들의 발소리가 도로 우리 방 앞을 지나갔다. 그때에 아까 그 영감의 조그만 소리가 겨우 침묵을 깨뜨렸다.

"집엔, 그 녀석(간수)보담 나이 많은 아들이 두 녀석이나 있쉐다가레"

덥다. 몇 도인지, 백십 도 혹은 그 이상인지도 모르겠다. 매일 아침 경험하는 바와 같이 동쪽 하늘에 떠오르는 해를 '저 해가 이제 곧 무르녹일테지' 생각하면 그 예상을 맞추려는 듯이 해는 어느 덧 방을 무르녹인다.

다섯 평이 조금 못 되는 이 방에, 처음에는 스무 사람이 있었지만, 몇 방을 합칠 때에 스물여덟 사람이 되었다. 그때에 이를 어찌하노 했다. 진남포 감옥에서 공소로 넘어온 사람까지 설흔네 사람이 되었을때에 우리는 한숨을 쉬었다. 그러나 신의주와 해주 감옥에서 넘어 온 사람까지하여 마흔 네 사람이 될 때에 우리는 한숨도 못 쉬었다. 혀를 채었다. 곧 추녀 끝에 걸린 듯한 뜨거운 해는 끊임없이 더위를 보낸다. 몸 속에 어디 그리 물이 많았던지, 아침부터 계속하여 흘린 땀이 그냥 멎지 않고 흐른다. 한참 동안 땀에 힘없이 앉아 있단 나는, 마지막 힘을 내어 담벽을 기대고 흐늘흐늘 일어 섰다. 지옥이었었다. 빽빽이 앉은 사람들은 모두 힘없이 머리를 늘이우고 입을 송장같이 벌리고 흐르는 침과 땀을 씻을 생각도 안하고 먹먹히 앉아 있다.

둥그렇게 구부러진 허리, 맥없이 무릎 위에 놓인 손, 뚱뚱 부은 시퍼런 얼굴에 힘없이 벌어진 입, 생기 없는 눈, 흩어진 머리와 수염, 모든 것이 죽은 사람이었었다. 이것이 과연 아침에 세면소까지 뛰어갔으며 두 시간 전에 점심 먹느라고 움직인 사람들인가? 나의 곤하여 둔하게 된 감각에도 눈이 쓰린 역한 냄새가 쏜다. 그들은 무얼 하러 여기 왔나? 바람 불고 잘 자리 있고 담배 있는 저 세상에서 무얼 하러 여기 왔나? 사랑스러운 손주가 있는 사람도 있겠지. 이쁜 아내가 있는 사람도 있겠지. 제기 벌어먹이지 않으면 굶어죽을 어머니가 있는 사람도 있겠지. 그리고 그들은 자유로 먹고 마시고 바람을 쏘이고 자유로 자고 있었을테다.

그러던 그들이 어떤 요구로 여기를 왔나? 그러나 지금의 그들의 머리에는 독립도 없고, 민족 자결도 없고, 자유도 없고, 사랑스러운 아내며 아들이며 부모도 없고, 또는 더위를 깨달을 만한 새로운 신경도 없다. 무거운 공기와 더위에 괴로움 받고 학대받아서, 조그맣게 두 개골 속에 웅크리고 있는 그들의 피곤한 뇌에 다만 한 가지의 바램이 있다 하면, 그것은 냉수 한 모금이었다. 나라를 팔고 고향을 팔고 친척을 팔고 또는 뒤에 이를 모든 행복을 희생하여서라도 바꿀 값이 있는 것은 냉수 한 모금밖에는 없었다. 즉, 그 때에 눈에 얼핏 떠오른 것은(때때로 당하는 현상이거니와) 쫄쫄쫄쫄 흐르는 샘물과 표주박이었다.

"한 잔만 먹여다고, 제발……"

나는 누구에게 비는지 모르게 빌었다. 그리고 힘없는 눈을 또다시 몸과 몸이 서로 닿아 썩어서 몸에는 종기투성이요, 전 인원의 십

분의 칠은 옴장이인 무리로 향하였다. 침묵의 끝없는 시간은 그냥 흐른다. 나는 도로 힘없이 앉았다.

"에, 더워죽겠다!"

마지막 '죽겠다'는 말은 똑똑히 들리지 않도록 누가 토하는 듯이 말하였다. 그러나 아무도 거기 대꾸할 용기가 없는지, 또 끝없는 침묵이 연속된다. 머리나 몸 가운데 어느 것이든 노동하지 않고는 사람은 못 사는 것이다. 그 사람들의 몇 달 동안을 머리를 쓸 재료가 없이, 몸은 움직일틈이 없이 지내왔으니 어찌 견딜 수 있을까? 그것도 이 더위에. 더위는 저녁이 되어가며 차츰 더하여진다. 모든 세포는 개개의 목숨을 가진 것같이 더위에 팽창한 몸의 한 부분이라고는 생각할 수가 없었다. 무겁고 뜨거운 공기가 허파에 들어갔다가 나올 때마다 더위는 더하여진다. 이러고야 어찌 열병 환자가 안 날까? 닷새 전에 한 사람이 병감으로 나가고, 그저께 또 한 사람 나가고, 오늘은 또 두 사람이 앓고 있다. 우리는 간수가 병인을 병감으로 데리고 나갈 때마다 부러운 눈으로 그들을 보았다. 거기에는 한 방에 여나믄 사람밖에는 두지 않았다. 그리고 그들에게는 '물약'을 주었다. 뿐만 아니라 그들은 맑은 공기를 마실 기회가 있었다.

"오늘이 일요일이지요?"

나는 변기 위에 올라앉아서 어두운 전등 밑에 이를 잡으면서 곁에 서 있는 사람에게 물었다.(우리는 하룻밤을 삼분하고 사람을 삼분하여 번갈아 잠을 자고, 남은 사람은 서서 기다리기로 하였다.)

"내가 압네까? 종은 팁네다만, 삼일날인디 주일날인디"

그러나 종소리는 그냥 땡-땡-고요한 밤하늘에 울리어온다. 그것은 마치 '여기로 자유로 냉수를 마시고 넓은 자리에서 잘 수 있는 사람이 있다'는 것처럼.

"사람의 얼굴이 보고 싶어서"

"그래요. 정 사람의 얼굴이 보고파요."

"종소리 나는 저 세상에 물두 있을 테지. 넓은 자리도 있을 테지. 바람두, 바람두 불테지."

이렇게 나는 중얼거렸다.

"물? 물? 여보 말 마오. 나두 밖에 있을 땐 목마르믄 물도 먹고, 넓은 자리에서 잔 사람이외다."

그는 성가신 듯이 외면을 한다. 그 말을 듣고 보니, 나도 밖에 있을 때에는 자유로 물을 먹었다. 자유로 버드렁거리며 잤다. 그러나 그것은 지나간 옛적의 꿈과 같이 머리에 남아 있을 뿐이다.

"아이스크림도 있구."

이번은 이편의 사람이 나를 꾹 찔렀다.

"아이스크림? 그것만? 여보 그것만? 내겐 마누라도 있소. 뜰의 유월도 두 거반 익어갈 때요."

나는 이렇게 말하였다. 즉, 아까 영감이 성가신 듯이 도로 나를 보며 말한다.

"마누라? 여보 젊은 사람이 왜 그리 철없는 소리만 하오? 난 아들이 둘씩이나 있었소. 나 들어온 지 두 달 반, 그것들이 죽지나 않았는지."

서 있기로 된 사람 사이에는 한담이며 회고담들이 사귀어졌다. 그러나 우리들(자지 않고 서서 기다리기로 한) 가운데도 벌써 잠이

든 사람이 꽤 많았다. 서서 자는 사람도 있다. 변기 위 내 곁에 앉았던 사람도 끄덕끄덕 졸다가 툭 변기에서 떨어진 그대로 잔다. 아래 깔린 사람도 송장이 아닌 증거로는 한두 번 다리를 버둥거릴 뿐 그냥 잔다.

나도 어느 덧 잠이 들었는지 모르겠다. 가슴이 답답하여 깨니까 (매일 밤 여러 번 겪는 현상이거니와) 내 가슴과 머리는 온통 남의 다리(수십 개의) 아래 깔려 있다. 그것들을 움으적 움으적 겨우 뚫고 일어나서, 그냥 어깨에 걸려 있는 몇 개의 남의 자리를 치워 버리고 무거운 김을 배앝았다.

다리 진열장이었었다. 머리와 몸집은 어디 갔는지 방안에 하나도 안 보이고, 다리만 몇 겹씩 포개고 포개고 하여 있다. 저편 끝에서 다리가 하나 버드렁거리는가 하면, 이편 끝에서는 두 다리가 움질움질하고 그것도 송장의 것과 같은 시퍼런 다리를. 이 사람의 세계를 멀리 떠난 그들에게도 사람과 같은 꿈이 깨어지는지(냉수 마시는 꿈을 꾸는지 모르겠다) 때때로 다리들 틈에서 꿈 소리가 나온다.

아아! 그들도 집에 돌아만 가면 빈약하나마 제가 잘 자리는 넉넉할 것을 저편 끝에서 다리가 일여덟 개 들썩들썩 하더니 그 틈으로 머리가 하나 쑥 나오다가 긴 숨을 내어쉬고 도로 다리 속으로 스러진다. 그것을 어렴풋이 본 뒤에 나도 자려고 맥난 몸을 남의 다리에 기대었다. 아침 세수를 할 때마다 깨닫는 것은, 나는 결코 파래지 않았다는 것이었다. 부었는지 살쪘는지는 모르지만, 하루 종일 더위에 녹고 밤새도록 졸음과 땀에게 괴로움 받은 얼굴을 상쾌한 찬물로 씻을 때마다 깨닫는 바가 이것이다.

거울이 없으니 내 얼굴은 알 수 없고 남의 얼굴은 점진적이라 모르지만 미끄러운 땀을 씻고 보둥보둥한 뺨을 만져볼 때마다 나는 결코 파래지지 않았다는 사실을 깨닫는다. 그리고 이 세수 뒤의 두세 시간이 우리들의 살림 가운데는 가장 값이 있는 시간이며, 그중 사람 비슷한 살림이었다. 이때뿐이 눈에는 빛이 있고 얼굴에는 산 사람의 기운이 있었다. 심지어는 머리도 얼마간 동작하며, 혹은 농담을 하는 사람까지 생기게 된다. 좀(단 몇 시간만) 지나면 모든 신경은 마비되고, 머리를 느리우며 떠도 보지를 못하는 눈을 시리감고 끓는 기름과 같이 숨을 헐떡거릴 사람과 이 사람들 사이에는 너무 간격이 있었다.

"이따는 또 더워질 테지요?"

나는 곁의 사람에게 이렇게 말하였다.

"더워요? 덥긴 왜 더워? 이것 보구려. 오히려 추운 편인데."

그는 엄청스럽게 몸을 떨어본 뒤에 웃는다. 아직 아침은 서늘한 유월 중순이었다. 캘린더가 없으니 날짜는 똑똑히 모르되 음력 단오를 좀 지난 때였었다. 하루 진일 받은 더위를 모두 발산한 아침은 얼마간 서늘하였다.

"노형, 어제 공판 갔댔지요?"

이렇게 나는 그 사람에게 물었다.

"예!"

"바깥 형편이 어떻습디까?"

"형편꺼정이야 알겠소? 그저 포플라두 새파랗구, 구름도 세차게 날아 다니구, 말하자면 다 산 것 같습니다. 땅바닥꺼정 움직이는 것

같구, 사람들도 모두 상판이 시커먼 것이 우리들 보기에는 도둑놈 관상입니다."

"그것을 한번 봤으면."

나는 한숨을 쉬었다. 삼월 그믐 아직 두꺼운 솜옷을 입고야 지날 때에 여기 들어온 나는, 포플라가 푸른 빛이었는지 녹빛이었는지 똑똑히 모른다.

"노형도 수일 공판 가겠디오?"

"글세, 어제 이야기한 거같이 쉬 독립된답니다."

"쉬?"

"한 열흘 있으면 된답니다."

나는 거기 대꾸를 하려 할 때에 곁방에서 담벽을 두드리는 소리가 들렸다. 그것은 우리의 암호 신호였다.

"무엇이오?" 나는 이렇게 두드렸다.

"좋은 소식이 있소. 독립은 다되었다오."

이때네 곁 감방의 문 따는 소리에 암호는 뚝 끊어졌다.

"곁방에서 공판 갈 사람을 불러낸다. 오늘은."

"노형 꼭 가디?"

"글세, 꼭 가야겠는데 사람도 보구 넓은 데를."

그러나 우리 방에서는 어제 간수부장한테 매맞은 그 영감과 그 밖에 영원 맹산 등지 사람 두셋이 불리어나갈 뿐 나는 역시 그 축에서 빠졌다.

"언제든 한 번 간다."

나는 맛없고 골이 나서 속으로 중얼거렸다. 그러나 그 '언제든'이 과연 언제일까? 오늘은 꼭, 오늘은 꼭, 이리하여 석 달을 미뤄온 나이었다.'영원'과 같이 생각되는 석 달을 매일 아침마다 공판 가기를 기다리면서 지내온 나이었다. '언제 한 번'이란 과연 언제일까? 이런 석 달이 열 번 거듭하면 서른 달일 것이다.

"노형은 또 빠졌구려!"

"싫으면 그만두라지, 도둑놈들!"

"이제 한 번 안 가리까?"

"이제? 이제가 대체 언제란 말이오? 십 년을 기다려도 그뿐, 이십 년을 기다려도 그뿐."

"그래도 한 번이야 안 가리까?"

"나 죽은 뒤에 말이오?"

나는 그에게까지 역정을 내었다. 좀 뒤에 아침밥을 먹을 때까지도 나의 마음은 자못 편치 못하였다. 그것은 바깥을 구경할 기회를 빨리 지어주지 않는 관리에게 대함이라기보다, 오히려 공판에 불리어 나가게 된 행복한 사람들에게 대한 무서운 시기에 가까운 것이었다.

점심을 먹고 비린내나는 냉수를 한 대접 다 마신 뒤에, 매일 간수의 눈을 기어나면서 장난하는 바와 같이, 밥그릇을 당겨서 거기 아직 붙어 있는 밥알을 모두 긁어서 이기기 시작하였다. 갑갑하고 답답하고, 사로 이야기하는 것을 허락치 않고, 공상을 하자 하여도 벌써 재료가 없어진 우리가 가질 수 있는 다만 하나의 오락이 이것이었다. 때가 묻어서 새까맣게 될 때는 그 밥알은 한 덩어리의 떡으로 변한다. 그 떡은 혹은 개 혹은 돼지, 때때로는 간수의 모양으로 빚어져서, 마지막에는 변기 속으로 들어간다.

한창 내 손 속에서 움직이던 떡 덩이는 뿔은 좀 크게 되었지만 한 마리의 얌전한 소가 되어 내 무릎 위에 섰다. 나는 머리를 들었다. 아직 장난에 취하여 몰랐지만 해는 어느덧 또 무르녹기 시작하였다. 빈대 죽인 피가 여기저기 묻은 양회 담벽에는 철창 그림자가 똑똑히 그려져 있다. 사르는 듯한 더위는 등지고 있는 창 밖에서 등을 타지고, 안고 있는 담벽에서 반사하여 가슴을 타지고, 곁에 빽빽이 사람의 열기로 온몸을 썩인다. 게다가 똥오줌 무르녹은 냄새와 살 썩은 냄새와 옴약 내에 매일 수없이 흐르는 땀 썩은 냄새를 합하여, 일종의 독가스를 이룬 무거운 기체는 방에 가라 앉아서 환기까지 되지 않았다.

우리의 피곤해서 둔하게 된 감각으로도 넉넉히 깨달을 수 있는 역한 냄새였다. 간수가 가까이 와서 들여다 보지 않는 것도 당연한 일이었다. 그러고 보니 생각아거니와 나-뿐 아니라 온 사람의 몸에는 종기투성이이었다. 가득 차고 일변 증발하는 변기 위에 올라앉아서 뒤를 볼 때마다 역정나는 독한 습기가 엉덩이에 묻어서 거기서 생긴 종기를 이와 빈대가 온몸에 퍼져서 종기투성이 아닌 사람이 없었다. 땀은 온몸에서 뚝 뚝-이라는 것보다 짤짤 흐른다.

"에-땀"

나는 힘없이 중얼거렸다. 이상한 수수께끼와 같은 일이었다. 밥 먹은 뒤에 냉수를 벌컥벌컥 마시면, 이삼십 분 뒤에는 그 물이 모두 땀으로 되어 땀구멍으로 솟는다. 폭포와 같다 하여도 좋을 땀이 목과 가슴으로 흘러서, 온 몸에 벌레 기어 다니는 것같이 그 불쾌함은 말할 수가 없다. 그러나 땀을 씻는 사람은 하나도 없다. 손가락 하나라도 움직이면 초열지옥에라도 떨어질 것 같이, 흐르는 땀을 씻으려는 사람도 없다.

"얼핏 진찰감에 보내어다고."

나의 피곤한 머리는 이렇게 빌었다. 아침에 종기를 핑계삼아 겨우 빌어서 진찰하러 간 사람 축에 들 나는 지금 그것밖에는 바랄 것이 없었다. 시원한 공기와 넓은 자리를(다만 이십 분 동안이라도) 맛보는 것은, 여간한 돈이나 명예와도 바꿀 수 없는 귀중한 것이었다. 그 뿐만 아니라, 입감이라도 안부는커녕 어느 감방에 있는지도 모르는 아우의 소식을 알는지도 모르겠다. 즉, 뜻하지 않게 눈에 떠오른 것은 집안의 일이었다. 희다 못하여 노랗게까지 보이는 햇빛에 반사하는 양회 담벽에 먼저 담배와 냉수가 떠오르고 나의 넓은 자리가(처음 순간에는 어렴풋하였지만) 똑똑히 나타났다.(어찌하여 그런 조그만 일까지 똑똑히 보였던지 아직껏 이상하게 생각하거니와.) 파리 한 마리가 성냥갑에서 담배갑으로 도로 성냥갑으로 왔다 갔다 한다.

"쌍!" 나는 뜨거운 기운을 내뱉았다.

"파리까지 자유로 날아다닌다."

성내려야 성낼 용기도 없어진 머리로 억지로 성을 내고, 눈에서 그 그림자를 지워버리려 하였다. 그러나 담배와 냉수는 곧 없어졌지만, 성가신 파리는 끝끝내 떨어지지를 않았다. 나는 손을 들어서(마치 그 파리를 날리려는 것 같이) 두어 번 얼굴을 비빈 뒤에 맥없이 아까 만든 소만 쥐었다. 공기의 맛이 달다고는, 참으로 경험해 보지 못한 사람은 뜻하지도 못할 일일 것이다. 역한 냄새 나는 뜨거운 기운을 배앝고, 달고 맑은 새 공기를 들이마시는 처음 순간에는 기절할 듯이 기뻤다. 서늘한 좋은 일기였다. 아까는 참말로 더웠는지, 더웠으면 그 더위는 어디로 갔는지, 진찰감으로 가는 동안 오히려 춥다 하여도 좋을 만치 서늘하였다. 그러나 그보다도 더 기쁜 것은 거기서 아우를 만난 일이었다.

"어느 방에 있니?"

나는 머리를 간수에게 향한 채로 조그만 소리로 물었다.

"사감 이방에." 나는 좀 있다가 또 물었다.

"몇 사람씩이나 있니? 덥지?"

"모두들 살이 뚱뚱 부었어."

"도둑놈들. 우리 방엔 사십여 인이 있다. 몸뚱이가 모두 썩는다. 집엔 오히려 널거서 걱정인 자리가 있건만. 너 그새 앓지나 않았니?"

"감옥에선 앓을래야 병이 안 나. 더워서 골치만 쏘디."

"어떻게 여기(진찰감) 왔니?"

"배 아프다구 거즛뿌러 하구."

"난 종기투성이다. 이것 봐라."

하면서 나는 바지를 걷고 푸릿푸릿한 종기를 내어놓았다.

"그런데 너의 방엔 옴쟁이는 없니?"

"왜 없어."

그는 누구도 옴쟁이고 누구도 옴쟁이고, 알 이름 모를 이름하여 한 일여덟 사람 부른다.

"그런데 집에서 면회는 왜 안 오는디."

"글세 말이다. 모두들 죽었는지."

문득 아직껏 생각이나 하여보지 않은 일이 머리에 떠오른다. 석 달 동안을 바깥 사람이라고는 간수들밖에 만나 보지 못한 우리에게는 바깥이 어떤 형편인지는 모를 지경이었다.

간혹 재판소에 갔다 오는 사람도 있기는 하지만, 거기 다니는 길은 야외라, 성 안 형편은 아직 우리가 여기 들어올 때와 같이 음울한 기운이 시가를 두르고, 삼정은 모두 철전을 하고 있는지, 또는 전과 같이 거리에는 흥정이 있고, 집안에는 웃음소리가 퍼지며, 예배당에는 결혼하는 패도 있으며, 사람들은 석 달 전에 일어난 그 사건을 거반 잊고 있는지, 보기는커녕 알지도 못하는 일이었다. 일가나 친척의 소소한 일은 더구나 모를 일이었다.

"다 무슨 변이 생겼나부다."

"그래도 어제 공판 갔던 사람이 재판소 앞에서 맏형을 봤다는데."

아우는 근심스러운 얼굴로 이렇게 말하였다. 그러나 그 아우위 '봤다는데'라는 말과 함께, "천십칠호!" 하고 고함치는 소리가 귀에 울리었다. 그것은 내 번호였다.

"네!"

"딘찰." 나는 빨리 일어서서 의사의 앞으로 갔다.

"오데가 아파?"

"여기요." 하고 나는 바지를 벗었다.

의사는 내가 내어놓은 엉덩이와 넓적다리를 갈핏 들여다보고 요만 것을 하는 듯 얼굴로 말없이 간병수에게 내어 맡긴다. 거기서 껍

진껍진한 고약을 받아서 되는 대로 쥐어바르고 이번엔 진찰 끝난 사람 축에 앉았다. 이때에 아우는 자기 곁에 앉은 사람과(나 앉은 데서까지 들리도록) 무슨 이야기를 둥둥 하고 있었다. 나는 깜짝 놀라서 간수를 보았다. 간수는 아우를 주목하는 모양이었다. 나는 기지게를 하는 듯 손을 들었다. 아우는 못 보았다. 이번은 크게 기침을 하였다. 그러나 그는 못 들은 모양이었다. 가슴이 떨리기 시작하였다.

"알귀야 할 테인데."

몸을 움즉움즉 하여보았지만, 그는 이야기에 정신이 팔려서 그냥 그치지 않고 하다가, 간수가 두어 걸음 자기에게 가까이 올때야 처음으로 정신을 차리고 시치미를 떼었다. 그러나 간수는 용서하지 않았다. 채찍의 날카로운 소리가 한 번 나는 순간, 아우는 어깨에 손을 대고 쓰러졌다. 피와 열이 한꺼번에 솟아올라 나는 눈이 아뜩하여졌다. 좀 있다가 감방으로 들어올 때에 재빨리 곁눈으로 아우를 보니 나를 보내는 그의 눈에는 눈물이 가득하여 있었다. 무엇이 어리고 순결한 그의 눈에 눈물이 고이게 하였나? 나는 바라고 또 바라던 달고 맑은 공기를 맛보기는 맛보았지만, 이를 맛보기 전보다 더 어둡고 무거운 머리를 가지고 감방으로 돌아오게 되었다.

저녁을 먹은 뒤에 더위에 쓰러져 있던 나는, 아직 내어가지 않은 밥그릇에서 젓가락을 꺼내어 손수건 좌우편 끝을 조금씩 감아서 부채와 같이 만들어 부쳐보았다. 훈훈하고 냄새나는 바람이 땀 위를 살짝 스쳐서, 그래도 조금의 서늘함을 맛볼 수가 있었다. 이깟 지혜가 어찌하여 아직 안 났던고, 나는 정신 잃은 사람같이 팔을 들었다. 이 감방 안에서는 처음의 냄새는 나지만 약간의 바람이 벌레 기어 다니는 것같이 흐르던 가슴의 땀을 증발시키느리고 꿈같은 냉미를 준다. 천장에 딱 붙은 전등이 켜졌다. 그러나 더위는 줄지 않았다. 손수건의 부채는 온방안이 흉내내어, 나의 뒤의 사람으로 말미암아 등도 부쳐졌다. 썩어진 공기가 움직인다. 그러나 우리들의 부채질은 재판소에서 돌아오는 사람들 때문에 중지되지 않을 수 없었다. 우리 방에서 나갔던 서너 사람도 돌아왔다. 영원 영감도 송장 같은 얼굴로 돌아 왔다. 나는 간수가 돌아간 뒤에 머리는 앞으로 향한 대로 손으로 영감을 찾았다.

"형편 어떻습디까?"

"모르갔소."

"판결은 어떻게 됐소?"

영감은 대답이 없었다. 그의 입은 바늘로 호라메우지나 않았나? 그러나 한참 뒤에 그는 겨우 대답하였다. 그의 목소리는 대단히 떨렸다.

"태형 구십 대랍니다."

"거 잘 됐구려! 이제 사흘 뒤에는 담배도 먹고 바람도 쏘이고, 난 언제나."

"여보, 잘 됐시오? 무어이 잘 되었단 말이오? 나이 칠십 줄에 들어서 태 맞으면, 말하기도 싫소. 난 아직 죽기 싫어! 공소했쉐다."

그는 벌컥 성을 내어 내게 달려들었다. 그러나 그의 뒤에 이은 내 성도 그에게 지지를 않았다.

"여보! 시끄럽소. 노망했소? 당신은 당신이 죽겠다구 걱정하지만,

그래 당신만 사람이란 말이오? 이 방 사십여 명이 당신 하나 나가면 그만큼 자리가 넓어지는 건 생각지 않소? 아들 둘 다 총에 맞아 죽은 다음에 뒤상 하나 살아 있으면 무얼 해? 여보!"

나는 곁에 있는 다른 사람에게로 향하였다.

"여기 태형 언도에 공소한 사람이 있답니다."

나는 이상한 소리로 껄껄 웃었다. 다른 사람도 영감을 용서치 않았다. 노망하였다, 바보로다, 제 몸만 생각한다, 내어쫓아라, 여러 가지의 평이 일어났다. 영감은 대답이 없었다. 갈게 쉬는 한숨만 우리의 귀에 들렸다. 우리들도 한참 비웃은 후에는 기진하여 잠잠하였다. 무겁고 괴로운 침묵만 흘렀다. 바깥은 어느 덧 어두워졌다. 대동강 빛과 같은 하늘은 온 세상을 뒤덮었다. 우리들의 입은 모두 바늘로 호라메우지나 않았나? 그러나 한참 뒤에 마침내 영감이 나를 찾는 소리가 겨우 침묵을 깨뜨렸다.

"여보!"

"왜 그러오?"

영감은 또 먹먹하다. 그러나 좀 뒤에 그는 다시 나를 찾았다.

"노형 말이 옳소. 아들 두 놈은 덩녕쿠 다 죽었쉐다. 난 나 혼자 이제 살아서 무엇 하갔소? 취하하게 해주소."

"진작 그럴 게지. 그럼 간수 부릅시다."

"그래 주소."

영감은 떨리는 목소리로 말했다. 나는 패통을 쳤다. 간수는 왔다. 내가 통역을 서서 그의 뜻(이라는 것보다 우리의 뜻)을 말하매 간수는 시끄러운 듯이 영감을 끌어내어 갔다. 자리에 돌아올 때에 방안 사람들의 얼굴을 보니, 그들의 얼굴에는 자리가 좀 넓어졌다는 기쁨이 빛나고 있었다. 모깡! 이것은 십여 일만에 우리가 가질 수 있는 우리의 가장 큰 행복이다.

"모깡!"

간슈의 호령이 들린 때에 우리들은 줄을 지어서 뛰어나갔다. 뜨거운 해에 쪼인 시멘트 길은 석 달 동안을 쉰 우리의 발에는 무섭게 뜨거웠다. 그러나 그것은 우리의 즐거움의 하나였었다. 우리는 그 길을 건너서 목욕통 있는 데로 가서 옷을 벗어던지고. 반고형이라 하여도 좋을 꺼룩한 목욕물에 뛰어들었다. 무엇이라고 형용할 수 없는 즐거움이었었다. 곧 곁에는 수도가 있다. 거기서는 언제든 맑은 물이 나온다. 그것은 우리들의 머리에서 한때도 떠나 보지 못한 '달콤한 냉수'이었었다. 잠깐 목욕통에서 덤빈 나는 수도로 나와서 코끼리와 같이 물을 먹었다. 바깥에는 여러 복역수들이 일을 하고 있었다. 그것도(갑갑함에 겨운) 우리들에게는 부러움의 푯대였였다. 그들은 마음대로 바람을 쏘일 수가 있었다. 목마르면 간수의 허락을 듣고 물을 먹을 수가 있었다. 뿐만 아니라, 그들에게는 갑갑함이 없었다.

즉, 어느 덧 그치라는 간수의 호령이 울리었다. 우리의 이십 초 동안의 목욕은 이에 끝났다. 우리는(매를 맞지 않으려고) 시간을 유예치 않고 빨리 옷을 입은 후에 간수를 따라서 감방으로 돌아왔다. 꼭 가장 더울 시간이었었다. 문을 닫는 순간, 우리는 벌써 더위 속에 파묻혔다. 더위는 즐거움 뒤의 복수라는 듯이 용서없이 우리를 내리쪼인다.

"벌써 덥다!" 나는 혼잣말로 중얼거렸다.

"매를 맞구라도 좀더 있을 걸."

누가 이렇게 말한다. 서너 사람의 웃음 비슷한 소리가 들렸다. 그러나 그 뒤에는 먹먹하였다. 몇 시간 동안의 침묵이 연속되었다. 우리는 무서운 소리에 화다닥 놀랐다. 그것은 단말마의 부르짖음이었다.

"히도오쓰(하나), 후다아쓰(둘)."

간수의 헤어나가는 소리와 함께,

"아이구 죽겠다. 아이구 아이구!"

부르짖는 소리가 우리의 더위에 마비된 귀를 찔렀다. 그것은 태 맞는 사람의 부르짖음이었다.

서른까지 헤인 뒤에 간수의 소리는 없어지고 태 맞는 사람의 앓는 소리만 처량히 우리의 귀에 들렸다. 둘째 사람이 태형대에 올라간 모양이다.

"히도오쓰." 하는 간수의 소리에 연한 것은, "아유!" 하는 기운 없는 외마디의 부르짖음이었다.

"후다아쓰."

"아유!"

"미이쓰(셋)."

"아유!"

우리는 그 소리의 주인공을 알았다. 그것은 어젯밤 우리가 내어쫓은 그 영원 영감이었었다. 쓰린 매를 맞으면서도 우렁찬 신음을 할 기운도 없이 '아유' 외마디의 소리로 부르짖은 것은 우리가 억지로 매를 맞게 한 그 영감이었다.

"요오쓰(넷)."

"아유!"

"이쓰으쓰(다섯)."

"후."

나는 저절로 목이 늘어지는 것을 깨달았다. 나의 머리에는 어젯밤 그가 이 방에서 끌려나갈 때의 꼴이 떠올랐다.

"칠십 줄에 든 늙은이가 태 맞고 실길 바라갔소? 난 아무케 되든 노형들이나."

그는 이 말을 채 맺지 못하고 초연히 간수에게 끌려나갔다. 그리고 그를 내어쫓은 장본인은 이 나였었다. 나의 머리는 더욱 숙여졌다. 멀거니 뜬 준에서는 눈물이 나오려 하였다. 나는 그것을 막으려고 힘껏 감았다. 힘있게 닫힌 눈은 떨렸다.

화환

　잠결에 웅성웅성하는 소리를 듣고 효남이가 곤한 잠에서 깨어났을 때에는 새벽 2시쯤이었다 그가 잠에 취한 눈을 어렴풋이 뜰 때에, 처음에 눈에 뜨인 것은 어머니의 얼굴이었다. 그 어머니의 얼굴을 보며 어린 마음에 안심을 하면서 몸을 돌아누울 때에 두 번째 눈에 뜨인 것은 아버지였다. 효남이의 다시 감으려던 눈은 그 반대로 조금 더 크게 떠졌다.

　아버지는 어느 길을 떠나려는지 차림차림이 길 떠나는 차림이었다. 그것뿐으로도 어린 효남의 호기심을 채우기에 넉넉할 텐데, 아버지와 어머니가 서로 바라보는 얼굴은 과연 이상한 것이었다. 아버지의 얼굴은 험상스러웠다. 어머니의 얼굴에는 눈물의 자취가 있었다. 그리고 서로 바라보는 두 쌍의 눈. 거기에는 공포와 증오와 애착과 별리가 서로 어울리고 있었다. 이런 광경을 잠에 취한 몽롱한 눈으로 바라보던 효남이는 자기도 모르는 틈에 또다시 곤한 잠에 빠졌다.

　효남이는 열세 살이었다. 그의 아버지는 고물 행상을 하였다. 푼푼이 벌어들이는 돈, 그것은 만약 절용하여 쓰기만 하면 그 집안의 세 식구는 굶지는 않고 지낼 만한 것이었다. 그러나 술을 즐겨하고 성질이 포악한 그의 아버지는 제가 버는 돈은 제 용처뿐에 썼다. 집 안은 가난하기가 짝이 없었다. 어머니의 품팔이로 들어오는 돈으로 어머니와 아들이 지내왔다. 열두 살부터 효남이도 때때로 돈벌이를 하였다. 활동사진관의 하다모치, 혹은 장의사의 화환 모치, 이런 것 으로 때때로 20전씩 벌었다. 그렇게 얼마를 지내다가 그는 마침내 K장의사의 전속으로 되었다.

그의 하는 일이라는 것은 화환을 들고 영결식장까지 장사 행렬을 따라가는 것이었다. 그는 일공으로 10전씩 받았다. 그리고 화환을 들고 장렬을 따라 갔던 날은 특별수당으로 20전씩 더 받았다. 그의 수입은 한 달에 평균 잡아서 오륙 원씩 되었다. 그는 아버지와 대면할 기회가 쉽지 않았다. 아버지는 집에서 자는 일이 적었다. 간혹 어떻게 집에서 잔다 할지라도 벌써 효남이가 잠이 든 뒤에 들어왔다가 효남이가 일을 하러 나간 뒤에야 일어났다. 그런지라 엄밀히 말하면 효남이는 제 아버지의 얼굴을 똑똑히 모른다 할 수도 있었다.

누가 갑자기 효남이에게 '네 아버지의 코 아래 수염이 있느냐, 없느냐' 물으면 효남이는 생각해보지 않고는 대답을 못하리만치 낯선 얼굴이었다. 이런 아래에서 자라난 효남인지라 효남이는 제 아버지에게 대하여는 아무런 애착도 가지지 못하였다. 피할 수 없는 핏줄의 힘으로 혹은 남보다 조금 다르게 생각되기는 하였으나, 부자지간에 당연히 있어야 할 애착이라는것은 없었다. 무뢰한, 인정 없는 녀석, 포학한 녀석, 짐승 같은 녀석. 이러한 이름 아래 불리는 그의 아버지는 효남에게는 오히려 지긋지긋하고 무서운 사람이었다.

효남이는 흔히 제 아버지가 어머니를 때리는 무서운 소리에 곤한 잠에서 깨곤 하였다. 그리고 깰지라도 그는 꼼짝 못하고 그냥 자는 체하고 하였다. 어렸을 때부터의 경험으로서 만약 방관자가 있으면 (그것이 설혹 철모르는 어린애일지라도) 그의 아버지의 기는 더욱 승승하여서 그의 포악함이 더욱 커지는 것을 잘 아므로 효남이는 설혹 잠에서 깨었을지라도 깬 기색을 아버지에게 알게 하지 않았다. 그리고 혼자서 무서움과 분함으로 몸을 떨곤 하였다.

그날 밤도 웅성웅성하는 소리에 놀라 깬 효남이는 눈을 뜰 때에 눈앞에 당연히 전개되어 있을 활극의 자취를 예기하였다. 그러나 거기는 아무 활극의 자취도 없을뿐더러, 제 아버지의 얼굴에서 오히려 비겁이라고 형용하고 싶은 공포의 표정을 볼 때에 효남이는 안심과 함께 일종의 불만조차 느끼면서 다시 곤한 잠에 빠진 것이었다. 이튿날 아침, 어머니의 앞에서 조반을 먹던 효남이는 문득 어젯밤의 일이 생각나서 어머니를 찾았다.

"어머니."

"왜."

"어젯밤에 아버지 왔었지?"

"음."

"어디 갔어?"

어머니는 대답하지 않았다. 그리고 좀 있다가 손을 들어서 효남의 등을 쓸었다.

"효남아, 너 커서 좋은 사람 되어라."

"아버지 어디 갔어?"

"그리구, 돈 많이 벌구."

"아버지 어디 갔어?"

어머니는 아버지의 간 곳에 대하여는 역시 대답이 없었다. 그러나 효남이는 그때의 어머니의 입에서 새어 나온 한숨의 소리를 들었다. 비록 어리나 그런 방면에는 총명한 효남이는 다시 묻지 않았다. 거기에는 무슨 불길한 일이 숨어 있는 것을 효남이는 짐작하였다. 더구나 효남이가 전과 같이 장의사로 가려고 집을 나설 때에 어머니는 전과 달리 그를 문밖까지 바래다주면서, "너의 아버지는 다시 안 오신단다." 하면서 약한 한숨을 쉬는 것을 보고 효남의 어린 마음에는 까닭은 모르지만 무서운 불길한 예감이 막연히 일어났다. 그날 저녁의 신문지는 이 도회에서 어젯밤에 생긴 무서운 참극을 보도하여 시민을 놀라게 하였다. 어젯밤에 두 건의 살인 사건이 이 도회에서 생겨났다.

하나는 K전당국 주인이 참살당한 사건이었다. 그 참살당하는 날 저녁 전당국 주인은 P라는 고물 행상인(효남의 아버지)과 같이 술을 먹으러 나갔다. 좀더 똑똑히 말하자면 P가 흔히 장품을 매매하는 것을 전당국 주인이 경찰에 밀고한 일이 있었다. 그 때문에 전당국 주인과 P와 한번 크게 싸움을 한 일이 있었다. 이날 저녁은 P가 화해를 하자고 부러 전당국을 찾아와서 주인을 데리고 같이 나간 것이었다. 때는 밤 9시쯤이었다. 같이 나간 뿐 그 밤에 돌아오지 않은 전당국 주인은 이튿날 새벽 교외에서 참살되어 있는 것이 지나가는 사람에게 발견되었다. 날카로운 칼로써 얼굴과 가슴을 수없이 찔려서 죽은 그 시체는 몸을 뒤져 본 결과 곧 K전당국 주인이라는 것을 알았다. 그리고 가해자가 P라는 것도 곧 알았다. 그러나 경관이 P의 집에 달려갔을 때에는 P는 벌써 종적을 감춘 때였다.

이것이 신문에 나타난 한 가지의 살인 사건이었다. 그리고 또 한 가지의 살인 사건은 이러하였다. ○○파출소를 지키고 있던 경관 모(일인)가 새벽 3시쯤 행동이 수상한 사람을 하나 붙들었다. 그리고 주소 성명을 물을 때에 그 흉한은 갑자기 가슴에 품었던 칼을 꺼내 순사를 찔렀다. 그러나 먼저 한 칼을 맞은 순사는 기운 센 흉한을 대적할 수가 없었다. 순사는 몇 군데 칼을 맞고 그 자리에 넘어졌다. 그리고 흉한은 종적을 감추었다.

순사는 지나가는 사람에게 발견되어 곧 병원으로 가서 응급치료를 하였으나, 새벽 6시에 마침내 절명되었다. 그 순사의 말한 바 인상으로써 흉한은 P인 것이 짐작되었다. 그리고 경찰서에서 조사한 바의 그 결론은 이러하였다. 고물 행상인 P는 이전부터 원한이 있던 전당국 주인을 화해를 핑계 삼아서 데려 내다가, 어떤 곳에서 술을 먹여 취하게 한 뒤에 교외까지 끌고 가서 거기서 참살을 한 뒤에 새벽 2시쯤 제 집에 들러서 길신가리를 차려가지고 이 도회를 달아 나다가 파출소 앞에서 순사에게 힐난을 받게 되매 그는 자기의 범행이 발각된 줄로 지레짐작하고 그 순사까지 죽여버리고 이 도회를 달아나서 어디로 종적을 감춘 것이라고.

소문은 소문을 낳았다. 그리고 한 사람의 입을 지날 때마다 거기는 얼마의 거짓말이 더 보태졌다. 그 사건은 과연 이 작은 도회의 시민을 놀라게 할 만한 참극이었다. 물건을 사고 팔고, 아이가 나고 늙은이가 죽고 때때로 비가 오고, 꽃이 피고 지고, 이러한 사건밖에 특수한 사건이라는 것은 쉽지 않던 이 도회에 이번에 생겨난 이 사건은 어떤 의미로 보아서는 너무 단조한 이 도회의 사람에게 대한 한 자극제라 할 수도 있었다. 곳곳에서 사람들은 그 이야기를 하였다. 그리고 이제 장차 일어날 흉한과 경관의 추격전을 예상하고 거기에 비상한 흥미를 느꼈다.

효남이가 일을 하는 ○장의사에서도 일꾼들 사이에 그 이야기의 꽃이 피었다. 그러나 효남이가 그 흉한 P의 아들이라는 것을 아는 사람은 없었다. 효남이는 그들의 이야기를 들었다. 그리고 어젯밤에 잠에 취하였던 눈으로 잠깐 본 아버지의 얼굴을 문득 생각하였다. 사람을 죽인다는 것은 얼마만치 큰 죄악인지는 효남이는 똑똑히 몰랐다. 더구나 장의사에서 일을 보는 아이로서 장사를 매일과 같이 보는 그로서는 죽음에 대한 공포는 다른 아이들과 같이 심히 느끼지 않았다. 그러나(통상시에는 그렇게 험상스럽고 횡포스럽던) 아버지의 얼굴에 어젯밤에 나타났던 오히려 비겁이라고 하고 싶은 얼굴을 생각할 때에 그의 어린 마음에도 알지 못할 괴상한 공포와 쓸쓸함이 복받쳐 올랐다. 더구나 아침에 나올 때에 어머니의 하던 그 말과 여기서 지껄여대는 일꾼들의 이야기를 대조해보고, 그는 무슨 알지 못할 커다란 비극이 또한 일어나려는 것을 예감하였다.

"잡히면 사형이지?"

"암, 순사까지 죽였는데, 사형이고말고."

"잡힐까?"

"글쎄, 경찰이 하도 밝으니깐."

일꾼들은 이런 이야기를 하였다. 그런 이야기를 그들의 뒤에 앉아서 듣고 있는 효남이는 어린 마음을 괴상한 공포로 말미암아 뛰어놀면서도 자기가 그 '흉한'의 자식이라는 것을 아무도 모르는 것을 오히려 다행히 여겼다.

그날 저녁, 효남이가 집에 돌아왔을 때에 어머니는 이불을 쓰고 누워 있었다. 그러나 뚱뚱 부은 얼굴은 그가 몹시 운 것을 증명하였다. 어머니는 밤에도 몇 차례를 울었다. 효남이도 그 울음의 뜻을 막연하나마 짐작하였다. 어떤 까닭인지 똑똑히는 몰랐지만 어머니의 울음은 아버지의 이번 사건 때문인 것은 짐작되었다. 그리고 그는 어머니에게 아무 말도 안 하였다. 어머니가 울 때마다 자기도 까닭없이 눈물이 내리는 것을 참고 돌아눕고 할 뿐이었다. 하려야 할 말이 없었다. 위로하려야 위로할 말조차 효남이는 알지 못하였다.

통상시에는 못된 녀석이라고 그렇게 아버지를 꺼리던 어머니의 지금의 태도는 어떻게 보면 효남에게는 이상하게까지 보였다. 그 이상한 점이 어린 효남이로 하여금, 사건을 좀더 중대시하게 하였다. 효남의 마음에는 막연하나마 아버지 잡혔을까 안 잡혔을까에 대한 근심 비슷한 의문이 움 돋았다. 그 사건에 대한 이튿날 신문 기사는 시민의 호기심과 긴장을 더 돋우었다. 이 도회에서 30리쯤 되는 ○산이라는 산에서 어떤 나무꾼이 강도를 만났다. 강도는 칼로써 초부를 위협하고, 옷을 바꾸어 입고, 종적을 감추었다. 그 강도가 남기고 간 피 묻은 옷으로 그것이 P인 것이 확실하였다. 신문은 이렇게 보도하였다.

이튿날 아침, 신문은 호외로써 그 사건의 그 뒤의 경과를 보도하였다. ○산 주재소에서 당직 순사가 변소에 간 틈에 어떤 도적이 들어와서 장총 한 자루와 화약과 탄환 다수를 도적하여 간 것과, 그로부터 한 시간 뒤에 웬 험상궂은 자가 그 주재소에서 3릿길쯤 되는 산골짜기에서 나무 베는 아이를 습격하여 그 아이의 먹던 옥수수를 빼앗아갔다는 것과, 경찰부에서는 20명의 경관을 ○산으로 급송시켰다는 보도가 한꺼번에 발표되었다. 시민들은 차차 흥분되었다. 그들은 그 흉한이 범한 죄악에 대하여는 아무 관심도 안 가졌으나 경관 대 흉한의 추격 내지는 경쟁에 비상한 긴장을 느낀 것이었다.

"이러다가는 잽힐걸."

어떤 사람은 근심 비슷이 이렇게 말하였다.

"잡히고야 말아." 어떤 사람은 이런 말을 하였다.

"제기, 아무래도 잡힐 이상에는 한 20일 끌다가 잽혔으면 좋겠네."

어떤 사람은 노골적으로 이렇게 말하였다. 이러한 가운데에서 어린 마음을 죄고 있던 효남이는 자기로도 뜻밖에, 제 아버지에게 대하여 차차 이상한 애착의 감정이 일어나는 것을 깨달았다. 그 밤, 곤한 잠에서 깨어난 효남이는 제 곁에 당연히 누워 있어야 할 어머니가 없는 것을 보고 퍼뜩 놀랐다. 그리고 어머니가 들어오기를 잠깐 기다려본 효남이는(설혹 변소에 갔더라도 넉넉히 들어올 시간까지) 안 들어오는 것을 보고 옷을 주워 입고 문밖에 나가보았다. 그리고 앞길에서 어머니를 찾지 못한 효남이는 집 뒤로 돌아가보았다.

어머니는 뒤에 있었다. 어머니는 집 뒤 담벼락에 조그마한 단을 묻고 거기에 촛불을 켜고 그 앞에 꿇어앉아 있었다. 처음에는 영문을 몰랐지만 그것이 아버지에 대한 어머니의 정성인 것이 짐작되자 효남이의 어린 눈에도 눈물이 솟았다. 효남이는 발소리 안 나게 방으로 돌아와서 이불을 머리까지 뒤집어썼다. 그의 눈에서는 눈물이 하염없이 솟았다. 이윽고 어머니가 들어왔다. 그리고 제 아들이 자지 않는 기척을 보고, 아들을 찾았다.

"효남아, 너 자지 않니?"

효남이는 울음을 그치려 하였다. 그러나 할 수 없었다. 아직껏 속으로 울던 울음은 어머니의 그 소리와 함께 폭발되었다. 어머니는 아들을 끌어당겼다.

"아무리 고약해도 네 아버지로구나."

이것이 한참 뒤에 어머니가 한, 다만 한마디의 말이었다. 이튿날 신문의 보도는 시민의 긴장과 호기심을 여지없이 돋우어 놓았다. 경찰부에서 간 20명의 경관은 그곳 경관 30명과 동리 사람 60명과 합력을 하여 그 ○산을 둘러쌌다. 그리고 그 산 가운데 숨어 있는 범인을 수색하였다. 범인의 손에는 총이 있기 때문에 막 덤벼들기가 힘들었다.

제1대를 지휘하는 어떤 경부가, 대원들과 떨어져서 풀을 헤치며 산을 기어 올라갈 때였다. 어떤 바위틈에서 흉한이 갑자기 경부의 눈앞에 나타났다. 그리고 놀라는 경부를 거꾸러뜨리고 경부에게서 브라우닝과 탄약을 빼앗은 뒤에 그 브라우닝으로 경부를 쏘아 죽이고 아래에서 덤비는 경관들을 향하여 두 방을 놓은 뒤에 유유히 풀수풀 가운데로 종적을 감추었다 하는 것이었다. 이때부터 신문은 범인의 이름을 쓰지 않고 살인마라는 대명사를 썼다. 잡히기만 하면 어차피 사형이 될 흉한의 손에 한 자루의 장총과 한 자루의 권총과 다수의 탄약이 들어갔다 하는 것은 그 흉한을 잡으려는 경관들에게는 끔찍하고 진저리나는 사실에 다름없었다. 그날 밤으로 경찰부에서는 40명의 경관을 응원으로 또 보냈다.

"인제야 잽혔지."

"그럼, 될 데가 있나."

시민들은 그의 운명을 이렇게 선고하였다. 이러한 소문을 듣고 이러한 선고를 들을 때에 효남이의 마음은 무슨 커다란 공포 앞에 선 것과 같은 명료하지 못한 무서움을 느꼈다. 그리고 그 가운데에는 그의 아버지는 이젠 죽은 목숨이라는 막연한 생각도 섞여 있었다.

이튿날 아침 당국은 시민에게 이와 같은 성명을 하였다. ○산은 지금 이곳에서 간 경관 50명과 그곳 경관 전부와 촌민 100여명으로 포위를 하고 각각으로 그 포위 그물을 죄어가서 오늘 아침의 전화를 의지하건대, 그 그물의 범위가 1평방 리가 못 되니 이제 범인은 자루에 든 쥐다. 다만, 시간문제만 남아 있다. 적어도 오늘 오후 4시 전으로 '범인 포박'이라는 기꺼운 소식에 이를 줄을 의심하지 않고 믿는다.

그날은 비가 부슬부슬 왔다. 이러한 가운데에서 그 사건에 극도로 긴장된 시민들은 연하여 경찰서에 전화를 걸었다. 오후 5시쯤, 비보는 경찰서에 이르렀다. 범인은 마침내 잡힌 것이었다. 포위대가 그 범위를 차차 좁혀서 상대의 거리가 30간쯤 되었을 적에 복판 가운데쯤 되는 수풀 사이에서 웬 장한이 하나 일어섰다. 그리고 손에 들었던 총과 브라우닝을 앞으로 던지고, "자, 잡아가라." 하며 두 팔을 썩 벌렸다. 그런 뒤에는 하하하 하고 웃었다. 포위대는 모두 뜻하지 않게 엎드렸다. 그러니까 그 장한은 제가 경관들 있는 편으로 걸어왔다. 이리하여 손쉽게 잡은 것이었다. 이 말이 효남의 귀에 들어올 때에 효남이는 가슴이 덜컥 내려앉았다. 그리고 자기도 무엇을 하여야 할지 모르면서 허덕허덕 집으로 달려왔다. 어머니는 바느질을 하고 있었다. 그 앞에 털썩 주저앉으며 효남이는 간단히, "잽혔대." 하고는 머리를 돌리고 말았다.

어머니는 바늘과 일감을 내려뜨렸다. 그리고 효남의 얼굴을 바라보았다. 그런 뒤에 얼굴이 차차 하얗게 되다가 베개를 발로 끌어당겨서 거기 드러눕고 말았다. 모자는 한 마디의 말도 사귀지 않았다.

이튿날 장의사에 갔던 효남이는 의외의 장례를 따라가게 되었다. 그것은 그의 아버지 P가 이 도회를 달아나던 날 밤에 죽인 그 순사의 장례였다. 처음에 효남이는 그 장례가 누구의 장례인지를 몰랐다. 조상객이 대개가 경관인 것을 보고 어렴풋이 어떤 경관의 장사인 줄 알 뿐이었다. 그러다가 누구가 추도문을 읽을 때에야 그는 그 주검의 주인을 알았다. 추도문은 물론 일본말로서 일어의 지식이 그다지 풍부하지 못한 효남이로서는 다 알아듣지는 못하였으나 그 뜻만은 넉넉히 짐작하였다. 그는 그 흉한을 장례의 전날 잡은 것은 고인의 신령의 도움이라 하였다. 그리고 그 흉한의 포학스러움과 고인의 용감스러움을 되풀이하였다.

어린 마음에 일어난 극도의 분노와 불유쾌함과 부끄러움으로써 그 행렬을 따라갔던 효남이는 장의사에 돌아와서 기진맥진하여 토

방에 넘어지고 말았다. 좀 뒤에 주인에게서 특별수당으로 20전이 나왔다. 효남이는 그것을 받아서 주머니에 넣었다. 그러나 그는 그것을 받아야 옳을지, 안 받아야 옳을지 몰랐다. 정당한 노동의 보수로서 그것을 받는 것이 결코 부끄러운 일은 아닐것이었다. 그러나 그의 양심과 자존심의 한편 구석에서는 그 돈을 거절해버리라는 명령이 숨어 있었다. 효남이는 주머니 속에서 그 돈을 쥐었다 놓았다 몇 번을 하였다. 그날, 효남이의 아버지는 이곳 경찰서로 호송되어왔다.

"너 돈 있니?"

효남이가 저녁때 집으로 돌아온 때에 기다리고 있던 그의 어머니가 첫번물은 말이 이것이었다.

"응."

"얼마나 있니?"

효남이는 말없이 주머니에서 아까 받은 그 20전을 꺼내 어머니 앞에 놓았다. 어머니는 그 돈을 집어가지고, 치마를 갈아입으면서 변명 비슷이, "너희 아버지가 이리로 왔다누나. 장국 한 그릇이라두 사 들여보내야지." 하면서 밖으로 나갔다.

효남이는 황망히 나가는 어머니의 뒷모양을 바라보았다. 그리고 아까 그돈을 모아 넣은 것이 잘되었다 생각하였다. 그 생각 속에는 복수를 하였다는 것 같은 통쾌한 생각조차 약하나마 섞여 있었다.

미니책방, 1318 청소년문고 도서 목록

20세기 세계 문학을 대표하는 작가들의 작품들을 엄선한 「1318 청소년문고」는 문학의 고전을 살아 있는 동시대의 문학으로 청소년들이 읽을 수 있도록 구성한 시리즈이다. 청소년들이 꼭 읽어야 할 대표 작가들의 주요 작품을 고전부터 근/현대 작품에 이르기까지 유명 대표 작가들의 다양한 작품을 만날 수 있다.

1. 이효석 단편문학
대한민국 대표 단편소설 작가

2. 방정환 단편문학
대한민국 아동문학 대표 작가

3. 노천명 단편문학
사슴의 시인, 고독과 향수 소박하면서 섬세한 정감

4. 나도향 단편문학
백조파 특유의 감상적이고 환상적인 작품

5. 김동인 단편문학
현대적 문체로 풀어낸 한국 근대문학의 선구자

6. 윤동주 시집
하늘과 바람과 별과 시

7. 김소월 시집
진달래꽃, 한국 현대시인의 대명사

8. 타임머신
공상 과학소설의 고전

9. 목요일이었던 남자
거칠고, 정신없는 유쾌하고도 깊은 감동이야기

10. 투명인간
얼굴 가린 두툼한 붕대, 그는 왜 변장하고 있는 걸까?

11. 이상한 나라의 앨리스
앨리스의 이상하고 환상적 모험

12. 오페라의 유령
오페라 하우스의 5번 박스석과 지하세계

13. 모로 박사의 섬
그렇게 희망과 고독 속에서 내 얘기를 마친다

14. 80일간의 세계 일주
80일간 세계 일주, 행복을 얻다

15. 구운몽
인생의 부귀공명은 일장춘몽이다

16. 홍길동전
우리나라 최초의 국문 소설

17. 미국 단편 동화집
일상생활에서 만나는 마법

18. 사씨남정기
조선 사회의 모순과 실상, 권선징악

19. 백범일지
독립운동가 김구가 쓴 자서전

20. 현진건 단편문학
객관적 현실 묘사, 사실주의자 작가

21. 님의 침묵
독립운동가 한용운의 서정시

22. 금오신화
한국 최초의 한문소설

23. 일본 단편 동화집
재밌고 흥미로운 이야기 소망

24. 39계단
스파이 스릴러의 모험소설

25. 무정
자유연애로 대표되는 장편소설

26. 김유정 단편문학
한국의 영원한 청년작가

27. 네덜란드 단편 동화집
탄탄한 이야기 구조를 가진 흥미로운 동화

28. 주홍색 연구
홈즈와 왓슨의 만남과 살인 사건

29. 상록수
농촌계몽운동의 대표 소설

30. 강경애 단편문학
사회의식을 강조한 여성 작가

31. 계용묵 단편문학
인간이 가지는 선량함과 순수성

32. 방정환 장편문학
흥미진진한 어린이 탐정소설

김동인

일제강점기 대한민국의 소설가. 당대 주류였던 리얼리즘에 얽매이지 않고 대담한 상상력과 서정성, 환상성을 현대적인 문체로 풀어낸 한국 근대문학의 선구자이다. 1955년에 사상계사에서 그의 문학적 업적을 기려 동인문학상을 제정하였다. 여러 가지 양식과 방법을 작품 속에서 실험하여 상당한 성과를 거두었으며, 또한 신문학 초창기에 소설가의 독자성과 독창성을 강조하여 소설을 순수예술의 경지로 끌어올리는 데 공헌한 작가로 평가되고 있다. 소설로는 〈배따라기〉, 〈감자〉, 〈명문〉, 〈광화사〉, 〈붉은 산〉, 〈운현궁의 봄〉, 〈광염 소나타〉, 〈젊은 그들〉 등이 있다.

김동인 단편문학, 1318 청소년문고 05

초판 발행일 . 2018년 11월 27일
개정판 발행일 . 2020년 6월 22일
지은이 . 김동인
펴낸곳 . 정씨책방
주소 . 경기도 파주시 경의로 1114, 406호
전화 . 070-8616-9767 **팩스** . 031-696-6933
이메일 . jungcbooks@naver.com
ISBN . 979-11-89604-99-8 (03810) **정가** . 14,800 원

'미니책방'은 정씨책방의 청소년 출판 브랜드 입니다.